D0909081

ЧИТАЙТЕ РОМАНЫ АНТОНА ЛЕОНТЬЕВА
В СЕРИИ «АВАНТЮРНАЯ МЕЛОДРАМА»

•

Краплёная карта мира
Девять с половиной идей
Шпионка, пришедшая с севера
Хозяйка Изумрудного города
Трудно быть солнцем
Вечность продается со скидкой
Золотая клетка для синей птицы
Кровь Троянского коня
Закат созвездия Близнецов
Восьмой смертный грех
Дворец, где разбиваются сердца
Ключ к волшебной горе
Профессия - первая леди
Демоны зимних ночей
Шоу в жанре триллера
Звездный час по тарифу
Ночь с Каменным Гостем
Вилла розовых ангелов
Святой нимб и терновый венец
Воздушный замок Нострадамуса
Лес разбуженных снов
Побег с Лазурного берега
Еще один знак Зодиака
Миф страны эдельвейсов
Последний бог
Код одиночества
Под маской хеппи-энда
Вендетта. День первый
Огненный холод
Вечер в городе соблазнов
Интервью с магом
Корона последней принцессы
Лига охотников за вампирами
Тайный приют олигарха
Имя мне легион
Хранители судьбы
Призраки страсти
Ночь всех святых
Знак свыше
Жрец смерти
Псевдоним Венеры
Путешествие в сны
Русалки белого озера
Вечной жизни не хватит

АНТОН ЛЕОНТЬЕВ

ВЕЧНОЙ ЖИЗНИ НЕ ХВАТИТ

эксмо
Москва
2013

УДК 82-3
ББК 84(2Рос-Рус)6-4
Л 47

Оформление серии *С. Груздева*

Леонтьев А. В.

Л 47 Вечной жизни не хватит : роман / Антон Леонтьев. – М. : Эксмо, 2013. – 320 с. – (Авантюрная мелодрама).

ISBN 978-5-699-64987-7

После того как ее любимого мужа Кирилла застрелили прямо во время празднования сорокалетия, бизнес-леди Елена Наместникова перестала отмечать дни рождения. Однако в честь своего юбилея ей все же пришлось устроить роскошный прием. Кого там только не было! Конечно, не преминула явиться Азиза, заклятая подруга детства, с которой они давно стали врагами... Самое страшное случилось под конец праздника, когда загремел фейерверк — в Елену стреляли, пуля лишь чудом прошла по касательной! Прибывший в особняк доктор заявил, что она нуждается в полном обследовании. Клиника, куда доставили Наместникову, сразу вызвала у нее подозрения... Попытавшись сбежать, в одном из кабинетов она обнаружила бесчувственную женщину, оказавшуюся... ее полной копией!

УДК 82-3
ББК 84(2Рос-Рус)6-4

ISBN 978-5-699-64987-7

Сорок лет — это много или мало? Да и чем день рождения с круглой датой отличается, собственно, от обыкновенного? Ничем. Так почему же в одном случае отмечают с особой помпой, а в другом — без нее? Да и вообще — к чему все эти празднования и юбилеи?

С подобными мыслями в последний день лета проснулась Елена Наместникова. Она откинула легкое одеяло и опустила ноги на ворсистый ковер. Легко потянувшись, она подошла к креслу, стоявшему около огромной кровати, взяла лежавший на спинке халат, надела его.

Затем подошла к большому окну, занавешенному тяжелыми портьерами. Елена нажала на кнопку, и портьеры практически бесшумно двинулись в разные стороны. В окно хлынул яркий свет последнего августовского дня.

Елене не требовалось даже смотреть на часы, чтобы знать — было ровно шесть утра. Именно в это время она вставала на протяжении многих лет. Без будильника — исключительно автоматически.

Женщина обхватила плечи руками и бросила взгляд на затейливый пейзаж, расстилавшийся перед ней. Этот удивительно красивый, волшебный парк и располагавшийся на его территории загородный особняк, как и многое другое, принадлежали ей, Елене Григорьевне Наместниковой.

Однако это не наполняло ее чувством гордости. Когда-то она, конечно, была в восторге от всего этого, но это давно прошло. Отчего-то все в жизни проходит, причем намного быстрее, чем можно себе представить.

Елена вздохнула и отвернулась от окна. Да, ей сорок лет. А вот Кирилл был убит в свой сороковой день рождения... Думать об этом не хотелось. Женщина двинулась к смежной двери, которая вела в гигантский кабинет — ее личный. И с чего, собственно, в голову ей лезут подобные меланхолические мысли? Отчего работа в последнее время не приносит такого удовольствия, как раньше? Почему все вызывает легкое чувство раздражения?

Шелестя шелковым халатом, она приблизилась к изящной формы письменному столу, на котором возвышались два компьютера. А на стенах висели огромные плазменные экраны, по которым бежали сводки биржевых новостей.

Елена замерла перед массивным креслом, однако опускаться в него не стала. Оба компьютера работали круглые сутки и выключались чрезвычайно редко. Женщина пробежала глазами электронные сообщения, поступившие на ее ящик с тех пор, как она накануне вечером последний раз читала интернет-корреспонденцию. Впрочем, это был не вечер, а ночь. И не накануне вовсе, а уже сегодня. Она легла спать в начале второго...

Ага, то послание, которое она ждала, наконец-то пришло. Елена открыла приложение, и перед ней возникла цветная обложка наиболее влиятельного российского экономического журнала «Биржевой эксперт». Сентябрьский номер, вообще-то, еще не поступил в продажу, это ожидалось на следующей неделе. Однако благодаря своим связям Елене удалось заполучить электронную версию издания, уже отправившегося в печать.

Обложку журнала украшала ее собственная фотография. Елена усмехнулась, мысленно отдав должное работе дизайнеров. Это была фотография, конечно же, обработанная на компьютере, однако лицо было ее собственное. На Елену смотрела надменная, лишенная эмоций и угрызений совести бизнес-стерва.

Она сама.

Вроде бы фотография выставляла ее не в самом позитивном свете, однако ведь она в самом деле была такой — надменной, лишенной эмоций и угрызений совести деловой женщиной. Во всяком случае, таковой ее считали не только конкуренты, но и работники ее холдинга. И, вероятнее всего, немногочисленные друзья и домочадцы.

Да, фотография была далеко не самая добрая. В ушах у нее болтались сережки в виде значков доллара и евро, а тонкую шею украшало тонкое ожерелье — только не из жемчужин, а из человеческих черепов. Туфли, надетые на ноги, опирались не на высоченные каблуки, а на трубы заводов. За эти же туфли цеплялись, словно пытаясь вскарабкаться на скалу, крошечные мужские фигурки, а некоторые, сорвавшись, летели вниз.

Каждый изящный палец дамы — ее самой — был украшен причудливым маникюром. Присмотревшись, можно было разглядеть лица влиятельных некогда бизнесменов, которых она разорила и отправила в бизнес-нирвану. Эти лица были перечеркнуты жирными красными крестами.

В руках у этой женщины-исполина, у этого бизнес-монстра был планшетный компьютер, на котором можно было разглядеть схематичное изображение Москвы. Указательный палец правой руки был готов нажать на виртуальную кнопку с надписью «Удалить».

Венчал же сентябрьский выпуск самого влиятельного делового журнала современной России заголовок «Самая богатая женщина страны: Елена Наместникова».

Это было бы даже ничего, если бы ее враги, трепеща и признавая ее первенство, решили бы вдруг подарить ей на круглую дату центральную статью в журнале. И компьютерный коллаж на обложке Елену отнюдь не задел, а только рассмешил. То, что она безжалостно расправлялась с конкурентами, было притчей во языцех. Как и то, что она действительно являлась самой богатой женщиной России.

Однако ее внимание привлек второй заголовок, расположенный внизу обложки, под ногами женщины-вамп. Буквы были как на афише третьеразрядного фильма ужасов — словно сделанные из сгустков крови. Заголовок гласил: «Ее кровавый путь к миллиардам».

А в центре обложки, прямо на талии изображенной там женщины, разместился вопрос: «Кто она на самом деле? Вся сенсационная правда — в нашем сентябрьском номере!»

Елена нахмурилась. Своим настоящим она гордилась, будущее было спланировано на годы вперед. Недаром же они изобразили ее монстром, желающим стереть одним нажатием кнопки пол-Москвы! Имелся в виду колоссальный строительный проект по увеличению площади столицы, конкурс на проведение которого не так давно выиграл ее холдинг.

Да, и настоящее, и будущее ее не занимали, все было под контролем. Но вот ее прошлое... Оно никого не касалось! Женщина перешла на следующую страницу и пробежала глазами оглавление. Интервью с ее отчимом… Ее школьные фотографии… Интервью с Вадимом… И снова фотографии…

Елена закрыла на мгновение глаза, чувствуя, что у нее начинается головная боль. Ну конечно, они попытались отыскать жареные факты, достойные поганеньких желтых газетенок или глупых ток-шоу. Но подобные газетенки никогда бы не рискнули печатать такое по той простой причине, что часть этих изданий принадлежала ей самой. Да и на телевидение подобные истории никогда бы не попали, потому что у нее везде были влиятельные друзья.

А вот этот журнал, «Биржевой эксперт»… Он принадлежал Азизе. И этим было, собственно, сказано уже все. Елена, конечно же, была в курсе, что Азиза была в ярости, когда выяснилось, что конкурс на воплощение в жизнь строительного проекта выиграла она. И до Наместниковой доходила информация о том, что люди Азизы копошатся в ее прошлом, намереваясь нарыть убойный компромат.

Она не восприняла это всерьез, хотя Сергей и предупреждал ее. Однако ведь Виктор Павлович уверял: статья будет беззубая и никаких сенсационных фактов не содержащая. А вышло иначе!

Елена никогда не читала статей о себе, но в этот раз не удержалась. На глаза ей попались строчки из интервью с отчимом. Там же имелась и его фотография — надо же, он окончательно опустился, превратился в грузную развалину, а ведь когда-то был привлекательным мужчиной! Лучше бы он уже и тогда был таким — тогда бы мама не пленилась его внешностью и его шармом и не вышла бы за него замуж…

«…Леночку я всегда любил, как родную дочку. Тем более что у ее матери тоже должна была родиться дочка. Но случилась ужасная трагедия — имел место выкидыш. Врачи ничего не могли поделать... И никто толком не знал, в чем причина...»

Читая эти насквозь лживые, полные сентиментального пафоса строки, Елена чувствовала, что в ней закипает гнев. Этот мерзавец виноват в том, что у мамы случился выкидыш! А что касается того, что он любил ее, как родную дочку... Воспоминания на мгновение нахлынули, но Елена приказала себе думать о чем-то ином. Нет, весь этот ужас остался в прошлом!

«...И она ни разу не посетила меня... Забыла о старике! Посмотрите, как я живу! Она — миллиардерша, у нее дворцы, самолеты, бриллианты размером с грушу, а я живу в этой крошечной квартирке и вынужден жить на мизерную пенсию...»

Он вообще не должен жить! Этому мерзавцу место только в одном месте — в аду!

Елена перескочила на интервью с Вадимом. Причем — пикантно! — журналисты умудрились взять у него интервью в американской тюрьме.

«... Понимаете, я любил ее с самого начала и люблю еще сейчас. Люблю и ненавижу. И именно потому, что люблю, не могу скрывать правду. Ведь Леночка с самого начала шла по трупам... Да, понимаю, что подвергаю себя ужасающей опасности, однако так оно и есть. Поэтому, если со мной здесь, на зоне, что-то случится после публикации этого интервью, то вы будете знать, кто в этом виноват. Именно она, Леночка!»

Он смеет угрожать ей, даже находясь в местах не столь отдаленных? Каким он был, таким и остался. С мужчинами — Елена это прекрасно знала — ей никогда не везло.

«...Но дело даже не в том, что здесь я оказался по ее милости. Да, да, ведь того, за что я здесь срок мотаю, я не совершал. Меня подставили. И мне удалось узнать, кто за всем этим стоит — Леночка. Она ведь любого готова уничтожить, кто стоит на ее пути! Хотите знать, почему она так на меня осерчала? Да все очень просто! Ведь отец ее детишек — вовсе не ее покойный муженек, а я! Каюсь, я попытался это использовать в своих целях. Намекнул, что она бы могла мне за молчание заплатить. А неделю спустя меня уже арестовали по этому идиотскому обвинению! Типичная подстава!»

Елена почувствовала, что к горлу подкатил комок. Вадим втянул в эту грязную историю не только ее, но и детей!

А журналисты не постеснялись упомянуть и ее старшую сестру Олю и намекнуть, что в трагической судьбе женщины виновата она, Елена Наместникова! И что она стыдится состояния сестры и намеренно держит в дорогущих клиниках, больше походящих на тюрьмы. Вот ведь мерзавцы!

Елена знала, что опаснее всего в подобной ситуации терять самообладание. Она его и не потеряет, даже сегодня вечером. Все было рассчитано заранее — информация уже запущена в оборот, и все, кто явится на прием по случаю ее дня рождения, будут шушукаться только об одном — обо всех этих ужасных вещах, которые напечатаны в «Биржевом эксперте».

Елена мельком просмотрела откровения других людей, некогда игравших определенную роль в ее жизни. Например, бывший олигарх из разряда помельче, который вступил с ней в схватку и проиграл. Теперь, затаившись на туманном Альбионе, он давал оттуда приправленные гадкими деталями интервью.

Взглянув на часы, Елена качнула головой. Ну что же, они хотят испортить ее день рождения, однако ничего не выйдет! Наверняка Азиза добивается, чтобы она отменила празднование. И это будет признанием собственного поражения. Ничего подобного Елена делать не намеревалась. Намеченный на вечер прием состоится, и всех своих врагов она встретит с очаровательной улыбкой и гордо поднятой головой.

Она отправилась в смежную комнату, где располагалась беговая дорожка. Полчаса ни о чем не думать, а только двигаться вперед по резиновой ленте. Ровно тридцать минут спустя она отправилась в ванную, которую покинула сорок минут спустя. Затем перешла в еще одну смежную комнату, больше похожую на филиал шикарного бутика. Елена уже знала, что наденет — лазоревый брючный костюм, а шею украсила скромным жемчужным ожерельем. Посмотрев на себя в зеркало, она отметила, что очень даже похожа на фотографию, размещенную на обложке «Биржевого эксперта».

В половине восьмого она спустилась к завтраку — полностью одетая, готовая к новому рабочему дню, последнему рабочему дню недели и последнему дню лета. И ее сороковому дню рождения.

— Доброе утро, Елена Григорьевна! — приветствовала ее экономка. — Всего наилучшего в ваш день рождения!

Экономка изобразила некое подобие улыбки, однако Елена вдруг поняла, что та каким-то непостижимым образом уже знакома с содержанием разоблачительной статьи. Или она ошибается и подозревает прислугу, работавшую у нее в поместье уже около десяти лет, черт знает в чем? Но кому она могла еще доверять? Могла ли она кому-то доверять вообще?

— Благодарю вас! — сухо ответила Елена и опустилась на стул. Завтрак, как обычно, был низкокалорийный, состоявший из фруктов, ржаного тоста и чашки крепчайшего черного кофе.

Завтракала Елена в последние годы в одиночестве, потому что сын и дочь покинули особняк и переехали в Москву. Что ж, они уже давно не дети... Лежавший на стеклянном столике мобильный телефон издал писк — пришло одно сообщение, затем другое. Сын и дочь поздравили ее с днем рождения.

— Прошу прощения, Елена Григорьевна, — произнесла экономка, — приехал Сергей Викторович и желает вас видеть...

Она замерла на полуслове, прекрасно зная, что Елена ужасно не любила, чтобы кто-то мешал ей во время завтрака. Наместникова только кивнула, и экономка бесшумно удалилась.

Минутой позже появился Сергей — как всегда, подтянутый, как всегда, стильный, как всегда, с легкой небритостью. Он попытался поцеловать ее, однако Елена увернулась и, холодно взглянув на него, произнесла:

— Ты же знаешь, что между нами все кончено!

Сергей вздохнул — он так явно не считал. Ее правая рука в управлении холдинга, Сергей Краевич, когда-то был ее любовником. И даже сделал ей предложение, которое она, впрочем, отвергла. Однако вернуться к прежнему уровню отношений оказалось не так-то легко. Елена уже подумывала о том, что Сергею, наверное, придется покинуть холдинг. Потому что он был еще одним человеком, символизировавшим для нее прошлое.

— Лена, с днем рождения тебя! — произнес он и жестом фокусника извлек вдруг из-за спины небольшой, но очень красивый букет. Елена взяла его и положила на стол.

— Ты что, даже не хочешь взглянуть на подарок? — протянул разочарованным тоном Сергей. — Там, среди цветов, имеется еще коробочка. Я так старался, выбирал для тебя...

Елена бросила на тарелку салфетку и заявила:

— День рождения меня совсем не занимает. Это всего лишь один из трехсот шестидесяти пяти дней в году, не более того. Я хочу знать, как Азизе удалось заполучить всю эту информацию!

Краевич снова вздохнул и ответил:

— Ну, мы же и так подозревали, что она желает отомстить тебе. И что ей оставалось? Только насобирать сплетен и тиснуть их в этом журнальчике! Кстати, тем самым она оказала самой себе медвежью услугу, потому что окончательно разрушила репутацию «Биржевого эксперта».

Елена поднялась из-за стола и сказала:

— Если бы она напечатала ложь, то так бы оно и было. Однако многое из этого правда. Но всем об этом знать вовсе не обязательно. Подключи юридический отдел. Сентябрьский номер выходит в грядущий понедельник. Надо сделать так, чтобы он не вышел!

Сергей усмехнулся и заметил:

— Я уже сделал это! И, гарантирую тебе, номер не выйдет! Представляешь, какие это будут убытки!

— Не такие уж и большие! — ответила медленно Наместникова и задумалась. Азиза ведь понимала, что номер света не увидит. Но ей хватило того, что его электронная версия просочилась в Интернет и разошлась среди столичной элиты. Именно этого она и добивалась и была готова заплатить за это столь высокую цену.

Сергей кашлянул и заметил:

— Ты сказала, что многое из этого правда... Только вот что именно... Там этот зэк подал голос и уверяет, что он — отец Марины и Максима...

— Отцом Марины и Максима является мой покойный муж! — отрезала Елена. — Все остальное касается только меня. А сейчас мне пора в офис!

Она вышла прочь, оставив Сергея в столовой. Наверняка у него была еще куча вопросов, однако ей требовалось собраться с мыслями. Потому что эта история с разоблачениями задела ее гораздо в большей степени, чем она опасалась. Только вот говорить об этом с Сергеем она не намеревалась. Потому что не знала, могла ли ему доверять.

Она зашла в спальню сестры — та еще спала. Елена поцеловала Ольгу в лоб и кивнула медсестре, которая постоянно дежурила подле нее. В последнее время здоровье Оли ухудшилось. Поэтому сегодня и планировался отъезд Оли вместе с надежными людьми за границу, на лечение.

Затем Елена вернулась в кабинет, взяла портфель с бумагами и направилась к выходу. Здесь ее перехватил управляющий с просьбой уточнить кое-что в отношении назначенного на вечер приема.

И тогда с Еленой произошло то, чего уже давно не было, — она вдруг почувствовала наворачивающиеся на глаза слезы.

— Делайте то, что требуется! — заявила она отрывисто. Не хватало еще, чтобы прислуга увидела ее плачущей. — В конце концов, я плачу вам за принятие верных решений. Причем очень даже немало!

Управляющий замолк и уставился в пол. Конечно, она обидела его, но вида он не подал, а только прошелестел:

— Как будет угодно, Елена Григорьевна. Вы абсолютно правы, прошу прощения за мою назойливость. Вам не стоит беспокоиться, все будет сделано в полном соответствии с вашими пожеланиями.

Он скрылся, а Елена подумала, что, не исключено, обрела еще одного врага. Причем врага, который заведовал хозяйством в ее доме. Но не увольнять же его из-за того, что она только что устроила ему выволочку?! Выходит, что никто ее не любит? От прислуги этого глупо ожидать, но вот ее дети, Марина и Максим... Они прислали эсэмэски, но не позвонили...

Внезапно в голову ей пришла мысль о том, что ее окружают недоброжелатели, враги и конкуренты. Причем везде, даже здесь, в ее поместье, которое она считала неприступной крепостью. Не исключено, что все эти люди, которых они привыкла не замечать, шушукаются у нее за спиной и переметнулись на сторону Азизы, снабжая ее информацией о том, что происходит в святая святых могущественной Елены Наместниковой.

Елена вышла на крыльцо. Светило яркое солнце, но в воздухе ощущалась прохлада приближающейся осени. Черный «Майбах», конечно же, уже ждал ее. А разве могло быть иначе? Шофер, который однажды заставил ее ждать десять минут, был тотчас уволен.

Елена вдруг подумала: а ведь у него наверняка имелась семья, кажется, малолетние дети. И, как потом выяснилось, заставил он ее ждать вовсе не из-за нерасторопности, а из-за того, что говорил по телефону со своей женой. Тогда, конечно, это ее невероятно возмутило. Только речь шла о том, что у одного из его детей внезапно поднялся жар.

Обо всем этом она узнала позднее, даже сожалела, что выставила шофера на улицу, но менять решение было не в ее правилах. Однако она, не афишируя этого, позаботилась о том, чтобы заболевшая дочка шофера попала в элитную клинику — у девочки оказался перитонит. О таких историях прочитать в «Биржевом эксперте» было невозможно. Да Елена бы и не хотела, чтобы подобное стало достоянием общественности.

Той самой общественности, в глазах которой она была бездушным монстром, женщиной, думавшей о своих миллиардах, безупречно красивым и абсолютно бездушным бизнес-роботом.

— Доброе утро! — произнесла Елена, приветствуя шофера. И поймала себя на мысли, что даже не помнит, как его зовут. Впрочем, она никогда не разговаривала с ним, ведь его и ее всегда разделяла непрозрачная звуконепроницаемая перегородка.

— С днем рождения, Елена Григорьевна! — произнес он, распахивая перед ней дверцу. Она уселась на кожаное сиденье, дверца плавно захлопнулась, и Елена поняла, что не ответила на поздравление.

Поэтому она нажала кнопку связи с шофером, и в динамиках раздался несколько встревоженный голос:

— Да, Елена Григорьевна?

Наверняка бедняга боится, что допустил оплошность, которая будет стоить ему места. Ведь, несмотря ни на что, своим людям Наместникова платила очень хорошо — не потому, что была доброй, а потому, что считала: лучше им заплатит она сама, чем падкие до сенсаций журналисты или желающие заполучить интимные детали конкуренты.

Возникла неловкая пауза, потому что Наместникова мучительно соображала: как же все-таки зовут шофера? Длилось это несколько секунд, но наверняка они показались шоферу самыми ужасными в его жизни. Ну да, конечно, его звали Олег!

— Олег, благодарю вас за поздравления! — произнесла Елена.

Снова возникла пауза, наверное, шофер переваривал то, что она только что сказала. Елена Наместникова поблагодарила его — такое произошло в первый раз!

— Я… я очень рад! — выдавил из себя шофер, явно ошарашенный ее заявлением. — Должен сказать, Елена Григорьевна, что для меня большая честь работать на такую необыкновенную женщину…

Елена поморщилась и прервала его излияния:

— Олег, маршрут вам известен. Благодарю вас!

И отключилась. Наверное, этот переход от любезности к ледяному тону смутил шофера еще больше, однако он понял, чего от него ожидают: автомобиль тронулся с места, унося самую богатую женщину России в направлении головного офиса ее холдинга, расположенного в Москва-Сити.

Елена попыталась сконцентрироваться на неотложных делах, но не смогла. Получается, что она сама отталкивает от себя людей? Вероятно, именно так. Но если чему жизнь ее и научила, так только одному: доверять исключительно себе. Ибо те, кого она раньше подпускала близко, кому доверяла и кого любила, — все они предали ее. Все.

Отчим. Вадим. Сергей. Азиза. И даже ее дети — Марина и Максим.

Внезапно слезы снова потекли у нее из глаз. Елена приказала себе собраться, однако чувства были сильнее ее. Она несколько раз всхлипнула, и накатившая волна жалости к самой себе улеглась.

Да, она никому не могла доверять. Но разве может кому-то доверять человек, обладающий деньгами и властью?

В этот момент ее электронный органайзер издал мелодичный звук, и Елена быстро схватила его. Ее сердце забилось быстро-быстро. Она приняла звонок.

И она услышала этот голос, ставший для нее столь важным в последнее время. Звучала ария из «Принцессы Турандот». Слезы немедленно высохли, Елена улыбнулась.

Нет, все-таки она могла доверять — тому, кто звонил, чтобы поздравить ее с днем рождения! Ее Стасику!

— Малышка, с днем рождения! — раздался его бархатный голос, когда Стасик закончил петь. — Мы ведь сегодня увидимся? Потому что я изнемогаю без тебя...

Стасик был типичнейшим альфонсом, но именно это уверило Елену в том, что она могла доверять ему. Ему требовалось только одно: деньги. Ну, или дорогущие шмотки, автомобиль, путешествия, недвижимость. Однако он знал свои расценки и был в курсе, что они были известны и ей. Поэтому не переходил границы дозволенного.

Он не уверял ее, что влюбился и что не может жить без нее. Она бы все равно не поверила ему. Он был чуть старше ее сына, и это придавало всему особый шик. Познакомилась со Стасиком Елена на одном из приемов. И он, ничтоже сумняшеся, предложил ей стать ее любовником.

Если бы такое сказал любой другой мужчина, то Елена не отказала бы себе в удовольствии вербально уничтожить его. Однако Стасик был начитан, образован, обладал манерами, отличным голосом и, что было немаловажно, отличным талантом ловеласа.

А ведь она была абсолютно одна. Так почему же не завести себе молодого друга, которому были нужны только две вещи — секс и деньги?

Елена привыкла доверять своим инстинктам, и те подсказывали: Стасик ее не предаст. Он понимал, с кем имеет дело, и Елена решила: когда их роман подойдет к завершению, она отблагодарит его за доставленные мгновенья счастья. Нет, она имела в виду вовсе не постельные забавы, хотя Стасику в этом не было равных. Он дал ей возможность почувствовать себя женщиной. Простой сорокалетней женщиной, а не самой богатой женщиной России.

— Я тоже! — ответила Елена и вдруг подумала: вот ведь будет сенсация, если она вдруг выйдет замуж за Стасика! А почему бы, кстати, нет? Он не пытается оказывать воздействие на политику ее холдинга, не желает занять должность повыше, готов довольствоваться вторыми ролями...

Идея была, конечно, сумасбродная. За Стасика она не выйдет — как, впрочем, и за Сергея. Только Сергей явно добивался этого, еще не теряя надежду стать спутником ее жизни. И вовсе не потому, что любил ее. А потому что любил ее холдинг.

— Знаешь, я устраиваю сегодня прием! — поддавшись сиюминутному импульсу, сказала Елена. — И я хочу, чтобы ты присутствовал на нем!

О том, что у нее был роман со Стасиком, никто не знал.

— Малышка, ты уверена, что это хорошая идея? — протянул Стасик. — Я, конечно, не против приемов, но ведь там будут все твои близкие и друзья. Ну, и еще я...

Близкие и друзья? Разве они у нее были?

— Я не настаиваю, однако буду рада, если мы сможем увидеться сегодня вечером. Не всегда же встречаться на твоей холостяцкой квартире! Ты можешь посмотреть, как я живу.

— Гм, малышка, явно лучше, чем я...

— И ты сможешь остаться у меня! — заявила Елена. — Ты ведь не против?

Конечно, он не был против. И почему она, собственно, скрывает своего любовника? Неплохо бы показать кое-кому, что она нашла ему замену — Елена подумала о Сергее. А вот дети, конечно, не будут в восторге. Она и сама не в восторге от того, чем занимаются ее дети.

Ей ведь сорок лет. Много это или мало? Елена вдруг подумала: ведь полжизни уже прошло. Да, она самая богатая женщина России, да, перед ней трепещут и заискивают. Она ворочает миллиардами и затевает небывалые бизнес-проекты. Но счастлива ли она?

Ее мысли вернулись к публикации в «Биржевом эксперте». Азиза хочет ее уничтожить, но ничего не выйдет. У той даже не получится вывести ее из равновесия. Но прошлое...

Прошлое ведь уже не изменить. И не забыть. Она попыталась запереть весь этот ужас в самый дальний чулан, ключ от которого выбросила в бездонный колодец. Только лучше от этого не стало. Потому что прошлое настигло ее!

Елена приказала себе думать о другом. Например, о предложении этого немецкого инвестиционного фонда по покупке входивших в ее империю фирм, занимающихся исследованиями в области генетики.

Наместникова достала документы и просмотрела их, хотя и так отлично помнила содержание. Она бросила взгляд на меморандум, составленный Сергеем. На оценочные экспертизы из отдела стратегического планирования и юридического отдела. Наконец на текст предложения немцев.

Одной-единственной подписью — своей собственной — она сможет заработать баснословную сумму. Елена знала, что будущее за технологиями и разработками в области генетики. Однако вначале требовались солидные капиталовложения, отдача придет только через много лет.

Немцы же были готовы прямо сейчас отвалить огромный куш. А ведь дела в ее холдинге шли не так блестяще, как считали многие. Кризис давал о себе знать, требовался свежий приток капитала.

О реальных проблемах в холдинге знали всего несколько человек. И они понимали, что лишние заграничные миллиарды нужны позарез. Но привлечение инвесторов — дело кропотливое и сложное. А тут эти самые инвесторы вдруг возникают невесть откуда и желают перекупить фирмы, занимающиеся биологическими разработками.

Это-то Елену и насторожило: кризис ведь ударил и по Европе, так отчего немцы вдруг решили выйти на российский рынок? И предлагали явно завышенную цену. В действительности стоимость биологического сектора ее холдинга была раза в два, если не в три, меньше той, которую предлагали партнеры из Гамбурга.

У них что, денег куры не клюют? И даже если так, то никто не будет намеренно завышать стоимость не особо рентабельных предприятий. Такое возможно только в одном случае: немцы хотят во что бы то ни стало стать владельцами ее фирм!

Весь вопрос — почему? Сергей уже все уши прожужжал, склоняя ее подписать договор и продать фирмы. Того же мнения придерживались и юристы, и менеджеры из отдела стратегического планирования. Бизнес в сфере генетики приносил пока только убытки, и ничто не обещало, что это вдруг изменится.

Но зачем немцам убыточные фирмы? Предположений было не так уж много. Одно из них заключалось в том, что немцы — всего лишь посредники и что ими манипулирует кто-то иной. Немецкий инвестиционный фонд был небольшой, но чрезвычайно ликвидный. Про него мало что было известно. Он специализировался на покупке мелких фирм и их последующей чрезвычайно выгодной перепродаже.

Значит, игра стоила свеч, и она сама, и ее люди что-то просмотрели. Поэтому она вызвала к себе главного разработчика в области генетических исследований холдинга Юрия Петровича Докучевского. Если кто и мог ответить на вопрос, отчего немцы так вцепились в возглавляемые им фирмы, так только он.

Имелись и другие возможности, однако Елена привыкла мыслить аналитически. Она будет проверять одну версию за другой, постепенно исключая все то, что не соответствует действительности. То, что в итоге останется, и будет являться объяснением странного интереса немцев к убыточным фирмам.

Елена бросила взгляд в окно — они уже подъезжали. А затем она сделала то, о чем не знал никто: со своего электронного органайзера она вышла в Интернет и оказалась на одном занятном сайте. Назывался он «Великий Оракул». Специализировался этот «Великий Оракул» на том, что предсказывал будущее.

Елена никогда не верила ни во что подобное. Свое будущее она творила исключительно сама. С «Великим Оракулом» ее познакомил Стасик. И ради праздного интереса, а также желая доказать своему любовнику, что его увлечение эзотерикой не имеет под собой никаких оснований, она ввела в особую таблицу все необходимые для составления прогноза данные. «Великий Оракул» использовал особую, таинственную, технику, представлявшую собой смесь астрологии, хиромантии и прочих видов предсказаний.

Наместникова зашла на свою индивидуальную страничку. Как обычно, «Великий Оракул» попросил ее, не задумываясь, выбрать одну из семи появившихся на экране диковинных карт. Елена ткнула в предпоследнюю. Затем перед ней возникли геометрические фигуры, из которых тоже требовалось выбрать одну. Елена остановила свой выбор на странной помеси овала и трапеции. Затем «Великий Оракул» предложил ей выбрать определенный цвет (лазоревый, в тон ее костюму). Затем же на экране стали возникать разнообразные цифры. Елена должна была закрыть глаза и, выждав, сколько пожелает, остановить эту математическую чехарду.

Закрыв глаза, она задумалась о том, что «Великий Оракул» оказался поразительно точен. Прогноз, составляемый им на основании астрологических данных того или иного дня, а также выбранных клиентом частей головоломок и хранившегося в памяти системы скана ладони, был уникален. Елена боялась признаться кому-то в том, что однажды приняла бизнес-решение, основываясь на прогнозе «Великого Оракула», причем вопреки мнению экспертов. И, как выяснилось через пару месяцев, это было верное решение: фирма, которую предлагали купить, оказалась пустышкой и могла бы принести колоссальные убытки.

Прошлое и будущее. Будущее и настоящее. Может, это иллюзия, что она в состоянии контролировать свою жизнь? И в действительности ее контролирует кто-то иной?

Елена нажала на клавишу, открыла глаза, успев заметить, что ее выбор пал на многозначное число, начинавшееся и заканчивавшееся на 13. Но чертовой дюжины она никогда не боялась — в конце концов, ее дата рождения тоже была своего рода чертовой дюжиной, только шиворот-навыворот.

Раздалось мелодичное треньканье, на дисплее возникла надпись: «Вы сделали свой выбор. «Великий Оракул» свяжется с вами, как только обработка вашего прогноза будет завершена! Удачного вам дня!»

Это была стандартная фраза, означавшая, что примерно через час или полтора ей по электронной почте придет предсказание «Великого Оракула». Елена улыбнулась, отчасти стыдясь подобной наивности. Так уж получилось, что она пристрастилась к предсказаниям «Великого Оракула», но не из-за того, что была доверчивой, а потому, что они часто сбывались!

Она закрыла электронный органайзер и углубилась в чтение бумаг. Однако из головы не шли строчки разоблачительной статьи в журнале. Для всех она — Железная Леди, неприступная миллиардерша, безжалостная бизнесвумен. И никто не подозревает, каким в действительности было ее прошлое. Елена бы сама отдала очень многое, чтобы окончательно забыть о том, что происходило...

Однако она не имеет права поддаваться панике, более того, на предстоящем приеме дать слабину. Потому что на него заявится и Азиза — Елена это прекрасно знала. И не сомневалась, что статью оплатила именно эта ее самая опасная противница.

Автомобиль медленно затормозил, а Елена продолжала сидеть, поигрывая электронным органайзером. Ей — сорок лет. Она очень многого достигла, а еще большего намеревалась достичь. Однако ведь совсем недавно она так же думала в двадцать, а потом и в тридцать. Пронесется безжалостное время, и она будет отмечать свой пятидесятый, а затем и шестидесятый дни рождения. Но разве деньги и власть сделали ее счастливой?

Вопрос был риторический, и Елена, заметив, что шофер почтительно поджидает на улице, дернула дверцу. Шофер тотчас распахнул ее, и Наместникова шагнула на асфальт. Они находились перед одним из изящных небоскребов, который был возведен строительной компанией, входившей в принадлежавший Елене холдинг. Да и само здание было полностью ее собственностью — в нем размещался головной офис ее империи.

Елена вдруг закинула голову, устремив взгляд в серо-бирюзовое небо. Она уловила изумленный взгляд шофера — тот еще никогда не видел, чтобы его безэмоциональная хозяйка любовалась облаками.

А вдруг все это исчезнет? Рано или поздно ведь все равно придется кануть в небытие. Однако, как и любой человек, Елена Наместникова предпочитала думать об этом печальном моменте как о чем-то нереальном, о том, что никогда и не наступит, понимая, однако, что наступит, и к тому же быстрее, чем можно себе вообразить.

Кто сказал, что она отпразднует пятидесятый или шестидесятый день рождения? Ведь Кирилл умер в свой сороковой... И кто гарантирует, что этот ее день рождения не станет последним? Удивительно, но факт — иные люди, обладая ее деньгами, не работали бы в такой день, вернее, вообще бы не работали, предаваясь неге. А она, не делая различия между обычным днем и днем рождения, явилась в офис. Неужели она не умеет наслаждаться жизнью?

Но в этом и заключался для нее смысл существования — не останавливаться на достигнутом, идти дальше. И деньги были далеко не самым важным.

Что, если она просчиталась? И сделала ставку не на то, на что следовало бы? Потому что от одиночества и предательства не спасут ни деньги, ни могущество. А когда она это поймет, то будет уже поздно: возможности беззаботно жить и дальше у нее уже не будет.

Елена приказала себе не думать о подобных глупостях и перевела взгляд с неба на возвышавшуюся перед ней громаду небоскреба. Ее собственного. Неужели у нее в сороковой день рождения вдруг начался кризис среднего возраста? Наверное, надо с утра бегать не полчаса, а час. Или, возможно, заняться плаванием и йогой?

Она направилась к прозрачным дверям, оказалась в огромном холле. Сидевшая на ресепшн молодая девица, заметив «саму», судорожно сглотнула, а затем нацепила на лицо сладкую фальшивую улыбку. Елена внутренне усмехнулась — и почему люди ее так панически боятся? Наверное, потому, что она всегда слишком строга к окружающим. Но ведь она строга и к самой себе!

Решив изменить свою обычную манеру поведения, Наместникова двинулась к девице, которая, заметив это, побледнела. Казалось, что она вот-вот грохнется в обморок. А ведь Елена всего лишь хотела сделать ей комплимент. Как именно — она не придумала. Сказать что-нибудь такое, отчего бы девица, имени которой она и знать не знала, вдруг расцвела и перестала бы дрожать, как бандерлог перед питоном Каа.

Только в голову ничего такого не лезло. А девица, казалось, уже медленно оседала на пол. Тогда Елена произнесла первое, что пришло в голову:

— Как вас зовут?

Девица дрожащими руками схватилась за бейджик, висевший на лацкане пиджака. Елена нахмурилась, и девица побледнела еще сильнее. Только сетовала Наместникова не на нее, а на себя. И как это она не заметила имени? Впрочем, она ведь много раз заходила в холл, направлялась к лифту — и не замечала имени этой девицы или любой другой, сидевшей на этом месте.

— Е... Елена... — выдавила из себя девица, готовая заплакать.

— Значит, мы с вами тезки! — сказала Наместникова и улыбнулась, однако от этого девица пришла в еще больший ужас. Наверное, все-таки идиотская была идея поговорить с незнакомой особой на ресепшне.

— У вас блузка... такая... — произнесла Елена, подбирая эпитет.

Блузка как блузка, белая, с бантиком. Однако ей хотелось похвалить девицу, сделать так, чтобы та перестала на нее таращиться, как будто увидела перед собой живого мертвеца. Хотя для многих она, Елена Наместникова, и была зомби — без души, без эмоций, без чувств, нацеленная только на получение максимальной прибыли.

Тут откуда-то сбоку вынырнул приземистый мужчина с прилизанными волосами — начальник нерасторопной Елены. С ним Наместникова общалась за все эти годы пару-тройку раз, и то общение ограничивалось тем, что он подобострастно поддакивал ей, оказываясь приглашенным на совместное совещание.

— Елена Григорьевна, доброе утро! — пропел он, показывая белоснежные зубы. — Вы абсолютно правы, абсолютно! Эта блузка просто ужасна. Мы ее немедленно заменим!

Улыбаясь, он повернулся к несчастной девице, и Наместникова заметила, как на его лице появилась зверская гримаса — прямо как в фильме ужасов, где человек в одно мгновение превращается в оборотня. И такие люди работают на нее?

Конечно же, он превратно истолковал ее слова. Решил, что хозяйка, привлеченная ужасной блузкой мелкой сотрудницы, выразила свое неудовольствие. А ведь она всего лишь хотела сделать комплимент! Выходит, что люди привыкли слышать из ее уст только уничижительную критику?

— Нет, не надо! — произнесла Елена, не зная, как лучше разрешить дурацкую ситуацию. — Не надо менять!

Тип с зализанными волосами снова повернулся к ней и, сияя, просюсюкал:

— Как скажете, Елена Григорьевна! Конечно, не надо менять! Не изволите беспокоиться — через пять минут ее здесь не будет!

— Блузки? — переспросила Наместникова, а тип заявил:

— И блузки, и этой матрены. Она ведь настоящая бестолочь, я давно собирался ее уволить...

Он собрался уволить несчастную тезку! И все только потому, что она, хозяйка, решила сделать ей неуклюжий комплимент!

— Никого увольнять не надо! — заявила Елена, понимая, что делать комплименты тоже надо уметь. — Елена одета со вкусом! Блузка просто великолепная!

Тип остолбенел, его глазки сузились, а потом он выдал:

— Конечно же, Елена Григорьевна! Вы, как всегда, правы! Все наши девушки будут носить именно такие!

Елена едва удержалась от вздоха. И снова он все не так понял! Однако если она попытается разъяснить ему, то он наверняка выдаст очередную глупость. Если кого и надо увольнять, так это не тезку, а этого субъекта. Только за что? За то, что он старается предугадать все желания хозяйки?

— Этого тоже не требуется! — отчеканила Наместникова, понимая, что ее попытка перекинуться парой слов со служащими собственного холдинга пошла прахом. Значит, так тому и быть!

— Я хочу, чтобы вы повысили Елене зарплату! — продолжила она. — Она — отличный работник! И не смейте увольнять ее, иначе сами потеряете место!

Настала очередь типа бледнеть и таращить глаза. Сама же тезка, не осознавая, что случилось, смотрела на Наместникову.

Елена развернулась и зашагала к лифту. Она заметила, что неподалеку уже образовалась небольшая толпа зевак. Люди перешептывались и качали головами, явно стараясь узнать, что же случилось.

Наместникова, которую с обеих сторон прикрыли телохранители, подошла к лифту с золочеными дверями. Прочими, с дверями стальными, пользовались простые смертные. Это же был лифт, который возносил ее в святая святых — на последний этаж, в ее кабинет.

Елена поморщилась — к чему эти дюжие ребята в черных костюмах, под которыми бугрились мышцы и кобура? Однако на этом настаивал глава отдела безопасности Виктор Павлович Еременко. Хорошо, что охраны хоть у нее в особняке не было — Елене удалось настоять на том, чтобы в поместье ей не докучали телохранители. Однако ей было прекрасно известно, что среди прислуги имелось несколько неприметных типов, которые отвечали за ее безопасность.

Двери лифта распахнулись, телохранители вслед за ней не вошли. Хоть в лифте она могла побыть одна! Двери захлопнулись, и лифт взмыл вверх.

Сороками секундами позже — лифт был скоростной — золотистые двери на последнем этаже небоскреба раскрылись, и Елена Наместникова шагнула в коридор. Сотрудники, попавшиеся ей на пути, вежливо здоровались и тотчас отводили глаза. Никто не поздравил ее с днем рождения — таков был непререкаемый закон, введенный самой Еленой.

Помнится, когда через пару месяцев после открытия небоскреба она в последний день лета пришла на работу, то в ужасе увидела свой кабинет, украшенный цветами и воздушными шарами, а на столе для совещаний возвышался огромный торт. У нее тогда даже случилась истерика, она заперлась в одном из помещений, приказав тотчас вызвать уборщиц и проследить, чтобы из ее кабинета убрали всю эту ерунду.

День рождения... Гирлянды... Конфетти... Она терпеть не могла этого. После этого она отдала референту приказание больше никогда не устраивать ничего подобного, а затем как ни в чем не бывало занялась делами.

Елена не сомневалась, что этот случай окончательно укрепил за ней репутацию «синего чулка» и особы, напрочь лишенной чувства юмора. Поэтому никто в день рождения ее не поздравлял, никто не преподносил ей подарки и вообще все делали вид, что этот день ничем не отличается от других.

Если бы они знали, почему она не выносила всего этого праздничного антуража... Но если бы они знали, то были бы и в курсе того, что произошло тогда, в прошлом... В Венеции, на сороковой день рождения Кирилла...

Наместникова оказалась около просторного помещения, в котором стояли два стола — там располагались ее референт и секретарша. Словно солдаты при появлении генерала, они замерли при виде нее.

— Доброе утро! — произнесла Елена громко.

— Сводки банковских курсов у вас на столе! — заявила секретарша. А референт быстро добавил:

— И отчет, который вы вчера просили подготовить, там же!

Они обменялись взглядами — Елена была в курсе, что они терпеть друг друга не могли, ведя настоящую войну. Елене это было только на руку: если сотрудник знает, что противник, сидящий за столом напротив, ведет за ним самое пристальное наблюдение, то он будет стараться не допустить ни единой ошибки. А ей требовались именно такие люди.

Елена поблагодарила — она никогда не забывала сказать короткое словечко «Спасибо!», заставлявшее ее сотрудников млеть и краснеть — и прошла в свой кабинет. Он занимал почти половину этажа.

Елена миновала абстракционистскую композицию из металла, стоившую бешеных денег, подошла к письменному столу и повернулась к панорамному окну. Перед ней расстилался пейзаж, от которого дух захватывало. Она находилась в самом центре власти, на вершине бизнес-Олимпа. И все же, и все же...

Отчего-то на душе у нее было неспокойно. Елена посмотрела на часы — когда же наконец придет прогноз от «Великого Оракула»? Она отчасти была зависима от того, что значилось в его посланиях. Хорошо, что об этом никто не знал — никто, кроме Стасика.

Елена пролистала сводку биржевых курсов, раскрыла подготовленный референтом отчет и бросила взгляд на последнюю страницу, содержавшую осторожные выводы. Что же, так и есть. Речь шла о продаже фирм, проводивших исследования в области генетики.

Вспыхнула лампочка, и Елена нажала кнопку внутренней связи. Раздался голос секретарши:

— Елена Григорьевна, к сожалению, первую встречу придется отменить. Нам только что позвонили — у Юрия Петровича ночью случился обширный инфаркт, он в реанимации...

Юрий Петрович Докучевский, тот самый, кто бы мог дать ей дельный совет по поводу продажи фирм, находился в больнице! Человек, которому она была обязана очень многим, в том числе и своей жизнью!

Елена узнала, что положение далеко не самое блестящее, велела держать ее в курсе дела, дала поручение связаться с лечащим врачом, узнать подробности и послать Юрию Петровичу корзину цветов.

Завершив разговор, Елена опустилась в кресло и забарабанила пальцами по поверхности стола. Что же, такое тоже бывает. Бедный Докучевский! Однако ей все равно придется принять решение, потому что немцы желали получить окончательный ответ до конца текущей рабочей недели, а ведь была уже пятница!

Сначала требовалось урегулировать кое-какие другие дела. Наместникова нажала кнопку и произнесла:

— Попросите Виктора Павловича зайти ко мне. Немедленно.

Виктор Павлович Еременко, глава службы безопасности холдинга, не заставил себя ждать. Бывший чекист, седой, но моложавый, он был облачен в темно-синий костюм неброской расцветки, но с ужасно дорогим галстуком.

— Доброе утро, Елена Григорьевна! — произнес он, входя в ее кабинет пружинистой походкой. — С днем рождения!

Кажется, Еременко, который занимался обеспечением безопасности ее холдинга вот уже восемь лет, был единственным человеком, который игнорировал неписаное правило не поздравлять хозяйку, причем делал он это намеренно. Это Елене даже импонировало.

Как обычно, она ничего не ответила на поздравление и указала гостю на кресло. Тот опустился в него, а Наместникова встала, подошла к панорамному окну, и, скрестив руки за спиной, стоя лицом к стеклу, произнесла:

— Как вы объясните этот прокол, Виктор Павлович? Вы же уверяли, что статейка в «Биржевом эксперте» безобидная!

Произнесла она это ледяным тоном, от которого любой другой ее сотрудник впал бы в ступор. Но смутить Еременко было не так просто.

— А разве она не безобидная, Елена Григорьевна? — спросил он с усмешкой, и Наместникова обернулась к нему. Он ведь прав: если она будет вести себя так, как будто ее зацепили изложенные в статье факты, то, значит, Азиза будет иметь полное право праздновать победу.

— Как вы пропустили факт ее создания? — ответила она вопросом на вопрос. — Вы что, потеряли хватку?

Еременко усмехнулся, но Елена поняла, что задела его своим замечанием. Но не для того она платила ему такие деньги, чтобы он пропускал факт выхода в свет подобных пасквилей!

— Взгляните на это, Елена Григорьевна! — заявил он, подавая ей папку. — Мы уже подготовили ответный удар.

Наместникова взяла папку, пробежала глазами текст, хмыкнула, вопросительно посмотрела на Еременко.

— Вы предлагаете начать информационную войну? — спросила она. — С Азизой?

— Ну, мы ведь с вами в курсе, откуда уши растут! — заявил Виктор Павлович. — И все источники подтверждают: да, именно она стоит за публикацией. А ведь у нее у самой рыльце в пушку. У нее такое прошлое, что закачаешься! Одна ее карьера в подпольном борделе чего стоит!

Елена захлопнула папку и швырнула ее на стол.

— Вашим аналитикам придется придумать что-то иное! — отрезала она. — Никакой информационной войны не будет!

— Понимаю, — кивнул начальник службы безопасности, — я так и думал, что вам это не понравится. Но вы полистайте дальше. У нас имеются еще два дельных предложения...

Елена взглянула на него и отчеканила:

— В данном случае мы просто проигнорируем эту статью! И ничего предпринимать не будем!

Еременко мотнул головой и заметил:

— Но тогда все решат, что это правда! Юристы уверены: если подать в суд, то мы запросто выиграем процесс!

— Мне не нужен процесс! — ответила Наместникова. — Статью, как я уже сказала, мы проигнорируем, потому что этот выпуск журнала не достигнет читателей. В свет он выходит в понедельник. Сегодня — пятница. У вас два с половиной дня, чтобы сделать так, чтобы этот номер «Биржевого эксперта» просто исчез!

— Исчез? — переспросил недоверчиво Еременко. — Но что вы предлагаете...

— Предлагать — это ваше дело! — отрезала Елена. — Вы же начальник службы безопасности! Свяжитесь с юристами, пусть они что-то придумают. Номер должен быть конфискован!

Еременко склонил голову, задумался на несколько мгновений, а потом протянул:

— Думаю, совсем законными способами мы не обойдемся. Потому что мне — совершенно случайно! — стал известен склад, на котором хранятся все отпечатанные в Финляндии экземпляры «Биржевого эксперта»...

Елена промолчала, понимая, что Еременко ведет речь о преступлении. Однако она была готова на все — так же, как и Азиза!

— Только вот исчезновением одной печатной версии сейчас, во времена Интернета, положения не исправишь! — продолжил Виктор Павлович. — Имеется еще и сайт журнала, на котором можно загрузить его электронную версию. В конце концов, существует сервер издательства и типографии...

— Мне что, объяснять вам, что от вас требуется? — спросила Елена. — В вашем распоряжении два с половиной дня. Больше я ничего об этой истории слышать не хочу! Журнала не должно быть ни в печатном, ни в электронном виде. Вы ведь справитесь?

Еременко усмехнулся и заметил:

— О, справлюсь, причем и не с таким! В таком случае мне и моим ребятам пора приняться за работу.

Он поднялся, направляясь к двери, а потом хлопнул себя по лбу и заявил:

— Ах, чуть было не забыл! Вы просили подготовить, Елена Григорьевна, я и подготовил. В единственном экземпляре.

Он развернулся и подал ей еще одну папку, а затем вышел из кабинета. Елена снова подошла к окну и взглянула на небо — чтобы любоваться бегущими по нему барашками облаков, ей теперь не требовалось задирать голову.

Да, она просила Еременко подготовить отчет. В единственном экземпляре. И так, чтобы об этом никто ничего не узнал.

Она раскрыла папку и углубилась в чтение. Ей хватило пяти минут, чтобы пробежать несколько десятков страниц текста. Доказательства были налицо.

Доказательства того, что ее дети — убийцы!

Марина и Максим... Ее дети, ее будущее — и одновременно прошлое. Ведь из-за них она когда-то чуть не умерла. Она любила их больше всего. А вот любили ли они ее?

Они были двойняшками, но такими разными! Марина появилась на свет на несколько минут раньше Максима. И она была благоразумной, рассудительной, расчетливой. Вся в мать. А вот Максим рос сорви-головой, хулиганом, мальчиком-мажором.

То, что Максим в итоге попал в переплет, ее не удивило. Проблема с наркотиками у него была уже давно. А тут еще дурные друзья, скверная история... Елена знала, что ее сын — преступник. И никакого оправдания тому, что он совершил, не было. Никакого, кроме одного: он был ее сыном.

Досье, которое находилось в ее руках, было достаточно, чтобы отправить его в тюрьму. Возможно, там ему самое место. Но не могла же она бросить в беде собственного сына! Плохо только, что он не желал ее вмешательства в свою жизнь. Значит, надо было принимать экстренные меры. Максима надо было оградить — в первую очередь от самого себя.

История была банальная, как мир. Куражась на новеньком «Феррари», Максим сбил насмерть молодую женщину, неспешно переходившую дорогу по «зебре». Женщина была беременна, поэтому погиб и ребенок.

История случилась в подмосковном городке, где Максим и его приятели развлекались, устроив некое подобие гонок «Формулы-1» прямо на тихих улочках. История получилась резонансная, тем более что несчастная женщина оказалась достаточно известной оперной певицей, подававшей большие надежды и выигравшей несколько престижных конкурсов.

Ряд политиков требовали найти виновного и показательно его покарать. Его и нашли — правда, уже мертвым. Это был один из приятелей сына, принявший слишком большую дозу наркотиков. И «Феррари» принадлежал ему.

Но Елена знала: за рулем шикарного авто был тогда ее сын. Сын, которому сказочно повезло и который спихнул вину на покойного дружка. Сын, который был тяжело болен и который вышел сухим из воды. Сын, который и в дальнейшем будет вести себя как хозяин жизни, не считаясь с жизнями других.

Его требовалось остановить, и Елена уже знала, как сделать это.

Елена перевернула несколько страниц и почувствовала, как кольнуло в сердце. То, что с Максимом будут проблемы, она поняла, когда он был еще ребенком. Но она никогда не могла бы подумать, что проблемы возникнут и с Мариной!

Хотя нет, конечно же, могла! И думала об этом довольно часто. У девочки были потрясающие математические способности, и Елена уже сделала выбор: когда настанет время удалиться на покой, бразды правления перейдут к дочери. Она сумеет справиться с холдингом, сможет противостоять конкурентам-мужчинам.

Все бы хорошо, если бы не одно «но»: Марина не ведала жалости и всегда добивалась поставленных целей — всегда. Елена помнила, как горько плакала дочь, когда в детском саду появилась некая Даша, ставшая в одночасье любимицей прочих детей и воспитателей. А ведь до этого все были без ума именно от Марины!

А потом у одной из воспитательниц вдруг исчез кошелек. А затем и у другой. А чуть позднее кто-то поджег уголок с игрушками. После санкционированного директрисой детского сада обыска виновник был изобличен: это был небесный ангелочек Даша! Именно в ее шкафчике для одежды обнаружились два кошелька, правда, полупустых, а также коробок особых, длинных, с красной серной головкой, спичек — именно тех, которые нашли на месте сгоревшего уголка с игрушками.

Даше, конечно же, пришлось сменить детский сад, а ее родителям — возместить убытки. Все бы ничего, но уже слишком хорошее было после произошедшего настроение у Марины. А через некоторое время Елена наткнулась у себя дома на жестянку, в которой лежал коробок длинных, с красной серной головкой спичек, а также груда смятых рублей и трешек.

Елена поняла: затею с кражей кошельков у воспитательниц, а также поджогом уголка с игрушками устроила ее дочка Марина. И не потому, что была монстром, а для того, чтобы обвинить в содеянном свою конкурентку Дашу и навсегда избавиться от нее.

Елена даже тогда не знала, стоит ли ей ужасаться тому, что произошло, или, наоборот, гордиться. Она попыталась поговорить с дочерью, однако та все отрицала и поведала историю о том, что нашла эту жестянку около детского сада — там ее наверняка выбросила коварная Даша.

Женщина не стала тогда настаивать, однако подключила детского психолога. И тот вынес неутешительный вердикт: Марина была крайне одаренной личностью, однако готовой ради достижения своих целей идти по трупам.

Выражение «по трупам» детский психолог использовал тогда, конечно, в переносном значении. Не подозревая, что через несколько лет милая девочка Марина претворит эту метафору в жизнь.

Пора первой любви, конечно, не самое легкое время, и хуже всего, что молодой человек, на которого положила глаз Марина, отдал предпочтение ее лучшей подруге. Наверное, надо было утешиться и выбросить его из головы, но случилось иначе.

Елена помнила, что не хотела тогда отпускать дочку на уик-энд на Адриатику. Однако Марина настояла на этом, да и компания была чинная-благородная, не то что подозрительные друзья Максима. У родителей одной из подруг Марины имелся свой небольшой остров, ребята хотели отдохнуть — да и только.

Но не все. Потому что там произошла страшная трагедия: во время гонок на водных мотоциклах одна из девушек полетела в воду, причем удар был такой силы, что она скончалась два дня спустя, так и не приходя в сознание.

Больше всех горевала Марина, но Елена-то знала: погибла ее соперница, та самая, которая отбила у дочери молодого человека. Причем этот молодой человек был так тронут искренним горем Марины, что ни на шаг не отходил от нее, а в итоге признался ей в любви. Произошло это через три недели после похорон лучшей подруги.

В жизни все может случиться, только так вышло, что к Елене — дети тогда еще жили с ней — пришла экономка и спросила, что делать с книгой, найденной под подкладкой одного из чемоданов. Елена как раз собиралась в деловую поездку во Францию, и экономка собирала ее вещи.

Книга была занятная — инструкция по эксплуатации водного мотоцикла. И находилась она под подкладкой того самого чемодана, с которым дочь ездила на Адриатику. Причем в инструкции была глава, посвященная тому, чего делать ни в коем случае нельзя, ибо в противном случае пассажир может упасть в воду во время движения мотоцикла. Некоторые предложения были подчеркнуты карандашом. Также в инструкцию была вложена распечатка статьи из Интернета — там каким-то разбиравшимся в технике идиотом давались советы, как сделать так, чтобы пассажир водного мотоцикла вылетел в воду.

Елена забрала тогда у экономки эту книжицу, велев сообщить дочери, если та вдруг будет спрашивать, что книга отправилась в мусорное ведро. И как потом доложила экономка, Марина в самом деле интересовалась дальнейшей судьбой книги и, узнав, что ту выбросили, успокоилась.

Елена не сомневалась — дочка подстроила несчастный случай и убила свою некогда лучшую подругу. Ее дочь была убийцей. Сын, как выяснилось позднее, тоже. Впрочем, когда-то она тоже была причастна к подобному преступлению!

С молодым человеком Марина рассталась, и Елена все опасалась, как бы он вдруг не умер. Но ничего такого не случилось, зато Марина заявилась к матери и невинным тоном сообщила, что ей стали известны кое-какие занимательные вещи. И передала папку, в которой содержалась инсайдеровская информация о компании, которой владел отец этого юноши.

Елена ужаснулась: ладно, если бы дочь лишила жизни соперницу, потому что жить не могла без своего Димы. Но она решила завести с ним роман, чтобы через молодого человека добраться до секретов бизнеса его отца!

Марина на полном серьезе предложила матери воспользоваться этой информацией, нанести удар и перекупить фирму отца Димы. Идея была кошмарная и одновременно заманчивая. Обладая сведениями, аккуратно собранными дочкой в папке, Елена могла купить фирму по бросовой цене.

Однако она не сделала этого и решила поговорить с дочерью. Та ничего не отрицала, впрочем, ничего и не подтверждала. Выслушав сбивчивый монолог матери, только дерзко сказала:

— Мама, это ведь всего лишь бизнес! Или мы их съедим, или они нас! Думаешь, если бы у отца Димочки был шанс скупить нас с потрохами за бесценок, он бы этим не воспользовался?

— Нет! — заявила тогда Елена, а дочь, сгребая папку с секретной информацией, процедила:

— Строишь из себя Снежную Королеву, а в действительности ты ничем не лучше!

Именно в тот вечер Елена в первый раз ударила Марину. Несильно, ладонью по лицу, но дочь собрала вещи и переехала в отдельную квартиру в Москве.

А спустя два месяца стало известно, что она выходит замуж. Ее женихом оказался не первой свежести олигарх, буквально помешавшийся на Марине. Елена попыталась было воспротивиться этому союзу, но не смогла: дочь к тому времени была уже совершеннолетней.

Олигарха она не любила, он требовался ей исключительно в качестве обладателя стартового капитала. Того самого, который ей отказалась дать мать. Поняла это Елена в тот день, когда стало известно, что фирму отца Димы приобрела неизвестная финансовая контора, зарегистрированная на Кипре. Елене удалось узнать, на кого она зарегистрирована — на ее дочь.

Страстью Марины была игра — игра чужими судьбами. Она всегда желала получить то, на что положила глаз. В матери она видела конкурентку, и Елена ужасалась тому, как в кукольном теле ее дочери могла существовать душа чудовища. Но ведь это был ее ребенок!

Со своим новоиспеченным зятем Елена не общалась, однако, когда стало известно о его кончине, ей стало не по себе. Умер он за границей от тяжелой болезни, которой страдал давно. И оставил все своей безутешной молодой супруге, которой от роду было всего девятнадцать.

Так Марина в одночасье оказалась весьма обеспеченной дамой. Не такой богатой и могущественной, как ее мать, однако ведь и та в девятнадцать не была миллиардершей. И Елена не без страха думала о том, в кого же превратится Марина, когда дочке, как и ей самой, стукнет сорок...

Покойного олигарха кремировали и погребли за границей. Однако Елене стало известно, что иностранная полиция ведет негласное расследование причин его гибели и что имелись даже образцы тканей, изъятые сразу после его кончины в далекой клинике. И анализ этих образцов вызывает много вопросов...

В данной ситуации нужно было действовать, ибо промедление было подобно смерти. Елена смогла сделать так, чтобы при повторной экспертизе выяснилось, что никаких подозрительных веществ ткани покойного не содержали. И негласное расследование завершилось так же бесславно, как и началось.

Однако сейчас в руках Елена держала подлинный анализ подлинных тканей подлинного покойника. Потому что в руках следствия оказались иные пробы, в которых не содержалось яда.

Теперь же Елена знала: ее зятя отравили. Причем кто-то делал это долго и планомерно, используя особый, редкий токсин. Такой, достать который было очень даже непросто. И это помогло в итоге выйти на того, кто купил его у одного посредника на Ближнем Востоке.

Елена знала правду — ее дочь убила собственного мужа. Того самого, за которого вышла ради его денег. И эти деньги требовались Марине, чтобы создать свою империю — еще более крутую и обширную, чем у матери.

Но дочка, уже в который раз, допустила ряд ошибок. И если бы Елена ее не выгородила, то Интерпол наверняка запросил бы у России выдачу Марины по международному ордеру. Как когда-то Марина забыла избавиться или не смогла расстаться со спичками или украденными у воспитательниц деньгами, как не выбросила вовремя инструкцию по управлению водным мотоциклом — так и в этот раз не позаботилась о том, чтобы тщательно замести следы.

За нее это сделала мать. И при этом дала себе слово, что остановит дочку. Елена уже знала, как это сделать.

Елена перевернула последнюю страницу досье и положила его на стол. Еременко провел кропотливую работу, однако могла ли она ему доверять? Ведь он был в курсе самых грязных тайн — тайн ее детей. Что, если он решит использовать это против нее?

Кто знает, может быть, он уже сделал это? Ведь если он вдруг продаст информацию Азизе, даже не всю, даже какую-то малую часть, то разразится кошмарный скандал.

Дело было даже не в том, могла ли она доверять Еременко или нет. Дело было в том, что теперь она и ее дети во многом зависели от него. И он это прекрасно понимал.

Раздалась трель, и Елена поняла — пришло долгожданное сообщение от «Великого Оракула». Она взяла электронный органайзер и открыла присланное сообщение.

«Сегодня ваш день рождения! Однако я не могу порадовать вас — этот день станет поворотным в вашей судьбе. Вам предстоит принять ряд решений, как в личной жизни, так и в бизнесе. Учтите: в этот раз вы не можете доверять своей интуиции, потому что она вас подводит. Ваш мудрый друг, который мог бы дать совет, в этот раз вне пределов досягаемости. Поэтому прислушайтесь к мнению иных, и только это позволит вам избежать роковой ошибки. За это любовь вознаградит вас каскадом удовольствий. Но рано или поздно вам придется задуматься о цене, которую вы готовы заплатить за свое счастье. Она может оказаться слишком высокой...»

Елена дважды перечитала послание «Великого Оракула». Конечно, никакой это не оракул, а безымянные личности, кропавшие стандартные тексты. Или вообще компьютерная программа. Но опыт показывал: «Великий Оракул» не ошибался. Во всяком случае, в том, что касалось ее самой.

Разве это походило на обыкновенный текст интернет-гороскопа? Отнюдь! Они ведь все одинаковые, слащавые, успокаивающие. А это — предостережение, более того — зловещее предсказание.

Цена за счастье может оказаться слишком высокой... А разве это не так? Она обрела богатство и власть, однако потеряла своих детей. Нет, они живы и здоровы, но разве так она представляла когда-то судьбу Марины и Максима?

И тот факт, что «Великий Оракул» выдал такой мрачный прогноз, лишний раз убеждал Елену в том, что ему можно доверять. Быть может, тот, кто составил этот текст — новый Нострадамус? Или компьютерная программа могла заглянуть в будущее. Елена отчего-то была уверена, что лучше не стараться узнать истинное происхождение предсказания. Или, наоборот, это и был ключ к ее счастью? К ответу на терзавшие ее вопросы? К двери, за которой ждало будущее, являвшееся зеркальным отражением прошлого?

Если так, то она предпочитала ничего не знать и не задавать вопросы, на которые не имелось ответов.

Елена принялась перечитывать послание в третий раз, когда послышался мелодичный перезвон. Компьютер тактично напомнил ей, что через четверть часа у нее совещание по поводу предложения немецкой фирмы, желавшей перекупить специализировавшиеся на исследованиях в области генетики фирмы. И как же получилось, что Докучевский именно сейчас слег с инфарктом...

«Ваш мудрый друг, который мог бы дать вам совет, в этот раз вне пределов досягаемости...» Речь шла именно о Юрии Петровиче!

Елена вздрогнула, а потом взяла в руки папку, в которой находились документы, подготовленные ведущими специалистами холдинга. Какое же ей принять решение? Она склонялась к тому, чтобы ничего не продавать, но что бы посоветовал ей Докучевский?

Впрочем, было бессмысленно рассуждать о том, что бы произошло, не случись у Юрия Петровича инфаркта. Все равно решение остается за ней. Елена раскрыла папку и решила пробежать глазами подготовленные отчеты. До начала совещания оставалось еще тринадцать минут.

На совещания, тем более такие важные, Елена никогда не опаздывала — она вообще не терпела опозданий, иронично называя тех, кто крадет ее собственное и чужое время, лангольерами — пожирателями времени и пространства из одного из романов Стивена Кинга.

Но в этот раз таким лангольером оказалась она сама — Елена появилась в зале заседания с опозданием почти в десять минут. Она перешагнула через порог, и все разговоры тотчас стихли. Шесть пар глаз уставились на нее — пять мужских и одна женская.

В этих глазах читался немой вопрос — как могла она, Елена Наместникова, опоздать на совещание? Ведь не так давно она прилюдно посоветовала одному далеко не самому последнему сотруднику сменить место работы, если он не успевает появиться в назначенном месте в назначенное время.

— Прошу прощения! — заявила Елена, подходя к пустующему — своему собственному — месту и опускаясь в него. — У меня был важный разговор!

Подчиненные понимающе закивали головами, хотя явно не доверяли ее оправданию. Да и не было никакого телефонного разговора, тем более важного: Елена сидела в кресле, перелистывала бумаги и думала о предсказании «Великого Оракула».

— Ну что же, начнем! — заявила она и посмотрела на Сергея Краевича, который сидел рядом с ней. Он шепнул:

— Ты хочешь, чтобы я провел совещание? Лена, ты выглядишь не самым лучшим образом. Может, тебе лучше взять выходной?

Елена одарила его гневным взглядом — как бы тихо он ни говорил, слова долетели до его ближайшего соседа. И он наверняка поведает о них своим приятелям. А Елене очень не хотелось, чтобы по холдингу поползли слухи о том, что у нее роман с Сергеем. Тем более что роман давно уже завершился. Давно и бесповоротно.

— На повестке дня всего один пункт! — заявила Елена, быстро приняв решение. Она не должна показать слабину, потому что ни к чему хорошему информация о служебном романе не приведет.

Елена сама открыла совещание, показав всем, кто главный. Она заметила растерянное лицо Сергея, который был готов перенять эстафету. Наверное, он на нее обиделся, однако ведь босс — именно она!

Совещание длилось почти час. И Елена приняла решение: она отказалась от затеи не продавать фирмы, потому что «Великий Оракул» упорно убеждал ее, что это ошибочно. Но и так просто согласиться на продажу она не могла, поэтому поручила Сергею и начальнику отдела стратегического планирования до понедельника собрать информацию о том, для чего немцам вдруг понадобились эти фирмы.

— Но Гамбург ожидает решения уже сегодня... — заикнулся начальник юридического отдела, а Елена отрезала:

— А получит его в понедельник! Урегулирование этого вопроса я поручаю вам!

Она посмотрела в глаза начальнику юридического отдела, и тот опустил взгляд.

Совещание закончилось, один за другим ее подчиненные потянулись в коридор. Остался только Сергей, который, дождавшись, пока последний из сотрудников выйдет, подошел к Елене, стоявшей у окна, и попытался ее обнять.

Женщина оттолкнула его и прошептала:

— Я же сказала, что между нами все кончено! И не здесь же, в самом деле!

Краевич лукаво усмехнулся и произнес:

— Так все кончено? Или не здесь? Лена, ты же знаешь, как я по тебе соскучился!

Елена смерила его ледяным взглядом и произнесла:

— Я тоже много по чему соскучилась, однако не пристаю к тебе!

Усмехнувшись, Краевич процедил:

— А я бы не отказался! Кстати, ты ведь не всегда была такой пуританкой. Помнишь, чем мы занимались именно в этом помещении и именно на этом столе?

Он провел пальцем по полированной поверхности стола. Елена сердито отвернулась, а Краевич вдруг подозрительно произнес:

— У тебя ведь кто-то есть?

Кто он такой, чтобы устраивать ей допрос? Елена ничего не ответила, но Сергей не сдавался:

— Конечно, есть! Ты завела себе нового ухажера, так ведь?

Он изменился, глаза лихорадочно заблестели, тонкие губы задергались. И отчего Сергей так переволновался? Или он надеялся на то, что сумеет окрутить свою начальницу и жениться на ней, а заодно и на ее холдинге?

— Никого у меня нет! — отрезала Елена, и в этот момент пропищал ее органайзер, лежавший на столе. Это был звонок от Стасика, того самого нового ухажера, узнать имя которого так старался Сергей. Елена поняла это по мелодии — такая звучала только тогда, когда на связь пытался выйти Стасик.

— Так что же ты не подходишь? — спросил Краевич. Органайзер продолжать пищать, но Елена и не думала отвечать. Тогда Сергей схватил его. Елена бросилась к нему, желая вырвать органайзер из рук Краевича, а тот галантно протянул его женщине.

— Неужели ты думаешь, что я буду шпионить за тобой и принимать предназначающиеся тебе звонки? — спросил он обиженно. — Не намерен тебе мешать!

Он вышел, демонстративно хлопнув дверью. Елена решила принять звонок, но Стасик уже положил трубку. Неужели в жизни всегда так — когда соберешься что-то сделать, будет уже поздно?

Она понимала, на что идет, начиная роман с Сергеем. Он был страстным любовником, очень умелым и нежным. Краевич обладал хватким умом и небывалыми аналитическими способностями. Елена знала, что он был одним из наиболее ценных ее сотрудников.

Почему она решила завести с ним интрижку? Отчасти потому, что уже давно была одна. Отчасти для того, чтобы мотивировать Сергея. Ну, и она не могла сказать, что он ей не нравился. Однако со Стасиком — это было другое...

Стасик снова позвонил, но Елена сбросила звонок — говорить с «милым другом» она сейчас не намеревалась. Как, впрочем, и с Сергеем, который, конечно же, был расстроен и рассержен. Однако никто не имеет права закатывать ей сцены, тем более в здании ее собственного холдинга. Здесь хозяйка была только одна — Елена Наместникова.

Поговорить с Сергеем так и не удалось, потому что одна встреча следовала за другой. Потом настал черед подписания важных документов. Наконец ей позвонил чрезвычайно влиятельный человек из президентской администрации, лично желавший поздравить ее с днем рождения.

Под конец рабочего дня начальник юридического отдела доложил: немцы нехотя, но все же согласились с отсрочкой, заявив, что окончательный ответ должен последовать до трех часов пополудни понедельника. Это было уже что-то.

Елена велела секретарше связать ее с лечащим врачом Юрия Петровича. Узнав, с кем он говорит, профессор поведал ей о состоянии пациента.

— Мне требуется увидеть Юрия Петровича! — заявила Елена, и медик произнес:

— Увы, это невозможно. Ему требуется полный покой...

— Уверена, что он тоже хочет поговорить со мной! — отрезала Елена. — И не старайтесь убеждать меня, что двухминутный разговор негативно повлияет на его здоровье. Если что и скажется на его самочувствии, то это невозможность побеседовать со мной и предотвратить заключение опасной сделки или, наоборот, вероятность того, что выгодная сделка не будет заключена.

Профессор мялся, заявляя, что это невозможно. Елена хмыкнула и сказала:

— Вы забываете, с кем говорите! Для меня нет ничего невозможного! Я немедленно переговорю с директором вашего кардиоцентра...

Это стало решающим аргументом, потому что профессор произнес:

— Ни сегодня, ни завтра переговорить с Юрием Петровичем я вам разрешить не могу. И никакой директор этого не изменит! Однако вы сможете увидеться с ним в воскресенье, во второй половине дня!

Что ж, именно этого Елена и добивалась. Никакому директору кардиоцентра она звонить не намеревалась, однако было достаточно того, что профессор пошел ей навстречу.

— Отлично! Мой референт свяжется с вами, чтобы согласовать время посещения! — заявила Елена и отключилась.

А потом все же набрала номер Стасика.

— Ты серьезно хочешь, чтобы я пришел к тебе на прием? — выпалил он, приняв звонок. — Но что мне надеть? У тебя же будут столпы общества!

Елена очень долго смеялась. Если бы Стасик имел представление об этих столпах! А она имела. И не только потому, что вела со многими из них дела. Ведь имелся еще Виктор Павлович и его люди, скрупулезно собиравшие досье на всех — друзей, конкурентов, врагов, а также тех, кто мог стать таковыми.

— Столпы общества не должны волновать тебя! — заявила она, почувствовав вдруг, что ей не хватает этого скверного мальчишки. Да, он был элитным жиголо и все измерял в долларах, евро или фунтах стерлингов. Однако, похоже, она в него влюбилась. Раньше бы она тотчас порвала отношения, но теперь не собиралась делать ничего подобного.

В конце концов, ей сорок лет.

— И вообще, лучше расскажи мне, во что ты одет сейчас! — заявила она.

— Во что? — произнес, мурлыкая, Стасик. — Я ведь, собственно, только сейчас толком проснулся. Принял ванную, потом полистал журналы. Даже одеться еще не успел. На мне только один халат...

— Думаю, что если ты заявишься на прием в таком виде, то произведешь фурор! — сказала Елена, чувствуя нарастающее возбуждение.

— И что же ты намерена со мной сделать, малышка? — сказал хрипло Стасик.

Разговор пришлось завершить, так как звонил важный зарубежный инвестор. Говоря с ним по-английски, Елена думала только об одном — о Стасике. Да, похоже, она потеряла от него голову. Но плохо это или хорошо?

Она не знала.

Пятница в холдинге ничем не отличалась от других рабочих дней. Елена терпеть не могла никаких сокращенных графиков и досрочного завершения работы только на том основании, что на носу выходные.

На носу у нее был прием, однако это ничего не меняло. Организацией приема были заняты служащие в ее поместье, а также специально нанятая для этого фирма. Елена не намеревалась даже приезжать домой пораньше. Она отправится с работы прямо на прием.

Ровно в пять Елена поднялась из-за стола и направилась к тщательно замаскированной в стене двери. Так она попала в особые апартаменты, куда доступ имела только она сама. Елена приняла душ, любуясь при этом панорамой Москвы. Никого, кто мог бы созерцать ее водные процедуры на последнем этаже небоскреба, не было.

Затем она по теплому полу прошла в соседнюю комнату, опустилась на пуфик перед зеркалом. Поднесла руки к лицу, забрала вверх темные волосы. А затем, блеснув зелеными глазами, показала язык своему отражению. Если бы знали ее конкуренты, чем занимается самая богатая женщина России в свой сорокой день рождения!

Елена подошла к огромному шкафу, вмещавшему десятки платьев и костюмов. Выбрала облегающее, серебристое, полностью закрывавшее грудь и обнажавшее спину. Затем быстро нанесла на лицо косметику — она никогда не понимала женщин, тративших на это и час, и два. Небрежно откинула волосы — и осталась собой довольна. Кто бы мог сказать, что она разменяла пятый десяток?

Туфли на высоких каблуках Елена терпеть не могла, однако повод был исключительный. Она вернулась в кабинет и нажала кнопку внутренней связи.

— Елена Григорьевна, все готово, шофер вас ждет! — произнесла секретарша.

— Благодарю! Желаю вам хороших выходных! — произнесла Елена. — До понедельника!

Она взглянула на часы — было почти шесть. Солнце еще не садилось, однако было заметно, что день близится к завершению.

День, который должен был стать переломным моментом в ее жизни.

Елена спустилась на втором лифте прямо из кабинета в подземный гараж. Из светящегося помещения она вдруг шагнула во тьму. На мгновение стало страшно, но потом везде вспыхнул свет.

Гараж был особый, предназначавшийся только для нее. Шофер почтительно распахнул дверцу, и Елена заметила, что на его губах застыла улыбка восхищения. Такой сексуальной он свою хозяйку еще никогда не видел.

Они отправились в путь. Елена скинула туфли, в которых проходила весь день, и взяла в руки коробку, в которой находились специальные, серебристые, выполненные одним из самых известных дизайнеров. И, конечно, на чудовищных каблуках.

В Москве были пробки, однако ее шофер был подлинным кудесником. Прием был назначен на половину восьмого, и в поместье она въехали без пяти семь. Надев туфли, Елена вышла из салона.

Парадный вход преобразился, женщина заметила цветочные гирлянды и огромные корзины с белыми гладиолусами — ее любимыми цветами.

Она прошла в холл, где ее тотчас встретили экономка и управляющий. Елена знала, что могла доверять им — они являлись мастерами своего дела.

Прием должен был пройти в саду, под открытым небом, в шатрах, в которые нагнетался теплый воздух. Замерев на террасе, Елена обвела взором выросшие в саду конусы шатров. Управляющий рассказывал ей что-то о меню, когда Елена заметила сына.

Максим — высокий смазливый молодой человек, облаченный в стильный помятый костюм с грязными кроссовками на ногах, ударил по пятой точке симпатичную горничную, а другой рукой схватил с подноса проходившего мимо официанта бокал с шампанским.

Елена отметила, что Максим был уже пьян. Впрочем, если он не был пьян, то употреблял наркотики. Или и то и другое вместе. И когда же она упустила его? Может, вырасти он в обыкновенной семье, все было бы иначе?

Она увидела, как сын залпом осушил бокал, тотчас схватил другой, а затем извлек из кармана пластиковую коробочку.

Поблагодарив управляющего и сказав, что полностью полагается на его мнение, Елена подошла к сыну и, вырвав у него из руки бокал шампанского, поставила его на мраморные перила.

— О, мамочка! Ты выглядишь просто отпадно! — произнес сын, глотая слоги. — Только не забирай у меня шампусик. Я же должен выпить за здоровье именинницы. То есть за твое здоровье!

Он раскрыл коробочку, вытащил оттуда две зеленоватого цвета таблетки, собрался кинуть их в рот, но Елена ударила сына по руке, и таблетки полетели на пол.

— Мама, ты что, сдурела? — прошипел Максим. Он явно собрался наклониться, чтобы поднять таблетки, но Елена наступила на них ногой и растерла в порошок.

Максим тупо уставился на ногу матери, а потом злобно произнес:

— И что ты этим добилась, мама?

— Максим, ты опять принимаешь эту гадость? — спросила Елена, протягивая руку, чтобы забрать у сына коробочку с пилюлями.

— Только давай без идиотских нотаций! — заявил Максим. — Я уже большой, давно совершеннолетний! И что хочу, то и делаю!

Елена посмотрела на сына, который судорожно вытаскивал из коробочки таблетки. Ведь он побывал у стольких врачей, в стольких клиниках! И каждый раз опять начинал принимать эту дрянь! И как он только до нее добирался?

— Не смей! — произнесла Елена, а Максим заявил:

— Иначе что, мама? Что ты сделаешь?

Да, это был ее сын. И ему требовалась помощь. Елена уже приняла решение — он отправится за границу, где его ждало лечение в особом закрытом санатории. Терапия там была жесткая, но зато эффективная. Максима ждали самые страшные недели и месяцы его жизни. Но Елена знала, что только так могла спасти его от самого себя.

— Ах, братик! Снова пьян, хотя прием еще не начался? — раздался мелодичный голос за спиной Елены, и через мгновение она увидела присоединившуюся к ним Марину. Дочка походила на манекенщицу и ангела одновременно. Но только Елена знала, что за этой прелестной внешностью скрывается безжалостная убийца.

Максим наконец выудил таблетку, сунул ее в рот и пробормотал:

— Приперлась! Мамочкина любимица!

Он потянулся к бокалу, чтобы запить, но Марина столкнула бокал с перил, и тот полетел на траву.

— А ты наркоман! Не позорь маму! — ответила ему в тон сестра.

Дети, в детстве и юности бывшие дружными, в последнее время были на ножах.

— Ты сама ее позоришь! — усмехнулся Максим, настроение которого после принятия таблетки резко улучшилось. — Или думаешь, до меня слухи не доходят о том, чем ты занимаешься?

Елена посмотрела на кукольное лицо дочери. Та, прищурившись, пропела:

— О, ты еще умеешь воспринимать информацию, братик? А я-то думала, что твой перфорированный наркотой мозг на это уже не способен. Кстати, о слухах... Говорят, что за рулем «Феррари» тогда был вовсе не твой покойный приятель, а ты сам...

Брат с сестрой сцепились в словесной перепалке. Елена отвернулась — ей было невыносимо наблюдать за этим. Ей, самой богатой женщине страны, завидовали, ее ненавидели, ее боялись. Только вот было ли чему завидовать?

— Прекратите! — заявила Елена тихо, и дети тотчас замолчали. Они знали — если Елена говорит так тихо, значит, она очень рассержена.

— Извини, мамочка! — произнес сын и улыбнулся. И на мгновение Елена узнала в нем прежнего Максима — безалаберного, доброго, остроумного.

— Конечно, извини, мамочка! — пропела дочь, тоже улыбаясь. И на долю секунды и в ней Елена узнала прежнюю Марину — невинную, добрую, остроумную.

Только все это длилось сущие мгновения, это были призраки прошлого. Да, это были ее дети. И такими они стали не без ее участия.

Итак, Максим не позднее воскресенья отправится за границу на длительный курс принудительного лечения. И вернется обратно только тогда, когда снова станет человеком.

Но что делать с Мариной? Елена приняла решение и относительно дочери. Она перекупит ее небольшую империю, конечно же, через подставных лиц. А потом дочери тоже придется пройти курс лечения за границей. Хотя разве можно излечить тягу к убийствам? Наверное, Марина была опасна для окружающих, и ее требовалось изолировать от общества навсегда. Иначе она будет убивать и дальше.

Именно это Елена и намеревалась сделать. Дочка отправится за границу, чтобы уже никогда больше не возвращаться на родину, не покидать стен особняка, в котором она будет проходить курс лечения, который мог длиться много лет, возможно, до конца жизни. Ее надо защитить от самой себя!

— О чем ты думаешь, мама? — спросил Максим, хватая с подноса проходившего мимо официанта сразу два бокала с шампанским.

— Да, о чем, мамочка? — поддержала брата Марина.

— О вас, моих детях! — ответила Елена, чувствуя, что на глаза наворачиваются слезы. Наверное, она была ужасной матерью, раз у нее выросли такие ужасные дети. Но она была готова исправить ошибки. Она любила своих детей, поэтому собиралась бороться за них. А если требовалось — и с ними тоже.

Начали прибывать первые гости, которых Елене надлежало встречать. Почти все они впервые оказались в ее особняке, потому что никаких приемов она ранее не устраивала. И этот был организован только для одной гостьи, которая как раз выходила на террасу.

Азиза. Бизнес-хищница, черная вдова. Она в самом деле была вдовой, причем уже трижды. Ее мужья долго не жили, покидая этот мир и делая Азизу все богаче и богаче. И действительно черной: Азиза предпочитала именно этот цвет.

Она была эффектной женщиной с длинными прямыми волосами, облаченной в невероятно узкое черное платье смелого покроя, с огромными, неправильной формы черными жемчужинами вокруг шеи. И шеей, и лицом она удивительно походила на египетскую царицу Нефертити.

— Черное и белое! — рассмеялась Азиза, имея в виду цвет нарядов — своего собственного и того, что был на Елене. — Черный лебедь и белый лебедь!

Елена знала, что Азиза была ее самым опасным противником. Причем не просто противником, а настоящим врагом. Когда-то они были закадычными подругами, но с тех пор прошло много лет. Они то и дело сталкивались, но сейчас настала пора последней схватки: не на жизнь, а на смерть.

— С днем рождения, Леночка! — произнесла Азиза с улыбкой. — Какое, однако, великолепие! Кто бы мог подумать, что скоро тебе придется все это потерять!

— С чего бы это? — спросила Елена, а Азиза фыркнула:

— Ну, слухами земля полнится... Твой холдинг ведь вот-вот пойдет на дно.

— Слухам нельзя доверять, дорогая! — ответила Елена. — Ведь кое-кто утверждает, что все три твоих мужа умерли насильственной смертью!

Азиза усмехнулась, но ее глаза превратились в щелочки.

— Но я слухам не верю, — продолжила Елена, — в этом нет нужды. Я и так знаю, что ты их убила. Не так ли, дорогая?

И, опять же, по слухам, была причастна к смерти Кирилла, мужа Елены...

— Извини, что без подарка! — процедила в ответ некогда лучшая подруга. А Елена, мягко улыбнувшись, ответила:

— А ты извини меня, что нет под рукой ведра с грязной водой...

Азиза дернулась, вспомнив старые истории: когда-то Лена окатила ее из ведра грязной водой — причем не единожды, а дважды!

Оставив Азизу исходить ядом, Елена приветствовала очередного гостя. А затем она увидела его — Стасика.

Он походил на молодого скандинавского бога — серые глаза, светлые локоны, белозубая улыбка. Елена подошла к нему и произнесла:

— Ты же обещал быть в халате!

Стасик был облачен в смокинг, а его шею украшал галстук-бабочка.

— Халат я оставил дома, малышка, однако, как и в случае с халатом, под этим у меня ничего нет! — произнес Стасик и легко прикоснулся губами к ее щеке. Это секундное движение не ускользнуло от взора Азизы. Елена отметила, что и Марина с Максимом, стоявшие поодаль, странно переглянулись.

Тогда Елена привлекла к себе Стасика и поцеловала его в губы. Молодой человек несколько опешил, а когда поцелуй завершился, произнес:

— Хочу еще!

И получил добавки. Взяв Стасика за руку, Елена направилась в сад. Она чувствовала на себе взгляды гостей — любопытные, недоумевающие, насмешливые. Но ей было все равно, ведь рядом шел человек, которого она любила.

Азиза, подобно змее, поползла за ними и, улучив удобный момент, завязала беседу со Стасиком. Наблюдая за ними, Елена решила, что Стасик сумеет поставить на место эту нахалку.

Она повернулась, чтобы подойти к буфету, как вдруг перед ней вырос Сергей. Его лицо по цвету походило на помидор, глаза метали молнии.

— И кто этот молодчик? — прошептал он, как клещами, хватая Елену за локоть.

Ударив Сергея по руке, причем пребольно, Елена заметила:

— Этого молодчика зовут Станислав. И он — мой новый друг.

— Значит, я все-таки был прав! — заявил злобно Сергей, на что Елена ответила:

— Значит, ты был прав!

Краевич вдруг жалобно произнес:

— А что теперь будет со мной, Леночка?

Елена усмехнулась и ответила:

— С тобой? Ты будешь по-прежнему работать на меня. Для тебя, Сережа, ничего не изменится!

Сергей несколько мгновений пялился в землю, а потом медленно произнес:

— А ведь меня предупреждали... Предупреждали о том, что ты используешь меня, а потом бросишь. Ты так и поступила, не правда ли?

Он покосился на Азизу, хохотавшую над шуткой Стасика.

Сергей был когда-то правой рукой Азизы и ее любимым. Елена же забрала у нее Сергея, а вместе с тем — и информацию об империи своей соперницы.

Вдруг Елена поняла: она ведь ничуть не лучше своей собственной дочери, Марины. Та поступила точно так же, желая заполучить власть и богатство. Имеет ли она право осуждать Марину?

— Сергей, успокойся! — заявила Елена. — Никто тебя не использовал. Точно так же можно утверждать, что это ты меня использовал в своих целях.

Краевич поднял глаза на Елену, и она увидела, что в них застыли слезы. Она еще никогда не видела Сергея плачущим.

— Скажи, ты хоть когда-то любила меня? — прошептал он. И, не дождавшись ответа, заявил: — Ты не человек, а робот! Суперкомпьютер, просчитывающий комбинации и переводящий все в прибыль. Ты страшный человек, Лена! Но если ты думаешь, что так будет продолжаться вечно, то ты ошибаешься. Настанет момент заплатить за свои преступления! Причем очень и очень скоро!

В голову Елене пришла фраза из предсказания Великого Оракула о том, что ей придется заплатить большую цену за счастье. Но разве то, что она имела сейчас, было счастьем? Она достигла всего, но потеряла очень многое. И, похоже, это было только началом...

Елена отошла от Сергея, оставив его стоять в одиночестве. Да, она его использовала, но и что из этого? Она привыкла побеждать.

Всегда.

Прием, несмотря на опасения Елены, оказался далеко не таким уж занудным. Ей даже доставило удовольствие принимать поздравления и слышать комплименты в свой адрес. Азиза удалилась весьма скоро — Елена заметила, что та была явно не в духе. Покинул прием и Сергей, Елена не стала его задерживать.

Кульминацией званого вечера стал фейерверк. Уже окончательно стемнело, в саду зажглись огромные искусно оформленные факелы. Елена прошла на террасу, за ней последовал и Стасик. Он обнял ее, прижавшись и положив руки на талию.

— Знаешь, малышка, я тебе этого еще не говорил, потому что это звучит ужасно мелодраматично, да ты бы все равно не поверила... Я бы и сам себе не поверил... Но, знаешь, я ведь люблю тебя!

Неужели это и было поворотным моментом в ее жизни? Да, Стасик был далеко не тем, о ком она когда-то мечтала. Но кто сказал, что ее спутник жизни должен быть похож на Сергея — самоуверенный, деятельный, успешный во всех начинаниях?

Быть может, ей требовался кто-то наподобие Стасика? Ведь он тоже был самоуверенный, деятельный и успешный во всех начинаниях — правда, на свой лад.

Черное небо осветили разноцветные всполохи фейерверка. Стасик, взяв Елену за руку, повел ее за собой. Они оказались с другой стороны особняка, там, где никого не было.

— Ну вот мы и одни! — сказал он и поцеловал женщину. — Ах, какая красота! Я не только тебя имею в виду, но и это!

Он указал на расцвеченное искусным узором небо. Он подвел Елену к перилам, а сам прижался к ней. Елена вдруг поняла — она счастлива. Окончательно и бесповоротно. Несмотря на проблемы с детьми, с Сергеем, с Азизой, с холдингом... Она сумеет побороть все трудности, она со всем справится, она...

В этот момент в небо устремились новые ракеты, по окрестностям разнеслось эхо разрывающихся петард. Внезапно Елена почувствовала, что перила у нее под пальцами как-то странно стали крошиться. Она перевела взгляд вниз — и увидела, что в том месте, где она держалась за перекладину, вдруг образовалась дыра. Но как и почему?

Ее щеку вдруг что-то обожгло, а потом она увидела красное пятнышко, застывшее у нее на груди.

Заметил его и Стасик. И, не теряя самообладания, резко рванул на себя Елену, закрывая ее своим телом. А потом раздалось тонкое жужжание, а после — чпоканье.

Елена неловко упала на плиты террасы, а Стасик, загораживая ее, прошептал, целуя женщину в лоб:

— С тобой ведь все в порядке, малышка, все в порядке?

Елена поняла, что это была за красная точка — лазерный прицел винтовки. Той винтовки, из которой кто-то стрелял в нее из темноты!

Покушение, в сороковой день рождения! Как и на Кирилла, ее покойного мужа...

Они находились с другой стороны дома, вдалеке от гостей, обслуги, охраны. Киллер — а Елена не сомневалась, что это был наемный убийца — мог расстрелять ее и Стасика безо всяких проблем и, не рискуя быть схваченным, удалиться восвояси.

— Господи, малышка, ты вся в крови! — простонал Стасик, и Елена вдруг почувствовала острую боль в шее. Значит, ее задело, значит, киллер выполнил свой заказ! Она ощутила, как по ее телу струится кровь.

— Все будет хорошо, я о тебе позабочусь! — произнес Стасик, желая встать, но Елена, судорожно схватив его, приказала:

— Не двигаться! Достань телефон и вызови кого-нибудь!

Гости были заняты созерцанием фейерверка, а виновница торжества, истекая кровью, лежала на полу террасы и лихорадочно раздумывала о том, кто же мог сделать заказ киллеру.

Ответ был очевиден — Азиза. Приглашая ее на день рождения, Елена не рассчитывала, что та заявится на прием. Но она пришла. А затем заблаговременно удалилась, обеспечивая себе алиби.

Стасик трясущимися пальцами тыкал в кнопки телефона. Елена вырвала у него аппарат и набрала номер.

— Ну! — раздался вальяжный голос управляющего. Он ведь не знал, с кем разговаривает, на его дисплее высветился незнакомый номер.

— На террасу! — прошептала Елена. — С северной стороны. Сюда, немедленно!

— Что за бред? — удивился управляющий. — Какая терраса? Кто вообще говорит?

— Елена Наместникова! — заявила она, а управляющий только чертыхнулся и повесил трубку. Он явно не поверил тому, что звонила хозяйка. А так как она шептала, то он ее не узнал.

Тогда Стасик быстро набрал какой-то номер и на одном дыхании затараторил:

— Это я, это я! Мы тут загибаемся! На нас совершено нападение! Ну, быстрее! Да, мы здесь, в поместье Леночки! Только никто об этом не знает!

В этот момент в темноте возникла фигура. Елена оцепенела — киллер пришел, чтобы добить их! И что они, раненая женщина и изнеженный мужчина, смогут противопоставить профессиональному убийце? В том, что на нее охотился именно профессионал, Елена не сомневалась.

Однако это был не киллер в амуниции и с винтовкой, а один из гостей, который страстно целовал официантку. Они подошли к перилам примерно в том же месте, где только что стояли Елена и Стасик.

— Какое отличное место! — прошептал гость. — Ну, давай же, снимай лифчик...

— Помогите нам! — крикнул Стасик, и официантка, заметив их на полу, взвизгнула и побежала прочь. Гость же, рассматривая их с явным интересом, приблизился и произнес:

— И что вы тут делаете? Хотите, чтобы я к вам присоединился?

Гостем оказался известный политический ведущий, большой защитник социальной справедливости и религиозной морали.

— Дурак! — заявила Елена, чувствуя, что у нее начинает кружиться голова. — Зови сейчас же когонибудь на подмогу! Меня только что пытались убить!

Весть о том, что на хозяйку приема, Елену Наместникову, было совершено покушение, причем никем не замеченное, облетело гостей в считаные секунды. На этом прием, собственно, и завершился.

Когда на террасе возникли гости, сопровождаемые прислугой, Стасик схватил Елену и отнес ее в одну из комнат особняка. Раздался чей-то истеричный крик:

— Кровь! Все в крови!

Елена и сама видела, что все ее платье в крови, как и плиты террасы. Но женщина чувствовала себя на удивление бодро, хотя голова время от времени кружилась. Среди гостей нашелся маститый хирург, который тотчас осмотрел Елену.

— Вам чрезвычайно повезло! — заявил он. — Ранение только одно — повреждена мочка вашего левого уха. Пуля, видимо, прошла по касательной. Крови много, опасности никакой. Сейчас я пластырем заклею. Но все равно нужно обязательно показаться врачу! Вот, выпейте, это успокоительное!

Он протянул ей бокал, в который накапал что-то из темного пузырька.

— Никакого врача! — заявила Елена холодно, взяв бокал и залпом осушив его содержимое. — Со мной все в полном порядке!

Возлежа на диване, она судорожно размышляла. Не покушение какое-то, а настоящий фарс! Хотя разве стоит жаловаться — она ведь осталась в живых! Однако Азиза, стоявшая за попыткой убийства, наверняка будет упирать на то, что никакого киллера не было и Елена сама все организовала, желая очернить ее в глазах правоохранительных органов.

Поблагодарив хирурга, Елена потребовала телефон. Она попыталась дозвониться до Виктора Павловича Еременко, однако странно — начальник службы безопасности не выходил на связь. Интересно, за что она только платила ему такую небывалую зарплату? Видимо, за то, чтобы он в нужный момент оказался недосягаемым!

Внезапно Елена почувствовала приступ дурноты и даже, кажется, на пару мгновений отключилась, потому что, когда она пришла в себя, увидела склонившегося над ней хирурга, а также перепуганного Стасика.

— Что со мной? — прошептала Елена, а хирург измерил ее пульс, оттянул веко и авторитетно заявил:

— Конечно, вы самая богатая женщина страны и не привыкли подчиняться, однако я — врач и лучше знаю, что вам сейчас нужно. А вам нужно немедленное обследование в клинике!

Елена попыталась облокотиться на подушки, однако у нее вновь закружилась голова. Да что с ней такое? Неужели при падении она заработала сотрясение мозга? Не может же быть, что ее развезло из-за пустяковой царапины на мочке уха!

Стасик опустился на диван рядом с Еленой, бережно прижал ее к себе и принялся нежно гладить по голове. Елена почувствовала, что ее тянет в сон. Вот оно — подлинное счастье!

В комнату влетела встревоженная Марина, за ней следовал нетвердо державшийся на ногах Максим.

— Мамочка, слава богу, с тобой все в порядке! — всплеснула руками дочь. А сын, подозрительно уставившись на Стасика, заявил:

— Пока этот патлатый с ней, далеко не все в порядке! Ну, кыш, донжуан доморощенный!

Елена властно сказала:

— Максим, успокойся! Марина, позаботься о брате. Со мной все в порядке!

Дети, топчась около дивана, молчали. В комнату ворвался Еременко. С порога он заявил:

— Елена Григорьевна, мы уже идем по следу киллера!

— Где вы были? — перебила его Елена, и начальник службы безопасности ответил:

— Что вы имеете в виду? Ах, вы пытались до меня дозвониться, а я не ответил! Так я уже был на пути сюда, в поместье!

Он достал мобильный и заявил:

— Да, вы мне звонили, но я не слышал. Прошу прощения! Так вот, мне удалось уже кое-что выяснить...

Елена не слушала его повествование, думая о том, что уж слишком быстро Еременко появился в поместье. Как будто... Как будто он знал, что на хозяйку будет совершено покушение.

Или действительно знал?

Но зачем ему предавать ее? Елена вспомнила подготовленное им досье. Ведь он был в курсе самых неприглядных тайн ее семьи. Что, если Виктор Павлович решил начать большую игру?

Игру, в которой ставкой была ее собственная жизнь?

— А где вы были до того, как поехали в поместье? — перебила его Елена, и Еременко, одарив ее честным взглядом блекло-голубых глаз, произнес:

— Здесь, неподалеку...

И продолжил рассказ о том, что ему удалось уже выяснить. Неподалеку... Странное заявление! Что он делал здесь, неподалеку от ее поместья? Или...

Или он ждал киллера, которому было поручено убить ее? А когда понял, что тот не выполнил задачу, тотчас помчался к жертве, то есть к ней.

— Да что вы все об этих ужасных деталях! — взвилась было Марина и даже топнула ногой. Дочка, кажется, была сама не своя. — Вы обещаете нам, что поймаете киллера?

— Уйти далеко он не мог, мои ребята прочесывают окрестности, — заявил уклончиво Еременко, — однако мы имеем дело с профессионалом...

— Профессионал бы не промахнулся! — отчеканила Марина, а Елена открыла было рот, чтобы урезонить дочку, но в голову ей пришла странная идея:

«А что, если Марина узнала о том, что она намеревается сделать — перекупить через подставных лиц ее маленькую империю? И изолировать саму Марину от общества, сдав ее на руки врачей?»

Это бы стало более чем подходящей причиной для ликвидации — физического устранения родной матери. Ведь, помимо всего прочего, Марина получила бы половину состояния Елены и власть над огромным холдингом.

То, что дочка не чурается убийств, Елена знала наверняка. И кто сказал, что она не в состоянии убить родную мать? Нет, не самолично, а нанять киллера, который сделает это!

Или, промахнувшись, не сделает. Поэтому Марина, обычно такая собранная и спокойная в любой ситуации, и вышла из себя. Или она наговаривает на дочку, которая просто шокирована тем, что мать едва не застрелили?

Елена заметила, как брат с сестрой обменялись странными взглядами. Неужели Максим тоже имеет отношение к произошедшему? Нет, он бы не додумался, он бы струсил!

Хотя, кто знает, может быть, и нет, если бы был в курсе того, что мать собирается запихнуть его на многие месяцы в клинику. Но ведь он не знал!

Да и Марина с Максимом были в ссоре и не могли действовать заодно. Или их ссора — всего лишь отличная инсценировка?

— А сейчас мы отвезем вас в больницу! — заявил непререкаемым тоном Еременко. — Вам надо пройти обследование, Елена Григорьевна, потому что выглядите вы далеко не самым лучшим образом!

Он потянулся к телефону, но Елена вдруг заявила:

— Нет! Я не поеду!

Еременко растерялся и спросил:

— Как это — не поедете? Речь идет о вашем здоровье!

Тут голос подал Стасик, присутствием которого, казалось, все пренебрегли.

— Елена Григорьевна хочет сказать, что она не поедет в вашу клинику! Так ведь?

Стасик словно прочел ее мысли. Еременко побагровел и заявил:

— А вы-то кто такой? Вообще, Елена Григорьевна из-за вас чуть не погибла! Если бы вы не поперлись с ней на эту отдаленную террасу...

— А вы откуда знаете? — спросил его спокойно Стасик, и начальник службы безопасности стушевался. Елена едва подавила вздох. Неужели Стасик попал пальцем в небо?

— Мама, тебе обязательно надо к врачу! — заявила Марина, наклоняясь к Елене. — Причем как можно быстрее!

Раздался осторожный кашель, и Марина заметила хирурга, того самого, который оказал ей первую помощь.

— Мой старый университетский приятель — владелец отличной клиники. Кстати, она расположена не так уж далеко отсюда, — произнес он. — Причем я ручаюсь за него — он не из болтливых!

Еременко покачал головой и заявил:

— Нет, не пойдет! Прежде мы должны проверить этого вашего Айболита. А то мало ли что...

Хирург развел руками, мол, была бы честь предложена, а Виктор Павлович рубанул рукой:

— Итак, мои ребята уже обо всем договорились. Вертолет будет с минуты на минуту, вас доставят в военный госпиталь...

Елена подняла руку и заявила:

— Нет! Вертолет доставит меня в клинику вашего университетского друга! — она посмотрела на хирурга. — Это возможно?

Хирург кивнул и ответил:

— Конечно! Он буквально живет в клинике, он — настоящий мастер своего дела! Разрешите только, я ему позвоню и предупрежу...

Едва он вышел из комнаты, как на нее накинулся Еременко.

— Елена Григорьевна, я настоятельно не рекомендую вам обращаться к незнакомому врачу! Военный госпиталь вас примет, там работают знатоки своего дела...

— Знатоки своего дела, ваши ребята, проворонили покушение на меня! — заявила Елена. — Полетим туда, куда скажу я!

Еременко угрюмо пробормотал:

— Это ведь ваша затея была отозвать охрану из поместья... Я вас предупреждал о возможных негативных последствиях...

Зазвонил его мобильный, и начальник службы безопасности, не извинившись, выскочил в коридор.

Марина, посмотрев на Елену, сказала:

— Мама, стоит ли доверять невесть какому врачу?

— Мама, действительно не стоит! — поддакнул Максим, и Елена приняла окончательное решение — конечно, стоит. Если все пытаются убедить ее, что делать этого не надо, значит, поступить надо было именно так!

Ничего не ответив, Елена набрала номер своего референта. Тот не был в курсе произошедшего покушения, а, узнав, закудахтал. Прервав его болтовню, Елена заявила:

— И сделайте так, чтобы никто ничего не узнал. Официальная версия — несчастный случай во время фейерверка. Придумайте детали. Никакого покушения не было!

В комнату вернулся мрачный Еременко, доложивший:

— Приехали типы из Следственного комитета и ФСБ.

— Разве я их приглашала на прием? — спросила Елена. — Не припомню!

Еременко продолжил:

— Кто-то из приглашенных задействовал свои контакты. Гости хотят знать, что случилось и не требуется ли вам помощь...

— Тогда и вы свои задействуйте! — произнесла медленно Елена. — Потому что никакого покушения не было. Поняли — не было! Видеть никого не желаю! Объясните им все и вежливо попросите покинуть территорию моего поместья: преступления не было, значит, никакого расследования не будет!

Виктор Павлович протянул:

— Сделаю, что могу. Однако я вас понял — расследование проведем свое, внутреннее. Привлекать органы не будем.

Он удалился, а в комнату влетел задыхающийся Сергей. Он бросился к Елене, желая ее обнять, однако, завидев Стасика, произнес:

— Леночка, все в порядке? Я как только услышал, сразу же вернулся... Насилу сумел пробиться через охрану...

Ну и охрана у нее, если через нее, хотя бы и насилу, можно пробиться на территорию поместья! Елена недовольно поморщилась, а потом произнесла, обращаясь к Стасику:

— Мне нужна одежда, а то платье в крови. Прошу тебя, позаботься об этом! Экономка, Нина Олеговна, тебе поможет!

Стасик с выражением явного неудовольствия на лице удалился выполнять поручение. Ему претило оставлять Елену с Сергеем, в котором он тотчас разглядел соперника.

— Думаю, вам стоит выйти к гостям и успокоить их! — обратилась Елена к сыну и дочери. — Ну, давайте же!

Те ушли, и Елена осталась наедине с Сергеем: именно этого она и добивалась.

— Откуда ты узнал о покушении? — спросила она, и он выпалил:

— Азиза... Ей кто-то позвонил и сообщил. Она аж в лице переменилась, когда это услышала...

— Когда услышала, что я все еще жива? — спросила Елена и посмотрела в глаза Сергею. Тот, не выдержав ее взгляда, вдруг отвернулся, делая вид, что ищет в кармане мобильный.

— Так ты был с ней? — спросила Елена, и Сергей виноватым тоном произнес:

— Понимаешь, так получилось... Мы возвращались в Москву...

Но и на прием Сергей заявился явно не на своих двоих и не на маршрутке! Если бы приехал на собственном автомобиле, то не стал бы оставлять его в поместье Елены — со своих «железных коней» сплошь немецкого или итальянского производства он пылинки сдувал.

Значит, и в поместье он пожаловал с кем-то. Но с кем именно? Ответ был очевиден: с Азизой! Хотя позднее они и сделали вид, что приехали поодиночке.

Но ведь Азиза не могла простить ему предательства! Или уже простила? Или не было никакого такого предательства, и Сергей никогда и не переставал тайно работать на конкурентку?

— И как, вы помирились? — спросила Елена, и Сергей, замешкавшись, произнес, продолжая прятать взгляд:

— Ну, нам надо было поговорить по душам. Но не вышло...

Елена вдруг заметила, что рубашка Сергея застегнута неправильно и на шее у него темное, почти черное, пятно. След оригинального цвета губной помады! Такая — черная — была только у одной присутствовавшей на приеме дамы. У Азизы.

Елена поняла, как именно они пытались «поговорить по душам». Азиза ведь обожала огромные, похожие на доисторических ящеров, лимузины с затемненными стеклами и массой удобств внутри.

Наверняка они там занимались сексом! Сергей и Азиза! Елена вдруг почувствовала, что на нее накатывает ярость. Только, собственно, почему? Ведь Сергей был взрослый, и она с ним рассталась.

И вообще... Ведь Сергей рассчитывал, кажется, жениться на ней. Но не вышло. Как и не вышло стать главным в холдинге. А если предположить, что он работал с самого начала на Азизу... Или даже не с самого начала, но снова связался с ней...

Получается, что и Азиза, и Сергей могли быть причастны к покушению!

— Между вами что-то было? — спросила Елена без обиняков. Сергей дернулся и заявил:

— За кого ты меня принимаешь, Леночка! Азиза для меня ничего не значит! Ты же знаешь, что я люблю только тебя!

Значит, все же было.

Однако другого выхода у нее не имелось: Еременко она не доверяла, Сергею тоже. И это был своего рода тест. Интересно будет узнать, кто же его завалит?

— У меня есть сомнения относительно Виктора Павловича... — сказала Елена, и Сергей быстро взглянул на нее. В его глазах вспыхнул интерес.

— Он и его люди проведут расследование. Я же хочу, чтобы ты провел свое, причем втайне от Еременко. Справишься?

— Конечно, Леночка! — произнес Сергей и склонился над ней. Женщина же не могла оторвать взгляд от следов губной помады у него на шее.

Вернулся Стасик, известивший, что вертолет сел. Сергей бросился помогать Елене, но Стасик оказался быстрее и подставил ей свое плечо. Появились люди в комбинезонах, принесшие раскладное кресло на колесиках. Елена категорически отказалась сесть в него и проследовала из комнаты на террасу, а оттуда — к стоявшему на лужайке вертолету.

Ее вызвались сопровождать Стасик, Сергей и Виктор Павлович. Однако она взяла с собой только Еременко и одного из его людей.

Вертолет взмыл в воздух, и Елена уставилась вниз, наблюдая за мерцавшими на земле огнями. Сидевший рядом Еременко странно улыбался. Елена прикрыла глаза. По телу снова разлилась слабость.

Хорошо, что Оля, ее сестра, ни о чем не узнала — утром она улетела на лечение за рубеж.

Неужели сегодня все могло закончиться? А ведь прав оказался Великий Оракул — день едва не стал переломным! И последним в ее жизни...

Полет продолжался около получаса, затем вертолет пошел на снижение. Елена заметила красивое светлое здание, окруженное дубравой и расположенное неподалеку от большого озера.

Их встречал высокий приветливый субъект в белом халате, представившийся доктором Тахтахаровым. У него были умные карие глаза, ухоженная эспаньолка и крепкое рукопожатие.

— Елена Григорьевна, рад познакомиться с вами, пусть и при таких невеселых обстоятельствах! — заявил он.

— Я жива, разве это так уж плохо? — парировала Елена, и доктор расхохотался.

— Чувство умора — первый показатель того, что с пациентом все в порядке. Прошу вас!

Он указал на вход в клинику. Еременко последовал за ним, но Елена отрицательно качнула головой:

— Вам стоит заняться расследованием...

— Я вас не оставлю! — заявил тот, но Елена отчеканила:

— Еще раз настоятельно прошу вас вернуться в поместье!

Еременко нехотя подчинился, не забыв, однако, оставить на территории клиники своего человека, которому было велено ни на шаг не отходить от Наместниковой.

Доктор Тахтахаров, ничуть не смущаясь того, что Елену сопровождал вооруженный охранник, провел ее в здание клиники. Елена тотчас почувствовала там себя, как дома — обстановка и дизайн располагали к себе.

На лифте они поднялись на второй этаж, доктор Тахтахаров проводил Елену в просторную палату. Телохранитель последовал за ней, но доктор с мягкой улыбкой преградил ему путь.

— Вам придется подождать за дверью. Или вы думаете, что Елена Григорьевна будет раздеваться в вашем присутствии?

Телохранитель тупо уставился на Елену, и та указала на дверь:

— Если доктор Тахтахаров вдруг решит разрезать меня на кусочки скальпелем, то я буду реветь, как белуга, и тогда вы придете ко мне на помощь! — заявила она с легкой улыбкой. Телохранитель ретировался за дверь.

Доктор, усаживая Елену на кушетку, произнес:

— Гм, вы уверены, что этот ваш охранник понял, что это всего лишь шутка? Ну что ж, приступим!

Он измерил Елене давление, затем проверил рефлексы, а появившаяся из смежной комнаты медсестра взяла у нее кровь на анализ и дала Елене выпить из бокала. Доктор осмотрел мочку уха, а другая медсестра поколдовала над ней, Елена ощутила прикосновения чего-то прохладного и пахучего, и боль отступила.

— До свадьбы, как говорится, заживет! — произнес доктор Тахтахаров. — Точнее, до конца следующей недели. Ну что же, я весьма доволен результатами! Конечно, стоит дождаться экспресс-анализа крови, однако уверен, что все будет в норме...

Елена приободрилась и спросила:

— Значит, я смогу покинуть клинику прямо сейчас?

Доктор Тахтахаров качнул головой и сказал:

— Конечно, можете, это же не Бастилия! Но вы же хотите знать точный диагноз? А для этого вам следует пройти исследование на магнитно-резонансном томографе. Только так мы сможем убедиться, что во время покушения... прошу прощения, во время этого инцидента не имела место травма внутренних органов...

Елена заявила:

— Со мной все в полном порядке! От того, что я повалилась на пол, никаких ужасных последствий ожидать не стоит...

Она встала — и вдруг покачнулась, чувствуя, что перед глазами все поплыло. Елена хотела схватиться за кушетку, но ее пальцы скользнули по воздуху. Если бы не доктор Тахтахаров, то она бы попросту упала.

— Так, так, так! — произнес он озабоченным тоном. — Мне это не нравится, ой как не нравится! Однако причин для беспокойства нет. Вероятнее всего, это просто симптомы травматического шока. Но нам надо исключить вероятность органического нарушения!

Он помог Елене опуститься на кушетку, и она произнесла:

— Хорошо, я согласна. Только не говорите мне после томографии, что у меня опухоль головного мозга размером с кокосовый орех!

— Ну-с, тогда история вашей болезни наверняка появится в учебниках по медицине! — заявил доктор, улыбаясь. — Сестра сейчас все подготовит. Томограф у нас располагается на нижнем этаже...

Через несколько минут Елену, лежавшую на каталке, вывезли в коридор. Завидев это, телохранитель встрепенулся и подскочил.

— Повода для беспокойства нет! — заявил доктор Тахтахаров. — Елене Григорьевне требуется сеанс томографии. Вы можете проследовать за нами!

Они оказались в подземном помещении, которое, впрочем, и без окон выглядело стильно и красиво. Елена заметила огромный аппарат посередине комнаты. Доктор Тахтахаров попросил телохранителя остаться в коридоре, и тот подчинился.

Подчиняясь просьбе врача, Елена встала с каталки и разместилась на лежаке томографа. Доктор потрепал ее по руке и сказал:

— Бояться нечего! Процедура абсолютно безобидная, вы ничего не почувствуете. Сестра только сделает вам инъекцию — она необходима для большей контрастности сосудов головного мозга...

Он вышел в техническое помещение, отгороженное от комнаты с томографом полупрозрачной перегородкой. Елена не сомневалась, что с ней все в порядке, однако хотела знать это на сто процентов. Доктор Тахтахаров произвел на нее очень хорошее впечатление — она решила, что отныне будет пользоваться его услугами.

А что, если томография выявит какую-то ужасную болезнь? Нет, полностью исключено! Хотя ведь Великий Оракул предсказал, что сегодняшний день изменит всю ее жизнь. А ведь день все еще не закончился...

Или уже настало первое сентября?

Елена повернула голову, пытаясь отыскать на стене часы. Они показывали без трех минут полночь. Значит, ее день рождения вот-вот уйдет в прошлое...

А затем она заметила и еще что-то. Это была серия фотографий, на которых она узнала влиятельных политиков, шоуменов и церковных иерархов. Они были сняты в компании невысокого полноватого типа с черной бородкой. Интересно, кто это?

Зрение у Елены было отличное, очками пользоваться еще не приходилось. Поэтому она без особого труда смогла прочесть: «Др. Ф.Х. Тахтахаров с митрополитом...»

Доктор Тахтахаров? Этот невысокий субъект с черной бородкой? Ее доктор был тоже с бородкой, однако высокий и совершенно на этого толстячка не похожий...

Елена быстро поднялась с лежака и подошла к стене. Так и есть, на всех фотографиях в компании сильных мира сего был запечатлен доктор Тахтахаров. Однако это был не тот человек, который находился в каких-то нескольких шагах, в техническом помещении!

Брат? Отец? Кузен? Нет, между этими двумя людьми не было никакого сходства. Но как же так... Единственным объяснением было то, что тот, кто встретил ее на вертолетной площадке, провел обследование и теперь намеревался запихнуть в томограф, не был доктором Тахтахаровым.

Елена осмотрелась — чтобы выйти отсюда, нужно было миновать техническое помещение, в котором находились лже-Тахтахаров и две медсестры.

В коридоре был телохранитель, который мог прийти ей на помощь. Хотя если самозванец занял место доктора, то следовало исходить из того, что у него были сообщники.

На пороге вдруг возникла улыбчивая медсестра, державшая в руке шприц. Елена быстро отпрыгнула от стены. Медсестра, заметив, что пациентка стоит, а не лежит, качнула головой и произнесла:

— Ах, волноваться нет причин! Сейчас сделаю вам укольчик, и все будет в порядке!

Она указала на лежак, и Елена медленно подошла. Она покорно опустилась на него, а медсестра ловко закатала ей рукав.

— Вы ничего и не почувствуете! Рука у меня легкая, так все говорят...

Она поднесла к локтевому сгибу Елены шприц... И тут Наместникова перехватила ее руку, вырвала шприц у медсестры, явно не ожидавшей нападения, а затем, пользуясь тем, что та растерялась, вонзила ей иглу в руку и ввела порядочную дозу светло-желтой субстанции.

Медсестра издала булькающий звук, вырвала шприц и прошипела:

— Ах ты, стерва! Догадалась-таки! Ну ничего, мы сейчас тебя прищучим!

Она потянула скрюченные руки к Елене, которая успешно отбила атаку при помощи блока. Медсестра, чье лицо на глазах стало лиловым, прохрипела:

— Сюда... На помощь...

Однако произнесла она это тихо, явно с каждой секундой теряя силы. Потом она рывками, подобно зомби, двинулась на Елену. Но, сделав несколько шагов, медсестра вдруг осела на пол.

Елена осторожно склонилась над ней, ожидая, что та, как злодей в триллере, вдруг откроет глаза и схватит ее за горло. Но ничего такого не произошло — медсестра была в полной прострации.

Понимая, что надо действовать как можно быстрее, Елена стянула с медсестры халат, медицинскую шапочку — и вместе с ней в ее руке остался белокурый парик. В действительности у медсестры были короткие рыжие волосы.

Елена поместила медсестру на лежак и быстро напялила на себя халат, парик и шапочку. Затем она двинулась к выходу, быстро прошмыгнула мимо пустого технического помещения и увидела шедшего ей навстречу доктора Тахтахарова. Вернее, конечно, лже-доктора.

Он говорил по мобильному, явно завершая разговор:

— Да, да, не извольте волноваться, все на мази. Пациентка только что получила инъекцию, так что можно приступать к операции.

К счастью, на Елену, отвернувшуюся от него, он не смотрел. Она двинулась к двери, но доктор Тахтахаров положил ей руку на плечо.

— Ну что, все в порядке? Какая у пациентки реакция? — спросил он.

Елена стояла к нему спиной, чувствуя на плече его тяжелую руку. Тахтахаров, конечно, выше и намного тяжелее ее, однако она была знакома с некоторыми приемами восточных единоборств. Да и до спасительной двери, за которой ждал вооруженный телохранитель, было всего каких-то три метра.

Елена качнула головой и направилась к двери. Тахтахаров, в голосе которого прорезался металл, произнес:

— Ты что себе позволяешь! И куда ты собралась?

Елена дернула ручку двери — и убедилась, что она закрыта. Тахтахаров догнал ее, силой развернул — и понял, что перед ним вовсе не сообщница. Ахнув, он на мгновение отступил, а Елена заехала ему коленкой в пах. Лжеврач застонал и плюхнулся на пол.

Женщина заколотила по двери, призывая на помощь. Телохранитель находился рядом, он немедленно высадит дверь и придет к ней на помощь!

Но никто и не думал ее спасать. Тахтахаров, придя в себя, с ревом кинулся на нее, прижал к двери и принялся душить. Елена изловчилась и укусила его за руку. Доктор, завыв, разжал пальцы.

Она боднула его головой в солнечное сплетение, а когда он упал навзничь, быстро запустила руку в карман халата и нащупала мобильный. Отшвырнув его к стене, она засунула руку в другой карман и нашла пластиковую карточку-ключ.

Елена вытащила руку, и в этот момент в ее запястье впилась пятерня доктора, который стал выкручивать ей руку. Елена со всей силы саданула его по коленке, и Тахтахаров, завизжав, отстал.

Она подбежала к двери, поднесла к сканеру карточку, вместо красной лампочки загорелась зеленая, и дверь тихонько щелкнула, открываясь.

Елена выскочила в коридор, желая намылить голову глухому телохранителю, но никого там не было. Зато на полу она заметила красные пятна, походившие на брызги крови.

Свежей крови.

Внезапно раздался звук сирены — наверняка Тахтахаров очнулся! Елена бросилась по коридору в том направлении, откуда ее привезли на каталке. Однако, вывернув за угол, увидела четырех мужчин, спешивших к ней навстречу. С четырьмя ей явно не справиться.

Елена развернулась и бросилась бежать в противоположном направлении. Она пролетела мимо двери, которая вела в помещение с томографом, побежала дальше, завернула за угол — и заметила стоявших в другой стороне коридора людей в белых халатах. На счастье, стояли они к ней спиной, что-то бурно обсуждая.

Значит, дорога и в этом направлении тоже была перекрыта! Елена обернулась, заметила дверь и, подойдя к ней, поднесла к сканеру похищенную у Тахтахарова электронную карточку.

Раздался щелчок, означавший, что замок открылся. Елена толкнула дверь и прошла в темноту. Впрочем, стоило ей оказаться в помещении, как автоматически зажегся свет.

Она прошла через комнату, в которой находились странные приборы, в смежную, больше походившую на лабораторию. Из нее она попала в третью — все еще не теряя надежды, что сумеет попасть в помещение с окном или лифтом.

Но вместо этого она оказалась в комнате, посередине которой стояла каталка. На ней лежал кто-то, прикрытый простыней. Елена поняла, кто именно — узнала по ботинкам. Это был телохранитель.

Она сорвала простыню и увидела распахнутые глаза несчастного, уставившиеся в потолок. Во лбу у него зияло крохотное круглое отверстие, из которого все еще сочилась кровь: кто-то застрелил телохранителя, а затем поместил его сюда.

Елене было страшно, очень страшно. И жаль человека, убитого с одной целью — похитить ее. Или не похитить, а тоже убить?

Наплевав на сантименты, Елена запустила руку в карман покойника. Вряд ли они изъяли его личные вещи. А значит, и мобильный телефон остался при нем.

Так и есть, она нашла мобильный. Возликовав, Елена задумалась над тем, кому позвонить. Сергею? Виктору Павловичу? Марине?

Нет, вместо этого она позвонит Стасику. Какой же у него номер, она вечно забывала, что именно было на конце — двойка или семерка? Значит, попытается позвонить по одному, если не выйдет — по другому. Она набрала номер, нажала кнопку — и на экране высветилось «Связь отсутствует».

Но ведь она видела, как Тахтахаров, точнее, человек, прикинувшийся Тахтахаровым, говорил по мобильному в соседнем помещении. Так отчего же здесь-то связи не было?

Закон подлости.

Елена подняла телефон, и вдруг дисплей засветился — мобильный снова работал. Пошел автоматический набор номера, затем гудки. И наконец раздался знакомый голос:

— Алло?

— Это Елена! Мне требуется помощь! Они пытаются или похитить меня, или убить...

Стасик воскликнул:

— Алло! Я вас очень плохо слышу! Повторите, что вы сказали!

Елена сделала несколько шагов, и связь оборвалась. А затем она услышала голоса и шаги. Они вычислили ее!

Убедившись, что телефон окончательно заглох, Елена обшарила карманы мертвеца. Оружие из кобуры, висевшей на боку, они забрали. Так чем она будет защищаться?

Дверь распахнулась, и на пороге возник тяжело дышавший доктор Тахтахаров. За ним стояли несколько человек, и в руках у них были короткоствольные автоматы. Дело принимало серьезный оборот.

— Елена Григорьевна, хватит дурить! — заявил он грубовато. — Думаете, что сумеете уйти от нас? Тут же везде камеры, вы разве об этом не подумали? Да и по компьютерной системе легко определить, кто, где и когда воспользовался моей карточкой!

Его взгляд упал на мобильный телефон, и губы Тахтахарова дернулись:

— Ну, растяпы! Оружие забрали, а телефон забыли!

— Тут связи нет! — сказал кто-то сзади, а Елена заявила:

— Связь есть! И я вызвала подмогу! Через десять минут вас всех положат лицами на асфальт!

Тахтахаров усмехнулся и заметил:

— Ну, это мы еще посмотрим! Вы блефуете! А даже если и нет, то через десять минут все будет завершено. Сюда хоть целая дивизия может заявляться — вы сами скажете, что все в полном порядке!

— Еще чего! — заявила, ощетинившись, Елена. — Решили меня похитить? Выкуп потребовать? Не выйдет!

Тахтахаров вздохнул, протянул руку, в которую один из его людей вложил шприц.

— Ну, зачем нам вас похищать! Это же так хлопотно! Да и с кого нам требовать выкуп — с ваших детишек? Они, поди, рады-радехоньки, если вы вдруг исчезнете…

Неужели к этой кошмарной акции были причастны Марина и Максим?

— Операция гораздо более элегантная и прибыльная! — заявил Тахтахаров, приближаясь к ней. — И учтите: одно неверное движение — и мои люди откроют огонь на поражение. Больно не будет…

Краем глаза Елена заметила то, что упустила из виду раньше: в помещении имелась еще одна дверь. Женщина протянула руку Тахтахарову и сказала:

— Ну, если вы обещаете, что больно не будет…

Тот усмехнулся, поднес к руке шприц, а Елена сделала то же, что и с медсестрой, — вырвала у него шприц, но не стала вкалывать иглу в лже-доктора: времени не было. Вместо этого она плечом ударила в дверь, надеясь, что та не заперта.

Дверь была открыта. Елена захлопнула ее, повернула задвижку — и поняла, что оказалась в ловушке. В комнате не было ни одного окна и другой двери, кроме той, которую она только что заблокировала и которая тотчас стала содрогаться от ударов с другой стороны. Елена поняла, что долго так продолжаться не может.

В этой комнате тоже стояла каталка, на которой лежало покрытое простыней тело. Наверняка еще одна жертва. Может, у нее имелось оружие или то, что можно использовать в качестве такового?

Елена сорвала простыню и застыла, уставившись на того, кто лежал на каталке.

Это была женщина, облаченная в больничную рубашку с разрезом на боку. Причем Елена знала ее — это была Елена Наместникова...

Да, сомнений быть не могло, на каталке покоилась ее точная копия, ее двойник, ее сестра-близнец. Но в этом-то и дело, что женщина не просто была очень похожа на нее — *эта женщина и была она сама*.

Словно зачарованная, Елена смотрела на ту, что покоилась перед ней. Как такое может быть? Ведь это же она сама!

Да, она сама... Даже родинка в уголке глаза точно такая же... Да, это была она, и никто иной. Но как такое возможно?

Возможным это было только в одном-единственном случае: она была мертва. Неужели они ее тоже убили, и теперь, став бесплотным призраком, она видит сверху комнаты свое собственное бездыханное тело?

Но ведь она не помнила, чтобы ее убивали. Но, быть может, души такое и не запоминают...

Елена, чувствуя непреодолимое желание, прикоснулась к родинке — и вдруг поняла, что перед ней находится вовсе не труп, а тело живого человека. Она даже заметила, как мерно вздымается грудь...

Ее собственная грудь!

Интересно, так это двойник или она сама? Чтобы понять, Елена решила удостовериться, имеется ли у женщины, которая лежала на каталке, шрам от аппендицита. Ведь если это все же отлично загримированный двойник, то вряд ли ему присобачили и искусственный шрам. А вероятность того, что у двойника собственный шрам, была ничтожно мала. Кроме того, свой шрам она знала очень хорошо и тотчас бы заметила подделку...

Елена потянулась к тесемкам, чтобы развязать больничную робу, в которую была облачена... Кто? Она сама? Ее сестра-близнец? Узел распустился...

Внезапно лежавшая перед ней женщина распахнула глаза. Елена отпрянула, испуганная произошедшим. Но женщина тотчас закрыла глаза. С гулко бьющимся сердцем Елена снова подошла к каталке. Наверняка несчастной, кем бы она ни была, требовалась помощь! Она не может бросить ее в беде!

Елена прикоснулась к ее руке, ощутив тепло человеческого тела. А потом дотронулась до бедра безымянной, столь похожей на нее особы. Все же надо было проверить, имелся ли у нее шрам...

В тот момент, когда Елена попыталась завернуть край рубашки, кто-то цепкими пальцами схватил ее за запястье. Это был ее двойник, который, снова раскрыв глаза, уселся на каталке.

Глаза у женщины были точно такого же цвета, как и у самой Елены, — карие, с золотистым отливом. Только чего-то в них не хватало. И Елена поняла, чего именно: души. На нее смотрел не человек, а живая кукла.

— Мне больно! — произнесла Елена, а особа, наклонив голову, словно птица, изучала ее и продолжала при этом выворачивать запястье. Причем хватка у этой особы была, как у спортсмена-пятиборца.

— Мне больно! — повторила Елена, и двойник вдруг схватил ее другой рукой за горло и принялся душить. Елена захрипела, чувствуя, что с противницей ей явно не справиться. Какая ирония судьбы — в день своего рождения умереть, став жертвой самой себя!

Двойник сжимал пальцы, явно намереваясь лишить Елену жизни. Та из последних сил размахнулась, всадила своей копии чуть ниже затылка шприц и впрыснула двойнику его содержимое.

Пальцы почти сразу же разжались, глаза налились кровью, а изо рта пошла пена. Особа, рухнув обратно на каталку, вдруг забилась в конвульсиях. Елена в ужасе наблюдала за тем, как умирает — она сама.

В этот момент дверь под напором нападающих слетела с петель, и в комнату ввалилось несколько мужчин с автоматами. Расталкивая их, к ней протиснулся доктор Тахтахаров — или тот, кто представился ей таковым.

Затем его взгляд упал на двойника Елены, тело которого сотрясали судороги. Тахтахаров побледнел и произнес:

— Она уничтожила дубль! Черт побери!

Вооруженные люди взяли ее в кольцо, а Тахтахаров взял у одного из них шприц. Елену схватили, и лже-доктор приблизился к ней. Как женщина ни извивалась, вырваться из рук «шестерок» Тахтахарова у нее не вышло.

— Что вы намерены со мной сделать? — вскричала Елена. — И кто эта женщина?

Тахтахаров усмехнулся и, поднося к ее руке иглу, заметил:

— Слишком много вопросов, Елена Григорьевна! Настала пора вам немного поспать!

— Она же умирает, помогите ей! — закричала Елена, видя, как колотят по каталке ноги несчастной. Тахтахаров только кивнул, и один из его подручных выстрелил в несчастную. Та немедленно затихла.

Значит, они и ее не пожалеют! Елена предприняла последнюю попытку освободиться, которая, впрочем, не увенчалась успехом.

Доктор Тахтахаров ввел ей в вену иглу и сладко произнес:

— Ну что же, это только отсрочит проведение операции, не более того. Потому что это был всего лишь дубль, и скоро будет готов другой...

Его голос звучал так, как будто Елена находилась в огромной трубе. Перед глазами все поплыло, а затем ее накрыла тьма, всепожирающая и беспощадная.

Елена открыла глаза и подумала, что ей приснился ужасный сон. Надо же, какой реалистичный кошмар! Разве такое вообще бывает?

Она повернулась и ощутила в шее боль. И вдруг до нее дошло: никакой это был не сон, а самая что ни на есть подлинная ситуация. И она до сих пор находится в руках похитивших ее бандитов!

Запаниковав, Елена попыталась подняться — и вдруг с облегчением поняла, что находится в спальне собственного особняка. Значит, все же дурной сон! Она долго спала, и ей привиделся кошмар!

Однако отчего же так болела шея... Елена нащупала на затылке солидную шишку. И при этом заметила на руке след от инъекции. Именно туда Тахтахаров и ввел какую-то гадость!

Но почему она не умерла? Ведь она стала свидетельницей того, как ее копия тотчас забилась в судорогах, когда она сделала ей инъекцию того, что предназначалось ей самой. А ведь Тахтахаров впрыснул в нее эту гадость, она это помнила...

Только как тогда она оказалась в своей собственной спальне, ведь до того, как потерять сознание, она была в клинике лжедоктора?!

Елена встала с кровати, заметила валявшуюся у стены смятую одежду — ту самую, которая была на ней во время визита к Тахтахарову. Она вышла из спальни, а затем распахнула дверь, что вела в коридор.

Напротив двери сидел, читая газету, охранник. Заметив Елену, он встрепенулся, подскочил и произнес:

— Елена Григорьевна, вам лучше остаться в постели...

Елена смерила его презрительным взглядом и произнесла:

— Это мой дом, и не вам мне указывать! Вы ведь, кажется, работаете на меня?

Охранник, к которому тотчас подоспел второй, смутился. Они попытались уговорить ее вернуться в спальню, но Елена, игнорируя их, спустилась вниз. На лестнице она услышала, как один из молодчиков сообщает кому-то:

— Объект пришел в себя и самовольно перемещается в нижний сектор...

Перемещающийся самовольно объект, стало быть, — она сама. В кухне Елена обнаружила еще двух молодых типов, которые хозяйничали в холодильнике. Заметив Елену, они повскакивали и уставились на нее, словно на привидение.

— Где моя экономка? Где управляющий? — спросила Елена, запахивая полы халата: она поняла, что один из типов пялится на ее грудь.

— Елена Григорьевна, как я рад, что вы в добром здравии! — услышала она знакомый голос и, обернувшись, заметила Виктора Павловича Еременко.

Стоило ему повести бровью, как его подчиненные испарились из кухни.

Он подошел к Елене с явным намерением взять ее за руку, но женщина смерила его таким взглядом, что он замер в полуметре от нее.

— Что здесь происходит? — спросила Елена, заметив в коридоре еще нескольких вооруженных типов. — Вы что, превратили мой особняк в казарму? Кто дал вам право?

Еременко вздохнул, сокрушенно качнул головой и произнес:

— Позволю себе заметить, Елена Григорьевна, что если вы проявляете свой непростой характер, то все с вами в порядке. Однако пусть вас лучше осмотрит доктор...

От слова «доктор» Елену передернуло, причем так явно, что начальник службы безопасности заметил:

— Ну, не доктор Тахтахаров, конечно!

Значит, не сон.

— Вы его поймали? — спросила Елена, чувствуя непреодолимое желание закурить, хотя бросила уже много лет назад.

Еременко снова вздохнул и сказал:

— Я все объясню, только давайте вас все же осмотрит доктор. Он — свой, надежный. Говорил же я вам изначально, что надо было лететь в военный госпиталь! Так нет, вы повелись на эту подставу!

Раньше таким тоном он разговаривать с ней себе позволить бы не мог. В Еременко что-то неуловимо переменилось, наверное, взгляд стал каким-то колючим, барским.

Елена подчинилась его совету, больше походившему на требование, причем только с одной целью — чтобы начальник службы безопасности наконец поведал то, что ей хотелось узнать.

Доктор оказался молодым невзрачным типом, который, осмотрев Елену, заметил:

— Полный порядок!

Елена прошла с Еременко в свой кабинет. В одной из комнат она заметила перепуганную экономку, а в другой — управляющего. Похоже, люди Виктора Павловича взяли их под домашний арест.

И ее тоже?

Оказавшись в кабинете, она уселась в кресло, указав Еременко на другое, стоявшее около стола. Так она чувствовала себя намного увереннее. Да и напомнила Виктору, что он всего лишь ее подчиненный.

Но Еременко прошелся по кабинету, подошел к окну, задернул штору и сказал:

— Итак, Елена Григорьевна, ситуация следующая. Сегодня воскресенье, второе сентября. Вы находились без сознания больше суток. С того самого момента, как мы отбили вас у бандитов...

— Отбили? — переспросила Елена, а Еременко, подойдя к креслу, все же опустился в него и сказал:

— Да, отбили. Итак, обо всем в хронологическом порядке. На вас было совершено покушение. Причем, как теперь стало понятно, покушение было фиктивное. Если бы киллер хотел убить вас, то прихлопнул бы, как муху, прямо тогда, на террасе...

Выражения, которыми оперировал Еременко, Елене были не по душе, однако она слушала то, что он рассказывал.

— Ясно, зачем это было сделано: чтобы вы оказались в клинике Тахтахарова. И вы, как я уже сказал, добровольно отправились в ловушку, с чем вас и поздравляю!

— Благодарю! — заметила чрезвычайно сухо Елена. — Дальше!

Вроде бы она должна быть признательна Еременко и его людям, но интуиция ей подсказывала: он что-то утаивал.

— А дальше вот что, Елена Григорьевна. Когда мой человек, которого я приставил к вам, на связь не вышел, я понял, что дело плохо и что надо вас спасать. Поэтому пришлось в ночь на субботу сделать небольшую вылазку. Мои ребята взяли клинику штурмом и обнаружили вас в вертолете — в бессознательном состоянии и готовую к отправке в неизвестное место! Вот, собственно, и все. Мы перевезли вас сюда, и я позволил себе отдавать приказы, в том числе и вашей прислуге.

Позволил себе отдавать приказы... Конечно, если заявляешься в чужой дом в обществе двух десятков молодых, до зубов вооруженных типов, то любой согласится с требованиями!

— Это не прислуга, а персонал! — отчеканила Елена, и Еременко в недоумении уставился на нее:

— О чем это вы?

Он, кажется, действительно не понял различия. Зато Елена осознала, что с ней он теперь тоже стал говорить, как барин с прислугой. Но почему?

— Так вам удалось взять Тахтахарова и его людей? — спросила она.

Виктор Павлович нахмурился:

— Вертолетов было два... Тому, кто изображал из себя доктора Тахтахарова, и его людям удалось скрыться. А пилота второго вертолета, который должен был транспортировать вас, мои ребята пристрелили. Ну, всякое бывает...

Произнес он это без малейшего сожаления.

— Значит, вы всех упустили? — подытожила Елена, и Еременко заявил:

— Да, мы их прошляпили. Однако мои ребята были заняты тем, что спасали вас. Вы ведь не жалуетесь на это?

Елена промолчала. Раньше Еременко никогда не позволил бы себе разговаривать с ней в таком тоне, потому что понимал, что она его в два счета уволит. А теперь...

— Кто пытался меня похитить? — спросила Елена, и Еременко усмехнулся:

— У нас на расследование было чуть больше суток, так что не взыщите, Елена Григорьевна. Своих врагов вы должны знать лучше...

Он снова встал из кресла, подошел к Елене и произнес:

— Вы в большой опасности! Однако покуда мои люди защищают вас, опасаться нечего!

— Неужели? — спросила Елена, чувствуя, что ее бросило в дрожь. — А что с моим двойником?

Виктор Павлович дернул плечом и спросил:

— С каким двойником?

Елена пояснила:

— С женщиной, похожей на меня как две капли воды. Ну, той, что вы наверняка нашли на подземном уровне. Установили, кто она такая?

Еременко удивленно протянул:

— Никакой женщины мы там не обнаружили. Только несколько трупов: настоящего доктора Тахтахарова, охранников клиники и нашего коллеги, который отдал жизнь, защищая вас...

Удивление, как показалось Елене, было искренним. Хотя кто знает, что у этого Еременко было на уме? Или он нашел тело двойника, но скрывает это? Зачем?

В этой истории было слишком много вопросов, на которые пока не было ответов. Но их Елена намеревалась рано или поздно заполучить.

Однако могла ли она при этом полагаться на Виктора Павловича?

— Они что, захватили целую клинику, чтобы заманить в нее меня? — спросила Елена, и Еременко усмехнулся:

— Выходит, что так. В этом суть всей их операции! Речь шла не о том, чтобы ликвидировать вас, Елена Григорьевна. Они, как я уже сказал, могли бы сделать это намного раньше и без таких проблем. Им надо было заманить вас в клинику!

Прикрыв на мгновение глаза, Елена задумалась. Заманить в клинику... Как вообще получилось, что она приняла решение лететь к этому самому Тахтахарову? Ну точно, это посоветовал ей тот самый хирург, который оказал ей первую медицинскую помощь. И отчего ее тогда так развезло? Она поняла — от питья, которое дал хирург. Наверняка туда была добавлена какая-то гадость, и это только укрепило ее в решении побывать у врача. У доктора Тахтахарова...

Она назвала фамилию хирурга, и Еременко сказал:

— Ага, значит, вспомнили! Мне удалось установить, кто же подбросил вам идейку. И что занятно — этот субъект покинул территорию России, причем произошло это рано утром в субботу. Улетел в Париж с пересадкой во Франкфурте-на-Майне. Хотя, подозреваю, до французской столицы он так и не добрался. Мы его ищем, но пока безрезультатно...

Елена задумалась. Хирурга этого она практически не знала. Слышала его фамилию, не более того. Вряд ли он затаил на нее злобу. Значит, он работал на похитителей?

Но было ли это вообще похищение?

— Чего, по вашему мнению, добивались Тахтахаров и его люди? — спросила Елена медленно.

Она посмотрела в лицо Еременко, а тот отвернулся и подошел к окну.

— Первое, что приходит в голову, — похищение. Но зачем такая сложная многоходовка? Похитить вас можно было и более простым способом...

— А что второе? — спросила Елена, и Виктор Павлович потер руки:

— Ну, вариантов великое множество. В зависимости от того, с каким врагом мы имеем дело. Но враг в любом случае могущественный и коварный.

Значит, Азиза. Больше некому.

— И пока что непобежденный, — продолжил Еременко, — что для вас крайне опасно. Поэтому я настаиваю на том, чтобы мои ребята остались в вашем особняке. Только так можно гарантировать, что вторая попытка не увенчается успехом!

— Вторая попытка? — переспросила Елена, и Еременко кивнул:

— Конечно, вторая попытка! Или вы думаете, что тот, кто затеял эту операцию, отступится от задуманного? Я так не считаю!

Когда Елена осталась одна, то стала размышлять о том, кто же стоит за этими странными и страшными событиями. Она подошла к окну и заметила, что в саду патрулируют люди Еременко.

В голову ей пришла занятная мысль: а откуда она вообще знает, что Еременко вырвал ее из лап похитителей? Исключительно с его слов. А если предположить, что он с преступниками заодно...

Ведь она была без сознания, когда Еременко ее якобы отбил у похитителей. А могло быть все иначе: те просто передали Виктору Павловичу свою жертву. Ибо их целью было вовсе не похищение, а то, чтобы Еременко и его люди взяли под полный контроль ее жизнь под предлогом защиты от нового покушения.

Но каким образом тогда встраивается в эту схему элемент с ее двойником? То, что Еременко его якобы не нашел в клинике, подозрительно. Он мог обманывать, что косвенным образом подтверждало ее опасения.

Или же бандиты увезли первым делом мертвого двойника, а вовсе не ее саму? Что совершенно непонятно. Неужели копия им важнее оригинала?

И вообще, каким образом им удалось добиться такого потрясающего сходства? Вряд ли это грим, и, насколько могла судить Елена, не пластическая операция и не латексная маска. Генетическая аномалия, что ли...

Мысль о генетической аномалии напомнила ей о человеке, который мог бы оказать неоценимую помощь и дать совет. Юрий Петрович Докучевский! А ведь сегодня было воскресенье, и именно в воскресенье она намеревалась посетить его в больнице, где он приходил в себя после инфаркта...

Елена попыталась найти свой мобильный, однако не обнаружила его. Она спустилась вниз, где застала в кухне экономку, которая терпеливо сносила сомнительные остроты людей Еременко.

— Нина Олеговна, вы не в курсе, где мой мобильный? — спросила Елена, и экономка осторожно покосилась на молодчиков. Один из них произнес:

— Он временно конфискован. Вам запрещено пользоваться мобильным.

Елена развернулась, подошла к типу и произнесла одно-единственное слово, но тем тоном, от которого сотрудники ее холдинга впадали в трепет:

— Что?

Оно оказало воздействие и на наглеца — тот, дернувшись, заметил уже гораздо более почтительным тоном:

— Ну, нам пришлось его изъять... Вы все равно были без сознания. К тому же по мобильному можно засечь ваше местонахождения.

Смерив его с головы до ног ледяным взглядом, Елена произнесла:

— Вы уволены!

И, развернувшись, отправилась на поиски Еременко. Когда она обнаружила его в своей библиотеке —

тот, расположившись за секретером эпохи Людовика Пятнадцатого, копошился в ноутбуке, — то выяснилось, что он уже в курсе ее последнего распоряжения.

Захлопнув крышку ноутбука, Еременко произнес:

— Вы ведь пошутили? Виталий — отличный парень и суперпрофессионал...

— И к тому же хам! — ответила Елена.

Еременко усмехнулся и сказал:

— Ну, работа такая. Не забывайте, Елена Григорьевна, что вы обязаны, в том числе и ему, своим спасением.

— За это ему, собственно, и платят! Если бы я хотела, чтобы он драил конюшни, то взяла бы его на место в конюшне!

Еременко раздраженно заявил:

— Вы отмените это идиотское решение!

— Идиотское? — произнесла Елена, чувствуя, что в ней закипает холодная ярость. — Вы, кажется, забыли, кто здесь босс. Это я!

Она, не мигая, смотрела на Еременко, и тот первым отступил. Отведя взор, он примирительно заметил:

— Да, вы правы. Однако я прошу вас дать мне возможность провести воспитательную беседу с Виталием.

Елена холодно заметила:

— Я ему не доверяю. Беседуйте. Пусть останется. Однако не в моем доме. Переведите его как можно дальше отсюда!

Еременко кивнул, а затем извлек из кармана ее электронный органайзер.

— Вот, прошу. Однако буду признателен, если вы будете информировать меня о своих планах. Исключительно в целях вашей безопасности, разумеется!

Елена поднялась в кабинет и позвонила своей секретарше, которая сходила с ума, так как ничего толком не знала. Получив от нее координаты лечащего врача, Юрия Петровича, она позвонила тому.

— Как, вы не знаете? — произнес тот. — Вынужден поставить вас в известность о том, что наш пациент скончался прошлой ночью...

Единственный человек, которому она доверяла и который, не исключено, мог бы пролить свет на загадочные события, умер. Причем, как поняла Елена, умер как-то подозрительно.

Лечащий врач долго мялся, заверял, что причиной кончины стала остановка сердца. А потом, откашлявшись, сказал:

— Дело в том, что Юрий Петрович шел на поправку... И тут такое! Есть основания полагать, что его смерть была спровоцирована... То есть искусственно ускорена... Посредством таинственной инъекции в паховую область...

Докучевского отравили! И это в то же время, когда ее пытались то ли похитить, то ли убить. Это явно не было совпадением!

— Вскрытие уже произведено? — спросила Елена, и лечащий врач протянул:

— Дело в том, что... Что директор нашей клиники отдал приказание вскрытия не проводить. Ибо, согласно официальной и единственной версии, причиной смерти пациента стали исключительно естественные причины.

Ясно, что директора купили с потрохами. Но кто?

— Сколько вы хотите, чтобы провести экспресс-анализы? — спросила без обиняков Елена. — Предлагаю миллион в свободно конвертируемой валюте. Результаты мне нужны до конца дня.

Она услышала, как медик шумно засопел, а потом выдавил из себя:

— Но ведь все упирается в то... В то, что тело пациента уже отправлено в крематорий!

А спустя четверть часа Елена знала, что Докучевского кремировали около трех часов назад. Она не сомневалась, что вся эта катавасия затевалась с одной целью: скрыть истинные причины смерти Юрия Петровича. Ведь покойника, даже уже погребенного, можно эксгумировать и подвергнуть ряду экспертиз, которые установят истинную причину смерти. А вот если тело предать огню...

— Реально ли провести анализ пепла на предмет наличия токсинов? — спросила Елена, однако урну с пеплом, как выяснилось, уже забрали. Но кто? Ни жены, ни детей у Докучевского не было, а человек, получивший урну, представился племянником. Но дело в том, что у Юрия Петровича не было племянников.

Потом Елена набрала номер человека, который был ей дороже всего. Стасик ответил тотчас:

— Малышка, боже, как я рад тебя слышать! С тобой все в порядке? Ведь меня к тебе не пускают! Этот старый козел отрезал тебя от всего остального мира!

Елена была так рада слышать голос Стасика! И больше всего ей хотелось, чтобы он оказался рядом. А еще лучше — чтобы они вместе приняли горячую ванну...

Стасик пообещал, что тотчас приедет к ней. Примерно через час раздался его звонок:

— Они меня к тебе не пускают! Сделай же что-нибудь!

Елена приказала одному из типов тотчас связаться с постом охраны на воротах и пропустить посетителя. Стасик влетел в холл особняка, заключил ее в объятия, а затем нежно поцеловал.

Они удалились в спальню Елены, где молодой человек повел себя весьма странно: заглянул за картины, висевшие на стене, приподнял настольную лампу, а затем уставился на электронный органайзер Елены.

— Знаешь, когда эти типы тормознули меня на въезде в твое шикарное поместье, то я слышал, как один из них доложил кому-то по рации, думаю, твоему Еременко, о моем приезде в таких вот выражениях: «Объект, как и ожидалось, прибыл».

Елена посмотрела на него, а Стасик произнес:

— Почему, собственно, ожидалось? Откуда он вообще знал, что я приеду? Ты ведь не спрашивала разрешения у Еременко?

Елена посмотрела на свой электронный органайзер и сказала:

— Думаю, что мои разговоры подслушиваются.

Стасик вздрогнул, а Елены, расхохотавшись, крикнула:

— И, не исключаю, моя спальня тоже стоит на прослушке. Так что знайте, Виктор Павлович, что вы — идиот!

Стасик побледнел, словно ожидая, что в комнату ввалится разгневанный Еременко. Елена же потащила за собой Стасика — они оказались в огромной ванной комнате, посреди которой располагалась утопленная в пол гигантская купель.

— А теперь, милый мой, мы займемся любовью! Потому что ничто не помогает так побороть стресс, как секс!

Стасик в нерешительности обернулся и пробормотал:

— А что, если они и тут «жучков» понаставили? Или вообще камеры...

— Ну что же, пусть тогда завидуют! — ответила решительно Елена и привлекла к себе молодого альфонса.

Они долго нежились в ванне, предаваясь ласкам под громкую классическую музыку. Стасик был, как всегда, ненасытен, нежен и яростен. Когда Елена в изнеможении ушла под воду, покрытую радужной пеной, Стасик нырнул вслед за ней. Когда они снова оказались на поверхности, Стасик сделал погромче Вивальди и прошептал:

— Я этому Еременко не доверяю!

— Я тоже! — ответила Елена.

Молодой человек продолжил:

— Он взял тебя в заложники. Посадил под домашний арест. Как долго это будет продолжаться?

Этого Елена не знала. Конечно, она могла заставить Еременко тотчас покинуть особняк, однако кто гарантировал, что он и его люди подчинятся?

— Не удивлюсь, если он причастен ко всему этому ужасу! — сказал Стасик, а потом, смахнув с носа Елены пену, добавил: — Я очень за тебя переживаю!

Елена поцеловала его и сказала:

— Не стоит. Я как-никак самая богатая женщина страны...

— От этих денег сплошные проблемы! — простонал Стасик. — Нет, ты не думай, малышка, я ничего не имею против денег, но когда их очень много, еще хуже, чем когда их слишком мало.

— Ты предлагаешь мне передать все свое состояние детским приютам? — спросила Елена, а Стасик капризно произнес:

— Ну нет! Кто мне будет тогда покупать дорогие шмотки и дизайнерские украшения!

Елена усмехнулась — да, именно таким она его и любила. Потому что — она в этом не сомневалась — за маской циника и сибарита скрывался неплохой, в сущности, малый, с ранимой душой и добрым сердцем.

— Только тебе надо избавиться от Еременко! — сказал Стасик.

— Ну, или он избавится от меня... — пробормотала Елена.

А молодой человек, обняв ее, зашептал:

— Ты ведь давно обещала мне, что мы вырвемся в райский уголок, где только ты и я. Так сейчас самое время!

А ведь он был прав — если не сейчас, то когда? Потому что жизнь, как успела убедиться Елена, может внезапно закончиться в любой момент.

— И вот что я предлагаю...

Елена выпрыгнула из джипа и, заметив видневшийся среди деревьев деревянный дом, заявила:

— А ведь ты прав — это подлинный рай!

Стасик, захлопывая дверцу и вешая на плечо большой рюкзак, самодовольно заявил:

— А я что говорил! Впрочем, с тобой, малышка, любое место покажется раем. Ведь ты — настоящий ангел!

Они зашагали по тропинке к дому. При ближайшем рассмотрении он оказался далеко не таким уж и маленьким. Елена задрала голову — какое красивое небо! И деревья, окружавшие дом, были похожи на сказочных великанов, защищавших любовников от злых сил.

— Здесь я родился и вырос, — заметил Стасик. — Ну, конечно, не именно здесь, в этом доме, но в этих местах.

Они находились в Карелии. Елена вспомнила, каким образом им удалось улизнуть из Москвы — комедия положений, да и только! Стасик оказался таким изобретательным! Наверняка Еременко и его люди сейчас ищут ее везде, но только не здесь, на берегу очарованного озера.

Об этом озере Стасик рассказывал ей по дороге из Москвы. Взявшись за руки, Елена и Стасик бросились к берегу, пробежали по деревянному настилу и застыли в восхищении.

Озеро было небольшое, но очень глубокое. И прозрачное, как слеза. Сквозь многометровую толщу воды, словно светившейся изнутри, можно было разглядеть усеянное кусками окаменелого дерева дно. Озеро возникло во время окончания последнего ледникового периода, и вода в нем, как поведал Стасик, обладала целительной силой.

— Ну что, хочешь в этом убедиться? — спросил молодой человек, поднимая Елену на руки. Женщина хохотала, отбиваясь.

— Ну, не в одежде же! — кричала она, на что Стасик ответил:

— А почему бы и нет?

И прыгнул вместе с ней в озеро. Вода оказалась ледяной, однако именно это и дало энергию. После того как Елена и Стасик вылезли на берег, они бросились в дом. От холода — все же температура была не самая высокая — у Елены не попадал зуб на зуб.

Завернув ее в плед, Стасик удалился, дабы растопить сауну — настоящую, финскую. Елена же осмотрелась в доме.

Обстановка была обычная, можно даже сказать, спартанская. Дом принадлежал какому-то приятелю Стасика, впрочем, никогда здесь не бывавшему. Елена удивилась — как можно было пренебрегать такой красотой, причем намеренно?!

Но ведь именно этим она и занималась многие годы. Рады карьеры, власти и денег отказалась от подобных моментов счастья.

В холодильнике она обнаружила две бутылки коллекционного французского шампанского, а в кухонном шкафу — банки с консервами. Елена втащила в дом рюкзак Стасика и принялась вытаскивать из него купленные в близлежащем поселке хлеб, колбасу и сыр.

На дне рюкзака она наткнулась на сверток — нечто небольшое и продолговатое было завернуто в несколько слоев плотной бумаги и перевязано желтой тесемкой. Елена взяла его в руки, взвесила. На что-то съедобное не похоже. Обуреваемая любопытством, она потянула тесемку за концы...

— Стоп! — раздался окрик Стасика. Елена обернулась и увидела своего любовника, ввалившегося в кухню с обнаженным торсом и растрепанными волосами.

Он подошел к Елене и взял, точнее, вырвал из ее рук сверток. Спрятав его за спину, он виновато произнес:

— Малышка, какой же я растяпа! Вообще-то, ты должна была увидеть это, но позднее. Потому что это сюрприз для тебя!

Он поцеловал Елену, и та шутливо заметила:

— Ну, на коробочку с кольцом не похоже.

— Потерпи немного! — заявил, улыбаясь, Стасик. — Ведь я подарка на день рождения тебе так и не подготовил. Это — запоздалый презент! Только давай все по порядку! Сначала нас ждет сауна, потом ужин, затем безумный секс, а потом и подарок...

Он открыл ящик кухонного стола, положил туда сверток, а Елена, обняв Стасика, произнесла:

— А может быть, мы начнем именно с безумного секса...

Последующие несколько часов были полны эротических удовольствий. Причем Елена не могла сказать, какое из них ей было больше по вкусу. Все были такие необычные, такие замечательные! Или все дело в том, что она была в волшебном месте с любимым человеком?

После сауны и купания в озере нагишом наступило время ужина, который они приготовили вместе. Причем Елена еще никогда не пробовала ничего вкуснее приготовленной Стасиком шкворчащей яичницы, салата с тунцом и нарезанного толстыми ломтями ароматного ржаного хлеба.

Это безумное пиршество перемежалось объятиями, поцелуями и шлепками по голому телу. Когда обе бутылки шампанского были опустошены, Стасик подхватил Елену на руки и провозгласил:

— А теперь мы отправляемся на ложе любви! Только сразу предупреждаю — не исключено, что здесь обитают клопы!

— Не думаю, что они нас испугаются! — рассмеялась Елена, и Стасик резво поднялся по лестнице на второй этаж.

Спальня была небольшая, кровать скрипучая, матрас трухлявый. Но они этого не замечали, так как были поглощены одной только страстью — первобытной, животной, всеобъемлющей.

После марафона любви Елена снова проголодалась. Такого любовника, как Стасик, у нее никогда прежде не было. Она подумала о человеке, который лишил ее девственности, и Елену передернуло.

Нет, Стасик был единственный и неповторимый. И ей так не хотелось, чтобы эти волшебные каникулы когда-нибудь закончились! Но то, что они закончатся очень скоро, Елена понимала.

Было в их побеге из Москвы что-то детское, инфантильное. Еременко ее наверняка ищет — еще бы, ведь птичка упорхнула прямо у него из-под носа! А вместе с начальником службы безопасности в столице остались и все нерешенные проблемы.

Однако почему, даже находясь в этом карельском домике вместе со Стасиком, она думала о делах? Неужели ее критики правы, и она — бездушный робот, для которого важна исключительно прибыль?

Стасик, напевая, отправился вниз, в кухню, чтобы быстро, на скорую руку, сообразить какую-нибудь холодную закуску, Елена же, завернувшись в одеяло, лежала в кровати, прислушивалась к звукам старого дома и думала о том, что, если бы было можно, навсегда осталась бы здесь жить.

И не надо никакой Москвы, никакого холдинга, никакой власти и никаких миллиардов. Ведь то, что она искала все эти сорок лет, она уже нашла.

Интересно, сколько сейчас времени? Часов в комнате, конечно же, не было, однако она вспомнила о мобильном Стасика, лежавшем где-то в ворохе одежды. Она выудила его: оказывается, было уже почти половина третьего.

Елена быстро вернулась в кровать, и в этот момент раздалось урчание. Это был мобильный Стасика. По всей видимости, это был не звонок, а пришедшая эсэмэска. Елена видела слабый свет, падавший в комнату сквозь приоткрытую дверь.

— Ого, да тут, оказывается, еще имеется шампанское, а мы его и не заметили! — раздался с первого этажа радостный вопль Стасика. — И еще консервы! Полезно, оказывается, заглядывать в кладовку!

Елена улыбнулась, и в этот момент снова раздалось урчание мобильного. Пришло еще одно сообщение, второе за несколько минут.

Елена вскочила с кровати и опустила босую ногу на грязноватый дощатый пол. Две эсэмэски с интервалом в пару минут, да еще в половине третьего ночи? Кто же отослал их Стасику?

Она, конечно, понимала, что он — альфонс, однако ведь в фильме «Красотка» миллионер в итоге женился на проститутке. Так почему бы и она, миллиардерша, не могла взять себе если не в мужья, так хотя бы в близкие друзья мальчика по вызову?

Так-то оно, конечно, так, однако ведь у Стасика имелась и другая, тайная, ей неизвестная жизнь. И кто-то из этой жизни настойчиво пытался связаться с ним глухой ночью.

Интересно, кто?

Жаркая ревность затопила сердце Елены. Неужели у Стасика есть еще одна... клиентка? То, что он спал с женщинами ради денег и дорогих подарков, было ей понятно с самого начала, но он клялся и божился, что кодекс чести не позволяет ему крутить романы сразу с двумя дамами.

Но, судя по всему, позволял. Елена понимала, что читать чужие сообщения нельзя, однако ее раздирало любопытство. И она понимала, что если даже сейчас Стасик вернется с божественной едой, а потом они опять захотят заняться любовью, то ничего из этого уже не выйдет. Потому что она постоянно будет думать только об одном: об этих таинственных сообщениях, пришедших на его мобильный.

Поэтому, прислушавшись и убедившись, что любовник еще возится внизу, Елена быстро схватила его мобильный телефон, разблокировала и заметила, что, как она и предполагала, Стасику пришло два сообщения. Причем от одного и того же лица, обозначенного буквой «Т».

Татьяна? Тамара? Таисия?

Елена открыла первое сообщение и прочла его. Текст был короткий: «Сегодня ночью. Обязательно».

Что значит — сегодня ночью? Некая пассия Стасика, старая грымза, чье имя начиналось на «т», требует его к себе, чтобы заняться с ним сексом? И что себе эта старуха вообразила? То, что любовница Стасика была старой грымзой, не подлежало сомнению. И какая, однако, требовательная: «обязательно»!

До Елены донесся голос Стасика: он, напевая что-то веселое, поднимался по лестнице.

— Малышка, готовься! Сейчас будет пир горой! Ты не представляешь, что я там в кладовке обнаружил!

Елена немедленно открыла второе сообщение. Оно тоже было немногословным. Однако от его содержания у нее волосы зашевелились на затылке.

«Мне нужна ее голова. С телом делай что хочешь».

Чувствуя, что она находится на грани обморока, Елена опустилась на пол. Что значит — «нужна ее голова»? Чья, собственно, голова?

Ответ был ужасен и вполне очевиден: полтретьего ночи Стасик мог добыть только одну голову — *ее собственную*!

Может, она чего-то не поняла? Может, это какой-то тайный код? И голова значит что-то иное, безобидное? Ну, или не такое уж и безобидное, например, партию фальшивых купюр, наркотиков или ворованных бриллиантов?

Но в это Елена не верила. Да и как тогда понимать: «С телом делай что хочешь»? С каким таким телом? Опять же, ответ был только один: с ее телом. С тем, у которого требовалось отрезать голову.

Все эти мысли вихрем промелькнули за какие-то доли секунды. А Стасик — тот самый Стасик, который только что доводил ее до экстаза — находился в каких-то нескольких метрах от спальни. Она слышала его голос, видела его тень. Вот-вот, и он окажется в спальне! И застукает ее со своим мобильным в руках!

Елена действовала быстро и слаженно. Она закрыла сообщения, потом попыталась сообразить, можно ли пометить их как непрочитанные. Вероятно, можно, однако она не знала, как это сделать, а времени чтобы выяснить это, у нее элементарно не было.

— Что делает моя малышка? Ты ведь хочешь того, чем мы сейчас займемся? — раздался воркующий голос Стасика. Голос, от которого она таяла. Голос, который, если она не ошибалась, принадлежал убийце.

Она ничего не ответила, только двумя движениями пальцев стерла обе эсэмэски. А потом выключила телефон и бросила его в ворох одежды. В тот самый момент, когда Стасик вошел в комнату, она нырнула под одеяло и затаилась.

— Малышка, вот и я! — раздался голос Стасика, и он тоже лег на кровать. Елена притворилась спящей, крепко зажмурив глаза, из которых текли слезы. Может, она наводит тень на плетень, ужасно ошибается, подозревая Стасика в небывалых, неслыханных зверствах? В зверствах, на которые он не способен?!

Но что она, собственно, знает об этом смазливом типе с атлетической фигурой, белокурыми локонами и более чем солидным жезлом любви?

Вот именно — ничего! Она втюрилась в него, как школьница! И вдруг в мозгу у Елены вспыхнула сцена их знакомства, и она увидела взгляд серых, прищуренных глаз Стасика и его тонкую улыбку.

Это был взгляд охотника! Их знакомство было якобы случайным, но теперь она понимает, что он намеренно желал с ней познакомиться. И вовсе не для того, чтобы стать любовником самой богатой женщины страны!

А для того, чтобы убить ее!

Елена дышала поверхностно, стараясь имитировать ритм дыхания спящего. Она содрогнулась, когда до нее дотронулась рука Стасика: он залез под одеяло и устроился около нее. Однако ее реакции он, кажется, не заметил.

— Малышка спит! — произнес он вполголоса и отбросил у нее с шеи волосы. Елена приготовилась — сейчас он начнет ее душить! Ну ничего, за себя она сможет постоять!

Но вместо того, чтобы начать ее душить, Стасик поцеловал ее в шею. От этого Елене стало еще противнее. Ее охватила дрожь, а сердце упорно не желало успокоиться. Не хватало еще, чтобы Стасик, прижавшись к ней, понял, что она вовсе не спит и сердце у нее колотится, как отбойный молоток.

— Малышка спит! — повторил Стасик и снова поцеловал ее. Больше всего Елене хотелось заехать ему в скулу, однако она сдержалась. Выходит, никому доверять нельзя, абсолютно никому! Даже Стасику! Она глупо купилась на его слащавую внешность!

Елена подумала о своей дочери Марине. Та ведь выглядела как мадонна на фресках прерафаэлитов, однако была до мозга костей испорченной особой. Или ее сын Максим: за красивым фасадом скрывался населенный привидениями дом...

И почему она так притягивает всех этих сумасшедших, преступников и мерзавцев? Так ведь было с самого детства! Или это — плата за ее успех?! Или...

Или это как в случае с магнитами: один притягивает другой. Ведь, по мнению многих, она тоже сумасшедшая, преступница и мерзавка.

Однако, по крайней мере, она никому не отрезала голову!

Елена почувствовала, что Стасик склонился над ней, явно прислушиваясь к ее дыханию. Она старательно изобразила спящую. Кажется, убедительно, потому что Стасик пробормотал в третий раз:

— Малышка спит... Спит...

А потом он поднялся с кровати, подошел к окну и, встав около него, стал смотреть на луну. Елена услышала, как он со вздохом произнес:

— Малышка, ты должна знать, что я тебя очень люблю... Что ты самая классная женщина, которую я встречал в своей жизни. Но я просто должен это сделать, должен...

Что должен? Убить ее!

Елена зашевелилась, делая вид, что просыпается. Стасик бросился к ней, поцеловал, на этот раз в губы. Елена попыталась отвернуться, но не смогла.

— Что, соня, хочешь подкрепиться? Я откопал там банку с омарами! Или ты предпочтешь сразу заняться любовью?

Ни есть, ни тем более заниматься со Стасиком любовью Елена не желала. Стасик не настаивал, однако настоятельно желал выпить с ней шампанского. Он сунул ей в руку бокал и налил пенистой жидкости. В горле у Елены в самом деле пересохло.

Облокотившись на руку, она застыла на кровати. Стасик внимательно смотрел на нее, явно ожидая того, что она сейчас пригубит шампанское.

И тут до Елены дошло: она ведь не знает, что он добавил в бутылку, когда был один в кухне. Отчего-то Елена была уверена, что он сделал это. Например, положил снотворное или яд.

— Что-то не хочется, — произнесла она, зевая, — мы ведь уже достаточно выпили...

— Ну, только один бокал! За нас! За наше путешествие! За нашу любовь! — сказал Стасик.

Елена нехотя сделала большой глоток, а затем поставила бокал на пол и откинулась на подушку. Шампанское она не проглотила, а задержала во рту.

— Ну что, соня, желаешь отдохнуть или мы продолжим заниматься теми безобразиями, что и раньше? — спросил Стасик, ставя на пол и свой бокал, из которого он так и не отпил.

Елена нырнула под одеяло, оказалась около стены и осторожно выплюнула шампанское в щель между матрасом и стеной. Ей показалось, что кончик языка у нее вдруг онемел. Или она просто воображала невесть что?

Интересно, чего именно ожидает Стасик? Ведь если он заметит, что то, что было добавлено в шампанское, не произвело ожидаемого эффекта, то поймет: она его обдурила!

Елена потянулась и, чувствуя, как крепкие руки Стасика поглаживают ее тело, произнесла сонным голосом:

— Меня что-то разморило... Ты ведь не обидишься...

— Разве я могу обидеться на тебя? — проворковал Стасик и снова поцеловал ее. Елена же повернулась на бок, поворочалась, а потом сделала вид, что заснула.

Стасик выждал несколько минут, затем дотронулся до ее плеча и тихонько позвал:

— Малышка!

Елена не ответила. Ладонь Стасика легла ей на лоб, и женщина едва сдержалась, чтобы не закричать. Но Стасик быстро убрал руку и тихо произнес:

— Спит... Подействовало!

Значит, так и есть! В шампанском было снотворное! Елена стиснула зубы и сжала кулаки. Пусть только попробует на нее напасть! Она, конечно, намного слабее этого атлетического бугая, однако голыми руками он ее не возьмет.

Стасик же, снова встав с кровати, подошел к вороху одежды и отыскал мобильный. Молодой человек чертыхнулся, заметив, что телефон выключен. Натянув джинсы, Стасик прихватил мобильный и вышел из комнаты.

Елена выждала, боясь, что любовник вдруг вернется. Однако лестница на второй этаж была скрипучая, она заметила бы, если бы он снова отправился сюда.

Женщина приподнялась и прислушалась. Итак, что ей делать? Она находилась где-то в карельском лесу, на расстоянии километров семи-восьми от ближайшего населенного пункта. Мобильного она с собой не брала, потому что не хотела, чтобы Еременко и его люди нашли ее. Она намеревалась побыть здесь со Стасиком несколько дней, а потом вернуться в Москву и положить конец бесчинствам начальника своей службы безопасности.

Еременко она не доверяла, а вот Стасику до недавнего времени — очень даже. И вдруг она подумала: а ведь они могут быть заодно! Иначе как объяснить, что ей удалось скрыться из охраняемого особняка и вместе со Стасиком покинуть столицу?

Тут ее осенило: именно Стасик предложил тогда пройтись на террасу за особняком, где на нее было совершено покушение. И именно Стасик настаивал на том, чтобы она не летела в военный госпиталь, а послушала хирурга и отправилась к его знакомому, доктору Тахтахарову.

Буква «Т», под которой значился звонивший в памяти мобильного Стасика! Неужели это Тахтахаров? Хотя ведь тип, с которым она столкнулась в клинике, был лжедоктором, а настоящий Тахтахаров был убит?!

Елена осторожно откинула одеяло и осмотрелась. Ей надо убраться из дома, причем как можно быстрее. Союзников у нее, похоже, больше не было, однако она должна немедленно вернуться в Москву. Оказавшись там, она примет нужные меры.

Елена подошла к окну и осмотрела его. Спускаться со второго этажа, да еще ночью, да еще на свой страх и риск, она не желала. Поэтому оставался только один путь — по лестнице вниз, а оттуда через дверь в лес.

Он вышла из комнаты и подошла к лестнице. Та ведь предательски скрипела, так как же ей спуститься вниз, не привлекая внимания Стасика?

Тут до нее донесся голос любовника. Она заметила и его самого, шедшего по коридору, над которым нависла лестница. Елена отпрянула, однако молодой человек был поглощен разговором и ее не заметил.

— Не знаю, почему оказался отключен. Вроде бы зарядка еще полная. Думаю, он случайно отключился, когда мы с ней обжимались. Да, секс, как всегда, был классный.

Елена едва не фыркнула. «Секс был классный!» Хотя Стасик прав. Однако она думала не о том, о чем следовало.

— Да, я понял. Все прошло, как и было согласовано. Она сразу отключилась, когда я дал ей шампанское со снотворным. Дрыхнет сейчас без задних ног...

Он остановился прямо под лестницей, не подозревая, что в паре метров над ним находилась та, о которой он беседовал с неизвестным «Т» по телефону.

— Да, задание мне ясно. Но стоит ли быть такими кровожадными? Да, понимаю...

Стасик вздохнул и пошел дальше. Елена заметила, что молодой человек вышел на улицу, где закурил. То, что он обсуждал со своим собеседником, уже до нее не доносилось.

Елена кубарем скатилась по лестнице и бросилась к двери, потом сообразила, что там находится Стасик, и ринулась в другом направлении — в кухню. Ведь там имелся еще и черный вход, в сторону леса!

Однако неужели она так и отправится по карельскому лесу сентябрьской ночью — в неглиже, босиком? Елена обернулась, заметила на диване, который стоял в примыкавшей к кухне комнате, свитер Стасика. Она натянула его и завернула рукава. А в кухне, под мойкой, она увидала пару резиновых сапог огромного размера. Делать было нечего, и Елена сунула в них ноги.

При этом она заметила на столе сверток — тот самый, который обнаружила на дне рюкзака Стасика и о котором он сказал, что это — сюрприз. Какой сюрприз может быть у убийцы для своей жертвы?

Край пакета был разорван — видимо, в тот момент, когда Стасик пытался вскрыть его, ему кто-то и позвонил. Елена заметила что-то пластиковое или кожаное. Она сорвала бумагу и в ужасе уставилась на этот «подарок».

На столе лежал набор охотничьих ножей. Ножи были новенькие, острозаточенные, сверкавшие в тусклом свете лампы. Зачем ножи Стасику? Он что, собирался на кого-то охотиться?

Да, собирался. На нее.

Елена вытащила один из ножей, самый массивный. Попробовала подушечкой пальца лезвие. Да, при помощи такого можно и голову оттяпать, и тело расчленить.

— Малышка! — послышался вдруг позади нее знакомый голос, и Елена, подпрыгнув от ужаса, уронила нож и обернулась. На пороге стоял Стасик.

Его взгляд скользнул по ее фигуре, глаза сузились, а меж бровей пролегла вертикальная складка. Елена поняла, что никакие отговорки не помогут — он сообразил, что она в курсе его намерений.

— Малышка, ты зачем так смешно нарядилась? — спросил ласково Стасик, делая шаг в сторону Елены. Голос его звучал убаюкивающе и одновременно встревоженно.

Елена быстро поднялся нож и, выставив лезвие в сторону Стасика, заявила:

— Не смей приближаться ко мне!

Стасик застыл, облизал тонкие губы и заметил:

— Малышка, что с тобой? Тебе приснился кошмар и ты решила вооружиться?

Елена, заметив в его руке мобильный, велела:

— Положи его на пол! Только осторожно!

Стасик вздохнул и подчинился ее требованию.

— Малышка, я не понимаю, что здесь происходит! Давай вести себя как цивилизованные люди!

— Цивилизованные люди не получают задания отрезать голову своим возлюбленным! — заявила гневно Елена и тотчас пожалела о своих словах.

Стасик усмехнулся и откинул упавшую на лоб белокурую прядь.

— Теперь все стало понятно, малышка! Я-то думал, что эсэмэски до меня не дошли, а они дошли, только ты их прочла и наверняка стерла!

Он походил на зверя — грациозного и очень опасного.

— Все делается ради денег! — заявила Елена, и Стасик пожал плечами:

— Деньги остались в портмоне наверху! Я схожу и принесу?

Он явно издевался над ней. Елена же заметила ключи от джипа, лежавшие на столике чуть позади Стасика. Не на своих же двоих ей бежать ночью по лесу! Лучше на джипе! Только нужны ключи!

— Отойди в сторону! — приказала она.

Стасик подчинился. Елена осторожно подошла к столику, схватила ключи и, быстро обернувшись, велела:

— А теперь мобильный! Осторожно, по полу, в мою сторону!

Стасик вздохнул, дотронулся до мобильного, а затем вдруг резким жестом швырнул его в Елену. Аппарат попал ей в плечо, женщина болезненно вскрикнула. Внимание женщины на пару мгновений переключилось, и Стасик одним прыжком оказался около нее. Он схватил Елену за руку, выкрутил ее и вырвал нож. Пальцы женщины разжались, и ключи от джипа грохнулись на пол. Другой рукой Стасик удерживал шею женщины. Елена заметила, как сверкает лезвие ножа в свете лампы.

— Ну что, малышка, поняла, что со мной лучше не связываться?

— Поняла, но слишком поздно! — ответила Елена и изо всей силы ударила Стасика в солнечное сплетение. Молодой человек охнул и ослабил хватку. Елена прыгнула ему на стопу, стараясь сделать Стасику как можно больнее.

Он повалился на пол. А Елена, схватив мобильный и ключи, валявшиеся на полу, бросилась к выходу.

Она выбежала в темноту, чувствуя, что в лицо ударил холодный воздух. Однако не все ли равно, что на ней было? У нее имелись ключи от машины, а также мобильный. Для начала этого должно хватить.

Елена подбежала к джипу, рванула на себя дверцу — та не поддавалась. Елена снова и снова пыталась разблокировать джип, однако не получалось. Елена чувствовала, что вот-вот заплачет от бессилия и злобы.

А тем временем из домика появился белобрысый любовник, поставивший перед собой цель убить ее.

— Малышка, нам надо поговорить! Я должен сказать тебе кое-что важное! Только не веди себя как умалишенная!

Елена понимала, что Стасик пытается заманить ее в ловушку. Но почему автомобиль не хотел сниматься с блокировки?

Стасик, хромая, приближался к ней. В руке у него она заметила охотничий нож. А затем молодой человек поднял вторую руку, в которой было зажато что-то небольшое, блестящее. Елена с тоской поняла, что это были ключи.

— Кажется, ты разыскиваешь именно это? — спросил он с ухмылкой. — Те, что ты стащила, валялись в домике, когда мы приехали. Уж не знаю, чьи они и какую машину ими можно завести. Но явно не этот джип!

Он стал приближаться к Елене, а она попятилась. Напасть на Стасика еще раз и отобрать у него ключи не получится. Значит, придется задействовать иной план.

— Малышка, не дури! — заявил между тем Стасик. — Понимаю, ты напугана, ты прочла и услышала то, что не предназначалось для тебя. Однако поверь мне — ты все не так поняла!

— И как же надо это все понимать? — спросила Елена хрипло, желая только одного — выиграть время.

Стасик заявил:

— Давай я тебе все объясню! Только не сходи с ума и позволь мне сделать это! Пройдем в дом, выпьем чайку...

Чайку со стрихнином... Нет уж, вестись на лживые речи Стасика Елена не намеревалась. Однако ей требовались ключи от машины.

— Ну хорошо! — заявила она. — Предположим, я вернусь в дом. Но ты должен немедленно убрать этот ужасный нож!

Стасик сделал удивленное лицо, потом, словно только осознав, что в руке у него зажат нож, произнес:

— Ах, ну конечно! Я схватил его рефлекторно...

Интересно, кем надо быть, чтобы рефлекторно хватать ножи?

Елена осторожно приблизилась к Стасику. Она смотрела ему в лицо, прекрасно помня, что ключи у него в левой руке.

— Я даже не знаю, что и думать! — заявила она плаксиво. — Ты так меня напугал! Ах...

Она сделала вид, что теряет сознание. Стасик метнулся к ней, а Елена засадила ему коленом в пах и, пока молодой человек очухивался, вырвала у него из рук ключи. Она бросилась к джипу, но внезапно ощутила боль — кто-то схватил ее за развевавшиеся на легком ветру волосы.

Это был Стасик, который со зверским выражением лица умудрился в последний момент задержать Елену.

— Малышка, ты меня достала! Я же сказал, что хочу с тобой поговорить! А ты избиваешь меня, как боксерскую грушу! Ты же говорила, что любишь меня?!

Елена схватила валявшийся у нее под ногами охотничий нож и полоснула им по руке Стасика. Раздался болезненный вопль, и он разжал пальцы.

— Разве ты забыл, мой мальчик, что я — Елена Наместникова?! И мне верить нельзя! — резюмировала женщина и бросилась к джипу.

На этот раз все прошло без проблем. Она разблокировала автомобиль, плюхнулась на сиденье, воткнула ключ в замок зажигания, повернула его...

И вдруг раздался оглушительный выстрел, а затем еще один. В зеркало заднего вида Елена увидела Стасика, державшего в руках ружье. Наверняка оно было припрятано в доме!

Елена сдала назад, но после третьего выстрела заднее стекло разлетелось вдребезги. Елену это не смутило. Она развернулась, а затем нажала на газ. Попасть от дома на шоссе можно было исключительно по грунтовой дороге.

Внезапно автомобиль тряхнуло, а затем он застыл на месте. Как ни давила Елена на педаль газа, а джип не двигался с места. Она обернулась и увидела медленно шедшего к ней от домика Стасика. В руке у него было ружье.

— Малышка, это мое последнее предложение! Я не хотел применять силу, но ты не оставила мне иного выхода. Я предлагаю тебе поговорить по душам!

Так поговорить, чтобы после этой беседы она лишилась головы, а ее тело оказалось на дне озера или в яме в лесу?

Елена выскочила из джипа и поняла, отчего он застыл на месте. Автомобиль налетел на ржавую полоску железа с длинными шипами, которые и прокололи все четыре шины. Только откуда здесь это устройство? Елена поняла — наверняка его можно было привести в действие из домика. Стасик это и сделал, когда понял, что она пытается скрыться.

— Ну вот видишь, по твоей прихоти мы остались без средства передвижения! — крикнул Стасик. — Иди же ко мне, малышка!

— Чтобы ты убил меня? — спросила, тяжело дыша, Елена, и Стасик крикнул:

— Пока что ты едва меня не прирезала! Повторяю еще раз: бояться тебе нечего!

Она ему не верила. Поэтому, развернувшись, Елена бросилась прочь, по грунтовой дороге к шоссе. Однако сразу же свернула в лес — ведь если Стасик начнет стрелять, то на дороге она будет отличной мишенью.

Стасик что-то кричал, но Елена не слушала его. Она в два счета оказалась на шоссе и попыталась сообразить, в какую сторону надо двигаться, чтобы оказаться в поселке. Кажется, налево. О том, что надо было все-таки свернуть направо, она подумала, когда пробежала метров триста.

За это время она заметила, что в сапогах с чужой ноги передвигаться сложновато и одного тонкого свитера явно не хватает, чтобы спастись от холода,

Однако ничего делать не оставалось — не бежать же по пустынному шоссе голой и босиком! Елена приказала себе двигаться вперед. Внезапно завибрировал телефон, который она все еще держала в руке.

На дисплее высветилась буква «Т». Елена приняла звонок и вместо приветствия издала какой-то неопределенный звук, стараясь, чтобы звучало по-мужски.

— Что у вас там происходит? Отчего пальба? — услышала она голос и поняла: да, это действительно был тот самый тип, которого она знала как доктора Тахтахарова. То ли его настоящие имя или фамилия начинались на эту же букву, то ли и среди бандитов, охотившихся за ней, была в ходу кличка «Тахтахаров»?

— Что вам надо? — спросила Елена своим голосом. — Денег? Учтите, именно потому, что у меня так много денег, вам выкупа не видать. Вы совершили большую ошибку, связавшись со мной!

— Елена Григорьевна? — произнес после небольшой паузы лжедоктор. — Рад вас слышать! Что же касается вашего заявления — мне придется вас разочаровать. Деньги нам не нужны!

— Так что же вам нужно?! — закричала Елена, и в этот момент из-за поворота ей в лицо ударили лучи фар. Попутка! Она спасена!

— Нам нужны вы! — ответил Тахтахаров. — Впрочем, вам этого не понять! И учтите, от нас вам не уйти!

— Уже ушла! — заявила Елена и завершила звонок, бросила мобильный на асфальт и наступила на него сапогом. Раздался жалобный хруст. Так, по крайней мере, они не сумеют засечь ее месторасположение.

Автомобиль замер, а свет фар продолжал бить ей в лицо. Понимая, что выглядит далеко не самым внушающим доверие образом, Елена закричала:

— Помогите! На меня совершено нападение!

Фары немедленно погасли, и Елена заметила, что перед ней находится небольшой фургон. Дверь соседнего с водительским места открылась, и оттуда вышла женщина.

— Вам помочь? — осведомилась она, и Елена облегченно вздохнула. Эта особа наверняка ее поймет и окажет содействие!

— Нам нужно как можно быстрее убраться отсюда! — сказала Елена, подходя к ней. — Только надо ехать в обратном направлении...

— Но почему? — спросила женщина, рассматривая ее не без интереса. Странно, но голос женщины ей показался смутно знакомым.

— Поверьте, так надо! — заявила Елена. — Повернем назад, и все! У меня есть деньги, я вам компенсирую все неудобства. Просто в том направлении — сумасшедший с огнестрельным оружием!

Женщина поежилась и сказала:

— Ну, тогда туда действительно лучше не ехать. Но с вами-то все в порядке? На вас лица нет! А мы вот с мужем едем по делам, однако они могут подождать...

Она посмотрела на Елену и добавила:

— А у вас на лице кровь! Подождите, у нас есть аптечка!

Елена нервно обернулась и посмотрела во тьму. Стасика с ружьем видно не было. Но ведь он не дурак и явно не рискнет разгуливать по ночам с оружием. Хотя кто мог его здесь остановить?

— Это может подождать, скажите мужу, чтобы он развернулся, и поедем туда, откуда вы приехали! — попросила Елена, а женщина только поджала губы.

— Извините... — пробормотала Елена. — Просто я не хочу, чтобы у вас были неприятности...

— У нас их не будет! — заявила женщина, зашла с обратной стороны фургона и открыла его. — Никто на нас здесь не нападет. Только обработаю ваши раны, и мы тотчас отсюда уедем. Потому что мне тоже как-то не по себе...

Она поманила Елену за собой, и та подошла к открытому фургону. Наместникова заметила, что в фургоне ничего нет. Странно, что за бизнесмены такие? Хотя кто знает, может, они как раз сдали товар и едут обратно...

Ее спутница повернулась к Елене, держа в руках кусок марли и пузырек.

— Я медсестра, позвольте мне это сделать! — сказала женщина и шагнула к Елене. И она вдруг поняла, где раньше слышала голос этой особы. В клинике доктора Тахтахарова. Это была медсестра, ассистировавшая ему!

Елена отшатнулась и налетела на мужчину, который, видимо, бесшумно покинул водительское место и приблизился к ним.

Это был доктор Тахтахаров собственной персоной!

Он схватил Елену, а его сообщница подлетела к ней, открутила крышку пузырька и опрокинула его содержимое на марлю. Елена почувствовала одурманивающий запах эфира.

— Я же сказал, что вам от нас не уйти! — заявил Тахтахаров, а медсестра приложила пропитанную эфиром марлю к лицу Елены. Та закрыла глаза и задержала дыхание, однако ничего не помогло: прошло несколько секунд, и Елена Наместникова потеряла сознание.

Когда она пришла в себя, то поняла, что находится в фургоне. Ее руки были скованы наручниками, сама она лежала на полу. Фургон двигался, а потом вдруг замер. Через несколько секунд двери распахнулись, и в глаза Елене ударил резкий свет.

Она зажмурилась, а когда открыла глаза, увидела, что перед ней стоит ухмыляющийся доктор Тахтахаров, а чуть поодаль — Стасик с ружьем и медсестра.

— Ну вот и наша пташка! Все-таки попала в силки! — заявил доктор Тахтахаров, потирая руки.

Медсестра подобострастно усмехнулась, а Стасик только угрюмо кивнул. И произнес, глядя Елене в глаза:

— Я же говорил тебе, малышка, что не надо от меня убегать! Мы бы могли решить все и без таких проблем...

Елена попыталась подняться, но у нее не вышло. Наручники были прикреплены к металлической, приваренной к полу балке.

— А Елена Григорьевна проблемы любит! — заявил Тахтахаров, вытаскивая сигарету и закуривая. — Так ведь, госпожа Наместникова?

Он пустил ей в лицо дым. Елена ничего не ответила. Она был в их руках, и на этот раз было очевидно, что спасения не будет. Судя по всему, они находились где-то в глухом лесу.

— Особенно она любит, чтобы проблемы были у других! — заявила медсестра.

Тахтахаров, ухмыляясь, сказал:

— А вам ведь страшно, хотя вы упорно делаете вид, что это не так. Можете больше не хорохориться! Вам удалось обвести нас вокруг пальца в клинике, вы ушли от Стасика здесь. А в итоге оказались в моих руках!

Он продолжал курить, а потом добавил:

— Вы, конечно, хотите узнать, что с вами произойдет? Вы все еще лелеете надежду, что за вас запросят колоссальный выкуп, после получения которого вы вернетесь к своей прежней шикарной жизни?

Он выпустил кольцо дыма изо рта и сказал:

— Буду откровенен: вы сейчас умрете, Елена Григорьевна. Вот докурю, и приступим.

Смерти Елена не боялась. Но она не собиралась умирать здесь и сейчас, тем более — от рук этих ничтожеств.

— Насчет последнего желания спрашивать не будем, у вас и так было предостаточно желаний за последнее время. Да и Стасик вас роскошно развлек. Подарок на ваш последний день рождения, так сказать! — хохотнул Тахтахаров.

Он почти докурил сигарету. Стасик, опираясь на ружье, стоял и намеренно смотрел куда-то вбок, не желая встречаться с Еленой взглядом.

— Убивайте, черт с вами! — произнесла Елена. — Только хочу знать одно: какое отношение имеет ко всему мой двойник?

Тахтахаров ухмыльнулся, а затем бросил окурок на землю и растер его ногой.

— А вот этого, многоуважаемая Елена Григорьевна, вы никогда не узнаете! Ну что, кто приступит к ликвидации объекта...

И тут Елене стало вдруг страшно. Даже не страшно — жутко. Ведь она надеялась, что все обойдется. Нет, она не думала, что ее вдруг кто-то спасет, однако зачем этим типам убивать ее, вместо того чтобы затребовать выкуп?

А им не нужны были деньги. Им была нужна она — мертвая.

Руку подняла медсестра, но вдруг голос подал и Стасик:

— Я это сделаю!

И наконец взглянул на Елену. Это был взгляд не человека, а киборга. И она еще любила этого типа! Она занималась с ним любовью... Как же она в нем ошибалась!

Тахтахаров взглянула на Стасика, одобрительно кивнул головой и заявил:

— Ну, давай! Сделай наконец то, ради чего тебе заплатили такую большую сумму! А то выходит, что на тебя потратили столько денег, и все ради того, чтобы ты трахался с Еленой Григорьевной! В таком случае и меня можно было взять на эту роль!

Сие замечание, кажется, очень не понравилось медсестре. Тахтахаров освободил проход, и Стасик одним прыжком залез в фургон.

— Так как кончать ее будешь? — спросил совершенно по-деловому Тахтахаров.

Поставив перед собой ружье, Стасик будничным тоном произнес:

— Зачем ножом-то орудовать? У меня имеется кое-что получше...

Тахтахаров одобрительно кивнул и сказал:

— Ладно, действуй! А ты помоги!

Он обратился к медсестре, которая исчезла и вернулась через несколько секунд с каким-то свертком. Это оказалась большая черная клеенка. Медсестра залезла в фургон и быстро, Елена даже сказала бы — профессионально, разложила клеенку.

Елена поняла: они не хотят, чтобы кровь запачкала фургон. Ее кровь!

Она попыталась освободиться, но тщетно: наручники, как и балка, к которой они были пристегнуты, были сработаны на совесть. Медсестра пнула ее ногой и прошипела:

— Ну, перестань ерзать! Ты и так доставила нам слишком много проблем. Если бы не устроила бедлама в клинике, то, так и быть, заработала бы инъекцию. И просто бы заснула — и никогда не проснулась. А так тебя надо проучить! На всю оставшуюся жизнь, так сказать!

Она разразилась неприятным сухим смехом, а затем подоткнула клеенку под ноги жертвы.

Елена попыталась лягнуть медсестру, однако та оказалась проворнее и выпрыгнула из фургона. Стасик исподлобья наблюдал за приготовлениями и тяжело дышал. Взгляд у него был страшный, напряженный.

До Елены донеслось, как находившийся рядом с фургоном Тахтахаров докладывал кому-то по мобильному:

— Да, поймали ее. Нет, все в полном порядке. Пока жива. Так что можно приступать к основной операции. Ведь дубль наготове? Понимаю! Ага, вы хотите услышать, как умрет Елена Григорьевна?

Тахтахаров заглянул в фургон и сказал, держа в руке мобильный телефон:

— Ну, ты можешь начинать!

А потом взглянул на смертельно побледневшую Елену и сказал:

— Орать вам, конечно, не запрещено, однако смысла нет, потому что в радиусе десяти километров все равно нет ни единой живой души. Никто на подмогу не придет! Что ж, осталось только пожелать вам всего наилучшего, однако при подобных обстоятельствах я воздержусь!

Усмехнувшись, он отвернулся.

Стасик медленно — во всяком случае, Елене показалось, что это было ужасно медленно — поднял ружье с пола и наставил дуло прямо на нее. Все это было сюрреально, но в то же время происходило наяву.

Что сделать или сказать в такой момент? Елена просто не знала, так как не представляла себе, что ее жизнь окончится таким вот образом — в лесной глуши, от рук любовника, оказавшегося киллером бандитов.

— Я сожалею только об одном, — произнесла Елена, глядя Стасику в глаза, — а именно о том, что обманула тебя. Я ведь говорила, что люблю тебя — так вот, нет, не люблю. Да и в постели ты был не более чем середнячок. Ну, давай же, выполняй приказание!

Наклонив голову, Стасик тихо произнес:

— Понимаю, что сказать иное ты и не можешь. Потому что если бы даже стала взывать к моим чувствам и упрашивать меня, то все равно ничего изменить нельзя. Я же просил тебя не убегать, мы бы могли решить все цивилизованным способом...

Он бы ее прирезал или придушил, вот это и был бы «цивилизованный способ»!

— А так решение принято. Давно принято, малышка! Так что мне очень жаль.

— И не смей называть меня малышкой! — отчеканила Елена.

Все было кончено, она это понимала. Ну что же, ведь каждый из нас рано или поздно умрет, хотя она не планировала отправляться к праотцам так рано.

— И знай, малышка, что бы я ни сделал, я попрежнему люблю тебя! — сказал Стасик, и Елена увидела, как его палец лег на спусковой крючок. Дуло ружья было в каких-то двадцати-тридцати сантиметрах от нервно вздымавшейся груди Елены. Было яснее ясного: Стасик выстрелит, и она умрет. Елена надеялась только на то, что мучиться не придется. По всей вероятности, так тому и быть: он целился прямо в сердце.

— Ну, не заставляйте публику ждать! — послышался голос Тахтахарова, и Елена заметила одинокую слезу, скатившуюся по щеке Стасика. Как же все это мерзко! Так и крокодил, сожрав жертву, пускает слезы!

— Я тебя люблю... — произнес Стасик, и Елена закрыла глаза.

Не потому, что боялась, а потому, что не хотела, чтобы последним, что она увидит в своей жизни, был образ этого мерзкого предателя. Она попыталась подумать о чем-то приятном и светлом, но в голову лезли всякие глупые и ненужные мысли.

А ведь все могло получиться иначе! Она могла бы так и не уехать из своего родного городишки, могла бы остаться там, у нее была бы куча детей и, кто знает, уже и внуков. Она бы не являлась самой богатой женщиной России, но никто бы ее тогда и не похитил с целью ликвидации по неизвестной причине...

Время тянулось невозможно долго, последние секунды бренного существования, словно раскаленный воск, падали на нервы ее души.

— Да, да, сейчас приступим! — раздался голос Тахтахарова, который общался со своим невидимым собеседником. А женский голос — это была медсестра — приказал:

— Давай, не тяни!

Елена вдруг открыла глаза. И заметила, что Стасик, странно улыбаясь, сосредоточенно взглянул на нее. Он ведь действительно плакал. Сентиментальный убийца — что может быть гаже!

— Неужели сдрейфил? — спросила насмешливо Елена, и Стасик вдруг мотнул головой. А затем вскинул ружье и выстрелил Елене прямо в сердце.

Детство, которое, как полагала Лена Наместникова, было у нее абсолютно счастливое и безоблачное, закончилось в тот роковой день, когда умер отец.

Семейство Наместниковых обитало в достаточно большом провинциальном городке, расположенном на Урале. Только намного позднее Елена поняла, что город их был весьма грязный, уродливый и для жизни, собственно, малоприспособленный. Около города имелись две гигантские медные шахты, на которых и трудилась бóльшая часть мужского населения.

Однако в те времена Лена полагала, что живет в самом замечательном месте на планете. Ничего другого она, собственно, и не знала. Очень редко они покидали город, а один раз всей семьей отправились летом на море. Поездка была незабываемая, замечательная, волнительная.

Их семейство тогда заняло все купе: отец, Григорий Иванович, мать, Ольга Дмитриевна, сама Лена и ее старшая сестра Оленька.

Это было подлинное приключение — особенно для Оленьки. Хотя она и была на два с половиной года старше Лены, по умственному развитию она соответствовала трехлетнему ребенку. Оленька была красивая девочка, страдавшая с рождения сложным заболеванием. Врачи поставили неутешительный диагноз: ее тело будет взрослеть, а эмоциональный и интеллектуальный уровень развития будет как у трехлетнего малыша.

Попутчики тогда косились на Оленьку, как, впрочем, и отдыхающие в курортном Адлере, куда после двух пересадок и четырех дней пути добрались Наместниковы. Однако Лена знала, что родители сильно любят свою старшую дочь, вероятно даже, еще сильнее, чем младшую. Когда-то она даже ревновала к Оленьке, однако потом поняла, что это ужасно глупо.

Отец, как и многие мужчины в их городе, работал на одной из медных шахт, мама же трудилась в больнице, причем именно ночью, так как днем была дома, вела хозяйство и присматривала за старшей дочерью. А когда муж возвращался из шахты, уходила в ночную смену.

Семья у них была дружная, они стояли друг за друга горой. Отец был человеком строгим, но справедливым, а мама обожала обеих дочерей. Впрочем, как поняла Лена, родители собирались завести еще одного ребенка — отец так и не смирился с тем, что у него не было сына.

Тем летом Лена закончила шестой класс. Наконец школа осталась позади, можно было отдохнуть и порезвиться. У нее имелась лучшая подруга — темноволосая и темноглазая Азиза, с которой они были подругами не разлей вода. Правда, родители не одобряли то, что Лена общалась с Азизой: девочка она была резвая и непосредственная, однако склонная к жестоким проказам и мелким пакостям. После одной из таких проделок Лене пришлось дать честное слово, что она больше не будет общаться с Азизой, однако она продолжала встречаться с ней тайком.

Так было и в тот удивительно жаркий день. Впрочем, несмотря на то что до конца каникул оставалось еще более чем прилично времени, Лена понимала, что скоро жара пойдет на спад, а к сентябрю уже ударят заморозки.

Мама вернулась с работы в больнице, как обычно после ночной смены около одиннадцати утра, правда, немного задержавшись, и Лена, поцеловав старшую сестру, которая сидела на полу и сосредоточенно водила фломастерами по исчерканному листу, бросилась на улицу. Мама крикнула ей вслед, чтобы она обязательно вернулась к обеду, но Лена сделала вид, что не расслышала.

Она выбежала из пятиэтажки, в которой у их семейства была двухкомнатная квартира, завернула за угол, быстро прошлась мимо универсама. Она увидела старушек-соседок, чинно восседавших около магазина и торговавших кто чем: семечками, сушеными грибами, лесными ягодами.

Лена вежливо поздоровалась со старушками, а затем заметила притаившуюся за бочкой с квасом Азизу. То, что старушки терпеть не могли ее лучшую подругу, Лене было известно: Азиза не раз доводила их до белого каления своими выходками.

Свернув к бочке с квасом, Лена обернулась и заметила, что одна из любопытных соседок смотрит ей вслед. Если увидят ее вместе с Азизой, то наверняка доложат об этом матери. А отец обещал, что если узнает, что дочка снова встречается с «этой малолетней преступницей», то оборвет ей уши.

Поэтому Лена сделала вид, что пристроилась к солидной очереди за квасом, а когда к старушкам подошел очередной покупатель, быстро метнулась в сторону.

— Ну, привет! — произнесла Азиза, вываливаясь из-за навеса. Внешне она походила на мальчика — загорелая, с темными короткими волосами, в штанах и майке. — Чего так долго?

— Да мама сегодня задержалась на работе! — ответила Лена. — А я ведь присматриваю за Оленькой и не могла уйти раньше...

Азиза сплюнула на асфальт — плевать она могла со снайперской точностью, чем ужасно гордилась — и произнесла:

— Ну, опять ты со свой малахольной сеструхой валандалась! Не понимаю я, чего вы с ней так возитесь? Сдали бы давно в интернат для психов, и делов-то!

Лена качнула головой и сказала:

— Вовсе Оленька не псих! Она очень добрая и ласковая. И дома ей хорошо! Она же чувствует, что мы ее любим. А в интернате она будет только страдать...

— Мы ее любим! — передразнила ее Азиза. — А от вас ей нужна только жратва, и ничего больше.

Ладно, ваше дело. Хотите с ней нянчиться, делайте это! Почесали!

Они двинулись от универсама в сторону новостроек. Лена сама не знала, почему Азиза стала ее лучшей подругой — так уж получилось. Собственно, они были совсем разные. Хотя Лена знала, что Азиза только создает видимость, что она самоуверенная и жестокая, в действительности она была очень ранимая и чувствительная. И на улице она отиралась все время по той причине, что отец у нее пил, а недавно вернулся и старший брат, сидевший в тюрьме. Обстановка дома была невыносимой, и Азиза старалась проводить там как можно меньше времени.

— Чем сегодня будем заниматься? — спросила Лена, а Азиза прищурилась:

— Ну, есть несколько вариантов. Вон, посмотри...

Они уже приблизились к новостройкам. Лена заметила полную женщину, которая вывешивала на улице белье.

— Ну может быть, не надо... — начала Лена, а Азиза презрительно скривилась:

— Конечно, надо! Или ты трусишь?

Сказать, что она трусила, Лена, конечно, не могла. Что бы тогда лучшая подруга о ней подумала?!

Затаившись за соседним домом, они дождались, пока женщина развесит белье и удалится. Азиза вытащила из кармана небольшой шприц, а из другого извлекла пузырек. Она набрала из пузырька чернила и протянула шприц Лене.

— Теперь твоя очередь доказать мне, что мы подруги до гробовой доски! Это ведь так?

Азиза внимательно посмотрела на нее, и Лена подтвердила это энергичным кивком головы:

— Ну конечно! Ты моя самая лучшая подруга!

— Вот сделай это, и я тебе кое-что расскажу! — заявила с ухмылкой Азиза. — Потому что нам сегодня такое предстоит...

Лена нервно оглянулась и, зажав наполненный чернилами шприц, прошла мимо площадки, на которой колыхалось свежевыстиранное белье. Она понимала, что то, чем они занимались с Азизой, было нехорошо, однако ведь та была ее лучшей подругой!

Азиза, прятавшаяся за углом соседнего дома, подначивала Лену:

— Ну, чего же ты! Давай, или тебя тут полдня ждать?

Лена обернулась, заметила двух молодых мамаш, толкавших перед собой коляски, и сделала вид, что смотрит куда-то вдаль. Рука у девочки вспотела, однако не могла же она подвести Азизу!

Наконец мамаши миновали ее, Лена уставилась на белые простыни, а потом достала шприц и осторожно выпрыснула из него чернила прямо на белье. Слабая темно-синяя струйка ударила по простыням.

Лена быстро обернулась и двинулась в сторону Азизы, которая лишь покачала головой и сказала:

— Ну, это никуда не годится! Давай, повтори! Причем так, чтобы все могли полюбоваться на твой шедевр!

Лена покорно вернулась к площадке, на которой сушилось белье, вынула шприц и выплеснула чернила на белье. На этот раз темные разводы изуродовали простыни по-настоящему.

Азиза же давала команды из-за угла:

— Давай же, с другой стороны зайди! И вон тот пододеяльник не забудь! Ну, чего ты медлишь!

Лена тем временем вошла в раж: белоснежные простыни превратились в диковинные полотна, там и сям виднелись кляксы и пятна. Наконец, выпустив остаток чернил на безразмерную майку, Лена торжествующе обернулась и заметила спешившую со стороны многоэтажки женщину со скалкой в руке. Это была та сама особа, которая только что развесила белье.

— Ах ты, малолетняя преступница! — вопила женщина, воинственно размахивая скалкой, а Лена бросилась прочь. Азиза же, выпрыгнув из-за угла, не упустила возможности пуститься с женщиной в перепалку, показала ей язык и обозвала нехорошими словами. Женщина, увидев, во что превратилось ее белье, охнула и схватилась за сердце, а потом стала оседать на землю.

Перепалка привлекла внимание соседей и прохожих, которые стали подтягиваться к площадке с испачканным чернилами бельем. Кто-то потребовал вызвать милицию и сдать туда «этих чертенят».

— А вот теперь пора делать ноги! — заявила Азиза, а Лена смотрела на женщину, сидевшую на земле и тяжело дышавшую.

— Вам плохо? Вызвать «Скорую»? — спросила Лена, а тетка только замахнулась на нее скалкой.

— Ну, чего ты медлишь! — злобно заявила Азиза и потянула за собой Лену. — Или хочешь, чтобы нас в детскую комнату милиции сдали?

Лицо у несчастной тетеньки было пепельно-серое, Лене было до слез жаль ее. И почему она только согласилась на предложение Азизы?

Однако оставаться дальше на площадке было опасно — подтягивались соседи и зеваки, а из подъезда выбежал полный мужчина с овчаркой на поводке, наверное, это был супруг тетеньки со скалкой и владелец безразмерной майки. Собака заливисто лаяла, Азиза же терпеть не могла четвероногих.

Поэтому она пустилась бежать, бросив Лену одну. Девочка припустила за ней, слыша, как позади лает собака и сопит толстый дяденька.

Благо новостройки располагались около железной дороги. Лена увидела длиннющий товарняк, который приближался к переезду. Девочка обернулась — толстяк с собакой был в каких-то пятидесяти метрах. Если поезд сейчас перекроет им путь для отхода, то дядька наверняка настигнет их, и тогда пиши пропало. Сердце у Лены ушло в пятки, она даже подумать не могла, что случится, если отец узнает о ее проделках. Он тогда не только уши надерет, но и разговаривать с ней не будет, а это было для девочки самым ужасным наказанием.

— Стоять, стоять! — вопил дядька, а овчарка продолжала злобно лаять. Поезд практически приблизился к переезду, шлагбаум давно был опущен, а из домика смотрителя вышла облаченная в форму тетенька, поднявшая вверх флажок.

На переезде скопилось порядочно автомобилей. Азиза затравленно обернулась, понимая, что разъяренный муж тетки сейчас их настигнет. Тогда она прошмыгнула среди автомобилей, а затем нырнула под шлагбаумом.

Поезд, грохоча, приближался. Лена последовала за подругой, не чувствуя ни страха, ни приближавшейся опасности. Она видела трясущуюся челюсть тетки-смотрительницы, ее выпученные глаза и длинный нос.

Посмотрев в другую сторону, она заметила в локомотиве машиниста, на лице которого был написан ужас. Азиза уже ловко перебралась на другую сторону насыпи и находилась в безопасности.

— Быстрее, быстрее! — звала она Лену, размахивая рукой.

Раздались гудки ждавших на переезде автомобилей, Лена слышала собачий лай: дяденька ее почти настиг. А поезд уже был на переезде. Лена рванула вперед, чувствуя, что успела, успела... И вдруг зацепилась ногой за что-то, полетела, скатилась вниз — и растянулась на рельсах. Локомотив катил прямо на нее. Обездвиженная, Лена пыталась подняться, но поняла, что не может сделать это.

Она повернула голову, попыталась позвать Азизу, но подруга, замершая на насыпи, только судорожно дергала головой и пятилась назад. И Лена вдруг поняла: помогать ей Азиза не собирается. Но ведь она была ее лучшей подругой, более того, нареченной сестрой!

— Помоги мне! — крикнула Лена, протягивая руку по направлению к Азизе, но та вдруг развернулась и бросилась бежать прочь. Поезд был в считаных метрах, Лена чувствовала запах мазута и колебание рельсов.

И тогда она совершила невероятное: в тот момент, когда поезд почти наехал на нее, она, несмотря на боль в ноге, совершила бросок и оказалась по другую сторону насыпи. А поезд, скрежеща и пыхтя, мчался дальше в каких-то десяти сантиметрах от ее лица.

Азиза стащила подругу с насыпи, и Лена вдруг увидела, что у летних штанов, сшитых мамой, оторван клок — он валяется под колесами поезда.

— Ну, ты даешь! — произнесла в восторге Азиза и хлопнула Лену по спине. — Все в порядке?

Тяжело дыша, Лена смотрела на то, как множество вагонов, груженных медной рудой, проплывали мимо нее. Голос подруги звучал виновато, ведь та бросила ее на произвол судьбы и не решилась помочь!

Так, может, Азиза вовсе и не лучшая ее подруга?

Азиза снова стукнула ее по спине и сказала:

— Ладно, пришла в себя? Вздохнула? Тогда чего здесь стоим? Надо уходить, пока этот жирный урод с собакой находится по другую сторону насыпи! Что с ногой?

Нога слегка ныла, но Лена могла передвигаться. На ходу она заметила:

— Почему ты так о нем говоришь? Ведь это обыкновенный человек... Ты бы тоже возмутилась, если бы две нахальные девчонки изгадили твое белье!

— Все эти обыкновенные люди — хмыри и уроды! — заявила злобно Азиза. — Живут, строят из себя таких вот интеллигентных, а в действительности — моральные уроды.

Лена поняла, что подруга ведет речь о своих соседях, которые относились к ней и к ее семье как к преступникам. Этим-то и объяснялось постоянное желание Азизы досадить всем, кого она называла презрительным словом «фраера».

Они миновали небольшую рощу, затем частный сектор и вышли наконец к холму, за которым располагалось озеро.

Азиза повернулась к Лене и произнесла:

— Вот об этом я тебе и говорила! Тут ведь тренируются футболисты...

Она указала на спортивную площадку, расположенную с другой стороны холма.

— А вот здесь они после тренировок купаются! — хихикнула мерзкая девчонка. — Причем, как я слышала, голышом! Ну что, пойдем!

Лена застеснялась, а Азиза потянула ее за собой. Они прокрались к озеру, где кто-то купался.

Присмотревшись, Азиза разочарованно протянула:

— Тут такие заросли, что ничего не видно.

Ее взгляд упал на старый вяз, одна из ветвей которого нависала над водой. Азиза указала Лене на дерево, а когда та отрицательно качнула головой, первой подбежала к нему, вскарабкалась по стволу и проползла на нависавшую над водой ветку.

— Ого! — раздался ее восторженный крик. — Вот это да!

Не выдержав, Лена присоединилась к подруге, которая, раскрыв рот от восхищения, наблюдала оттуда за купавшимися.

Лена присмотрелась и покраснела. Футбольная команда резвилась в воде, причем, как правильно предсказывала Азиза, нагишом. Это были старшеклассники, отдыхавшие в расположенном поблизости пионерском лагере.

Никогда до этого Лена не видела голых мужчин. Как же у них все по-другому устроено! Азиза, отпуская смачные замечания, наблюдала за происходящим. Лена сначала отвела глаза, а потом все-таки уставилась на спортсменов.

— Знаешь, что я придумала? — зашептала ей на ухо Азиза. — Ты же говорила, что у твоего папки есть фотоаппарат? Так вот: ты его стащишь, мы сюда завтра вернемся, сделаем фотографии, которые потом расклеим в...

Где именно намеревалась расклеить фотографии коварная Азиза, Лена так и не узнала, потому что раздался зловещий треск, ветка, на которой находились обе девочки, ухнула вниз, и они полетели в воду.

Приключения закончились тем, что Лену и Азизу, промокших и пристыженных, вытащили на берег. Тренер футбольной команды, лысый живчик с командирским голосом, заявил:

— Ага, красавицы, заявились сюда, чтобы подглядывать? А родители ваши знают?

Лена поняла, что они попались. Их сдадут на руки родителям, а может быть, даже и милиции. А если туда уже обратился дядька с овчаркой... То пиши пропало!

Тренер прохаживался около девочек, распекая их и пытаясь пристыдить. Лена опустила голову. Азиза же таращилась по сторонам и вдруг показала одному из футболистов язык.

— Ну что же, не хотите по-хорошему, будем по-плохому! — заявил тренер, сунул в рот свисток и засвистел.

В этот момент где-то вдалеке ухнуло, а потом раздался мощный взрыв. С другой стороны города поднялся мощный столб пламени, черных клубов дыма и белого пара.

Все в ужасе уставились на северо-восток. Там, и это было известно каждому, располагались медные шахты.

Свисток выпал изо рта тренера, он ойкнул и отступил. А его подопечные загалдели, кто-то бросился в одну сторону, кто-то в другую. Придя в себя, тренер засвистел, отдавая суматошные приказания, но никто его и слушать не хотел.

— Это же на шахтах рвануло! — кричал кто-то. — Черт, там же мой отец сейчас в смене!

— И мой тоже!

— И мой дядька и старший брат!

Лена уставилась на марево, нависшее над городом. А затем послышался еще один взрыв, намного слабее первого, однако тоже весьма ощутимый. Земля у них под ногами задрожала, а затем их настигла ударная волна. Лена повалилась с ног.

Дрожа, Азиза смотрела на высоченные языки пламени, полыхавшие на расстоянии нескольких километров. О девочках все немедленно забыли. Тренер метался между футболистами, пытаясь их урезонить, однако часть ребят самовольно побежала в город.

— Папа... Он же сейчас в смене! — ахнула Лена и тоже бросилась вслед за футболистами.

Куда в тот ужасный день делась Азиза, Лена сказать не могла, потому что остаток дня походил на фантасмагорию. Перебравшись через железнодорожное полотно, Лена увидела людей, которые запрудили улицы.

Появилась и милиция, которая призывала граждан разойтись по домам. Народа было так много, что Лене с трудом удалось добраться до своей пятиэтажки.

Мамы дома не было, там она застала соседку, которая объяснила, что Ольгу Дмитриевну срочно вызвали в больницу. Самой же Лене было велено остаться с Оленькой дома и никуда не выходить.

Перепуганная взрывами и паникой на улице, Оленька заплакала. Лена же пыталась ее утешить, как могла. На душе у нее было тревожно. Она сбегала к соседям, чтобы от них позвонить в больницу, однако телефон не работал — как оказалось, почти во всем городе вырубились телефонная связь и электричество.

Так прошло несколько часов. Наступил вечер, паника немного улеглась. Но от мамы и отца не было никаких вестей. Оленька, которую Лене удалось отвлечь от происходящего на улице, успокоилась. Лена накормила ее, после чего сестра стала клевать носом.

Уложив ее в кровать и накрыв одеялом, Лена задернула в комнате шторы и приняла решение. Больше оставаться дома, не ведая, что же произошло, она не могла. Поэтому, поцеловав мирно сопевшую сестренку, она вышла из квартиры и отправилась в больницу, где работала мама.

Сидевшие около универсама бабульки, конечно же, были в курсе произошедшего. Оказалось, что на одной из шахт произошел взрыв, который повлек за собой второй взрыв и пожар. Что именно рвануло и по какой причине, никто толком не знал. Прохожие строили версии, кто-то авторитетно заявлял, что, не исключено, теперь весь город провалится под землю, после чего некоторые ринулись в универсам, чтобы закупить спички, соль и гречневую крупу,

К больнице было не протолкнуться. Лена увидела много людей, желавших попасть туда, однако их не пускали милицейские наряды. Нескольких яростно сопротивлявшихся мужчин оттащили в милицейский фургон.

— Прошу вас разойтись! Повторяю, что ситуация под контролем! Вы только мешаете нормализации ситуации! — вещал милицейский чин в мегафон. — Те, кто не подчинятся приказу, будут задержаны и препровождены в отделение!

Стоявший рядом с Леной мужичонка плюнул и произнес:

— Брешет, как пить дать! Ситуация под контролем! Да туда, к шахтам, стянули все пожарные машины, причем даже из соседних городов подмогу вызвали! Там народу погибло немерено!

Несколько женщин, услышав это, тотчас пожелали знать, что именно случилось. Мужичонка, расправив плечи и выказывая собственную важность, стал сыпать мудреными терминами.

Лена же осмотрелась по сторонам. Больница была оцеплена, однако это не значило, что попасть туда невозможно. Она ведь много раз наведывалась к маме, когда та дежурила в больнице, и пользовалась для этого другим путем, через городской парк.

Девочка обогнула площадь, прошла через несколько кварталов и убедилась в том, что городской парк закрыт. Ворота были заперты, около них дежурили два милиционера. Рядом образовалась небольшая толпа — Лена была не единственная, кто хотел проникнуть в больницу через городской парк.

— Ничего страшного не случилось! — пытался успокоить граждан один из милиционеров, а кто-то в толпе завопил:

— Так почему пламя до сих пор отсюда видно, если ничего страшного не случилось? — он указал в сторону шахт, над которыми все еще клубился дым, сквозь который прорывались языки оранжевого пламени.

— Говорят, там люди заживо сгорели! — поддакнул кто-то. — А вы тут информацию скрываете! И вообще, когда нас пропустят в парк?

Тон становился все более агрессивным, и тут к входу в городской парк подкатило три милицейских фургона. Воспользовавшись возникшей сумятицей, Лена зашла за угол — она помнила, что где-то там было отверстие в заборе. Так и есть, за разросшейся липой!

Девочка протиснулась через изогнутую решетку на территорию парка и бросилась бежать по пустынным, безлюдным дорожкам в сторону примыкавшей к парку больницы. Она оказалась около одного из корпусов, перепрыгнула через забор и попала туда, куда так стремилась.

На территории больницы также царила паника. Лена заметила множество автомобилей «Скорой помощи», из которых выносили перепачканных сажей людей. Завидев на носилках человека, очень похожего на отца, Лена ринулась к нему, однако ее отпихнули врачи.

— Это же мой папа! — закричала девочка, а один из медиков, толкнув ее, распорядился:

— Уберите отсюда ребенка!

Лену оттащили в сторону, она же все пыталась прорваться к отцу. И вдруг увидела, что у человека, который лежал на носилках, вместо обеих ног были только кровавые, обугленные лохмотья.

Лена едва не потеряла сознание, а подоспевший милиционер потащил ее куда-то прочь, приговаривая, что детям здесь не место. Он явно намеревался вытурить ее с территории больницы, но, на счастье, на пути попалась медсестра, мамина коллега по работе.

— Леночка? Что ты здесь делаешь? — спросила она.

Лена принялась, запинаясь, рассказывать, а затем разрыдалась. Медсестра прижала ее к себе, а потом заявила:

— Это ребенок одной из сотрудниц. И ее отец тоже был на шахте...

Милиционер замешкался, затем его рация запищала, и он, сунув медсестре Лену, удалился. Та, положив ей руку на плечо, сказала:

— Он, конечно, прав, тебе здесь не место. А с кем ты оставила Оленьку?

— С соседкой, — соврала девочка. — А что с папой?

Медсестра развела руками и сказала:

— Не знаю. Сама видишь, какая тут ситуация. Твоя мама вон в том корпусе. Однако тебе ей лучше не мешать. Я провожу тебя в ординаторскую, там посидишь. А когда Оля освободится, то к тебе заглянет.

Она проводила ее в комнату, в которой сновали врачи, сунула леденец, книгу и испарилась. Лена выглянула в окно, заметила еще одного человека на носилках, который был похож на ее отца. Девочка бросилась прочь из ординаторской.

Однако это был не ее отец. Внезапно она заметила сидевшего на полу в коридоре дядю Мишу — друга отца, работавшего с ним в одной смене. Лена кинулась к нему, желая узнать, что стало с папой, но дядя Миша только бессмысленно таращился на нее. Подоспевшая медсестра сделала ему укол и быстро добавила:

— Судя по всему, у него повреждены барабанные перепонки...

Раз дядя Миша здесь, то и отец должен быть где-то рядом. Лена лавировала по коридорам, стараясь узреть родное лицо. Внезапно она заметила маму, которая выбегала из одной из палат.

Увидев Лену, она нахмурилась и отрывисто спросила:

— Ты как сюда попала? И с кем Оленька? Кто тебя вообще сюда пустил?

Лена заплакала и задала вопрос о папе. Ольга Дмитриевна несколько смягчилась и ответила:

— Нет, его я пока не видела. Однако он был в той смене, которой больше всего досталось.

— Ольга! — раздался чей-то крик, и мама снова нырнула в палату.

Лена прислонилась к стене и, дрожа, подумала, что попала в настоящий ад. Мимо нее два милиционера пронесли завернутое в пропитанную кровью простыню чье-то обугленное тело.

Чувствуя, что плачет, Лена поняла: здесь ей делать нечего. Мама права — она должна позаботиться об Оленьке. Ведь та, не исключено, проснулась и теперь плачет.

Лена протиснулась к выходу, к которому подъехала очередная «Скорая». Дверцы распахнулись, медбрат ловко вытащил носилки. И тут она увидела отца.

Сомнений быть не могло, перед ней лежал он. Лицо у него не было испачкано, взгляд осмысленный. С ним все в порядке! Возможно, легкая травма, не более того. Лена бросилась к нему.

— Девочка, сгинь! — крикнул медбрат. А потом громко заявил:

— Пациент совсем плохой! Ну, где тут врач!

О ком он вел речь? Лена покрутила головой и вдруг поняла — это он о папе! Из «Скорой» выгрузили еще несколько раненых, а носилки с папой отчего-то оставили в стороне.

Лена бросилась к отцу. Он узнал ее и слабо улыбнулся.

— Леночка, дочка... Отчего-то я не сомневался, что увижу тебя здесь...

Его голос был глухой, сиплый, страшный.

Лена сразу поняла, что отец умирал. Было что-то во всем его облике — обреченное и в то же время светлое. Девочка схватила его руку, прижала к груди, заплакала.

— Не плачь... Никогда не знаешь, что с тобой случится в следующий момент... Позаботься о маме и об Олечке...

Увидев проходящего мимо врача, Лена буквально вцепилась в него. Тот наконец поверхностно осмотрел ее отца.

— Это же муж Ольги Наместниковой! — произнес кто-то, и эта фраза оказала воздействие.

Около него вдруг возникли несколько людей в белом. Лену оттеснили в сторону.

Девочка стояла и наблюдала за тем, как отцу пытались спасти жизнь. Она была уверена, что врачи справятся, папа выкарабкается и все будет хорошо...

А потом появилась и мама. Она застыла в коридоре, наблюдая за тем, как ее мужа пытались реанимировать. Лена бросилась к ней, спросила:

— Ведь все будет в порядке, мамочка?

Ольга Дмитриевна, казалось, даже не замечала ее. Один за другим люди в белом стали отходить от носилок, на которых лежал отец, Значит, все завершилось, значит, они его спасли?

Мама вдруг отвернулась и ушла в глубь здания. До Лены же долетело, как один из врачей произнес:

— Время смерти...

Время смерти... Папа умер! Лена бросилась к отцу, кажется, прижалась к его теплой руке. Кричала и плакала, пыталась задержать уходящего врача.

Однако подъехали еще две «Скорых», и внимание медперсонала переключилось на новых раненых. Около Лены возник пожилой тип, флегматично схвативший каталку.

— Что вы намерены с папой сделать? — спросила Лена, а тип ответил:

— Как что? В морг!

Лена осела на пол. Потом ее кто-то поднял, куда-то повел. Она оказалась в палате, среди прочих больных. Ее уложили на кровать, Лена повернула голову и увидела белую, перекошенную физиономию толстой тетки, той самой, которой они с Азизой изгадили белье. Тетка уставилась на Лену, откуда-то возник ее полный муж, они стали орать как оглашенные, тыча в девочку пальцами. Но что они кричали, Лена не понимала, потому что потеряла сознание.

Так Лена потеряла отца. Именно в этот день, собственно, и закончилось ее детство. Последствия взрыва на шахте от общественности скрывались, однако, по неподтвержденным слухам, погибло больше сорока человек.

Отца похоронили на новом кладбище. Лена все еще не могла поверить — ведь он только что был рядом с ней, живой, задорный и добрый. И вот оказался там, в трех метрах под землей, в узком гробу...

Мама же ушла с головой в работу, тем более что больница была переполнена. Она, кажется, даже и думать не хотела о том, что осталась вдовой.

Лене крупно досталось за гадости, которые она делала вместе с Азизой. Тетка, белье которой она облила чернилами, попала в больницу — у несчастной случился сердечный приступ, к счастью, легкий. Однако именно тогда Лена осознала: ведь все могло закончиться трагически...

Одному из врачей и подвернувшемуся под руку милиционеру стоило больших усилий утихомирить разбушевавшуюся тетку и в особенности ее муженька, которые требовали поставить Лену на учет в детской комнате милиции и вообще отдать под суд. Только тот факт, что отец Лены погиб на шахте, смог несколько смягчить их гнев.

В итоге никакого заявления они подавать не стали, но Лене пришлось извиниться перед теткой и ее мужем, а маме, которой точно было не до таких мелочей в связи с гибелью мужа, возместить им ущерб и купить три новых комплекта спального белья.

На дочку Ольга Дмитриевна не кричала, не ругала ее даже, но Лене было так стыдно и горько, как никогда в жизни. Уж лучше бы мама ее выпорола и заперла в кладовке, чем молчала, глядя словно мимо дочери, в пустоту.

А милиционер, выгородивший Лену, по-отечески поговорил с ней и взял с нее честное слово, что никаких гадостей та больше делать не будет.

— Иначе точно угодишь в колонию. И эта Азиза — еще та штучка! Она уже пошла по кривой дорожке и заманивает на нее других. Так что послушайся меня, дочка: не водись ты с ней! Тем более что ты нужна своей маме...

И Лена поняла — он прав! Никакая ей Азиза не подруга... Она только науськивала ее на соседей и учила делать пакости. Пакости, которые со временем могли перерасти в настоящие преступления. Да и подругой Азиза была не ахти какой: тогда, на переезде, и не подумала помочь ей. И не пришла на похороны Ленининого отца...

Когда Азиза наконец забежала к подруге, чтобы пойти вместе гулять, Лена ответила отказом. Хозяйство и уход за Оленькой легли на ее плечи.

— Я бы на твоем месте не позволила обращаться с собой как с прислугой! — фыркнула тогда Азиза. — Ну, давай же, оставь сеструху одну, она все равно спит. Никто об этом не узнает!

Но Лена только покачала головой и сказала, что их пути разошлись. Азиза тогда ужасно разозлилась и больше не заглядывала к Лене. А вскоре у нее появилась другая лучшая подруга.

Со дня смерти отца прошло около трех месяцев, когда однажды, вернувшись в пятницу из школы — новый учебный год уже начался, Лена нашла маму на полу кухни в бессознательном состоянии. Маму забрала «Скорая», а Лена, оставшись с Оленькой, думала о том, что у мамы наверняка обнаружилась страшная болезнь и что они теперь останутся сиротами и отправятся в итоге в детский дом — близких родственников у них не было, а дальние жили далеко-далеко.

Мама позвонила утром следующего дня и сказала, что с ней все в порядке. Лена с нетерпением ждала ее возвращения домой. Кто знает, как дела обстояли на самом деле? Ведь мама могла намеренно успокоить ее, утаив страшную правду!

Однако мама появилась дома помолодевшая, цветущая и веселая. Такой Лена ее не видела уже давно. У девочки отлегло от сердца — значит, ничего ужасного не случилось. Мама просто перетрудилась, потому и лишилась сознания?

— Дочка, я должна тебе кое-что сказать! — произнесла мама торжественно. — Дело в том, что у тебя и Оленьки будет братик или сестричка...

Лена уставилась на маму, смысл сказанного до нее дошел постепенно. Она бросилась маме на шею и спросила:

— Но как такое возможно?

Мама поцеловала ее и сказала:

— Ну, это, можно сказать, подарок судьбы. Или Божий промысел, хотя в Бога я не верю. Папа от нас ушел, однако я ношу под сердцем его ребенка!

Беременность протекала у Ольги Дмитриевны тяжело, работать она не смогла, так как ей нельзя было перенапрягаться — ведь тогда она могла потерять ребенка. Ребенка, который, как поняла вдруг Лена, стал смыслом ее существования. Лена даже начала ревновать маму к еще не родившемуся братику или сестренке.

Как-то после школы Лена обнаружила дома маму в компании соседа. Как его зовут, Лена не знала, однако была в курсе, что он обитал в доме напротив. Он ей никогда не нравился — какой-то лощеный, с пронзительным взглядом и прилизанными, зачесанными назад темными волосами. Сталкиваясь с Леной на улице или во дворе, он смотрел на нее с хитрой улыбкой.

— Дочка, познакомься, это Борис Егорович! — сказала мама, и мужчина резво подскочил со стула. Он как-то странно взглянул на Лену и протянул ей руку. Лена почувствовала, что рука у него холодная и влажная — прямо как лягушка. Лене ничего не оставалось делать, как пожать Борису Егоровичу руку, однако ей ужасно хотелось вытереть ладонь обо что-то.

— Мы ведь знакомы, Леночка, не так ли? — спросил Борис Егорович насмешливо. Голос у него был сюсюкающий, высокий.

Лена видела, что мама потчевала Бориса Егоровича дефицитным цейлонским чаем, а также кормила пряниками. Наблюдать за этим ей было неприятно, поэтому, когда гость ретировался, Лена в сердцах заявила Ольге Дмитриевне, что не понимает, отчего та позвала в гости этого хмыря.

— Не смей так говорить о Борисе Егоровиче! — заявила мама ледяным тоном. — И кстати, тебе придется к нему привыкнуть! Потому что...

Она посмотрела на Лену и сказала:

— Папы не стало, я сейчас не могу работать, а ведь жить на что-то надо. Да к тому же у нас ожидается прибавление в семействе.

— Нам государство платит! — буркнула Лена. — И новую квартиру обещали!

Мама вздохнула и сказала:

— Квартиру обещали, однако дадут не скоро. Да и что квартира? Нас ведь скоро станет четверо, и моей зарплаты хватать не будет...

— Я работать пойду! — заявила Лена, и мама произнесла:

— Не смеши, дочка! Думать нужно стратегически, как сказал Борис Егорович. Он ведь в курсе нашей трагедии, поэтому и пришел с предложением. Мне оно тоже сначала не очень понравилось, но я поняла, что он прав!

Лена нахмурилась:

— Какое еще предложение?

— А такое! — ответила мама и рассказала: Борис Егорович предложил им заключить своего рода сделку. У него были контакты в горисполкоме, и он обещал, что сделает так, чтобы Наместниковым как можно быстрее дали обещанную квартиру.

Взамен он требовал сущую безделицу — он хотел, чтобы, получив новую квартиру, мама обменяла бы ее и его собственную на две. Таким образом Борис Егорович из однокомнатной, в которой обитал сейчас, вдруг стал бы обладателем двух-, а то и трехкомнатных хором.

— При этом он обещал обеспечивать нас в течение двух лет. А ведь деньги нам ох как нужны! А у него знакомые среди ведомственных врачей!

Лена тотчас запротестовала, потому что чувствовала, что это еще не все. И оказалось, что так оно и есть. Чтобы провернуть эту аферу, требовалось, чтобы Борис Егорович стал мужем Ольги Дмитриевны.

— Мама, нет! Как ты можешь! Ты же предаешь память папы! Ведь всего три месяца прошло! — горячилась Лена.

Ольга Дмитриевна нахмурилась и произнесла:

— Не тебе об этом судить! Мала еще! Я по-прежнему люблю вашего отца. Однако он умер! А как нам жить? И не забывай — я беременна! А Борис Егорович обеспечит нас всем необходимым. И то, что в благодарность за это мы потом разменяем новую квартиру и он получит свою долю, вполне нормально. Он — кристальной честности человек!

Именно в этом Лена и сомневалась. Однако мама была непреклонна, она была согласна сочетаться узами брака с Борисом Егоровичем. Для нее это было всего лишь сделкой, никаких чувств к мужчине она не испытывала, как, впрочем, и он к ней.

Заключение брака прошло безо всяческих торжеств, мама и Борис Егорович расписались в загсе и тотчас вернулись домой. Новый глава семейства прошелся по квартире, заглянул в каждый угол и остался доволен.

— Чтобы вопросов не возникало, придется съехаться! — заявил он. — В моей однокомнатной всем места не хватит, так что я переселюсь к вам!

Лена была категорически против, но отчим уже через два дня вселился в их квартиру. Одно радовало: поселился он не в родительской спальне, а в зале. Мама, как знала Лена, сразу поставила условие, что брак будет только на бумаге и на исполнение супружеских обязанностей Борис Егорович претендовать не может.

— За кого ты меня принимаешь! — услышала Лена, когда отчим и мама обсуждали детали сделки. — Конечно, я понимаю, что ты скорбишь по своему мужу! Так что ни на что не претендую. Однако для друзей, соседей и сослуживцев мы будем образцовой парой.

Затем Борис Егорович потащил маму на какой-то праздник на работе, а работал Борис Егорович завучем в ПТУ.

Лена не знала, что и думать. Вроде бы надо Бориса Егоровича даже благодарить, однако что-то не давало ей покоя. И она знала, что именно.

Она постоянно ловила на себе странные взгляды отчима. Он обращался с девочкой подчеркнуто вежливо, никогда не кричал, однако был склонен к циничным шуткам и пугал своим пронзительным взглядом.

Вскоре им позвонили из горкома — новую квартиру обещали дать в начале следующего года. Мама воспряла к жизни и, несмотря на тяжело протекавшую беременность, была поглощена планами на будущее.

Однажды, когда мамы не было дома — она вместе с Оленькой ушла в поликлинику на очередной осмотр, Лена сидела в своей комнате и делала уроки. Дверь вдруг открылась, и на пороге возник Борис Егорович. Он подошел к ней, заглянул через плечо и сказал:

— Ага, старательная ученица грызет гранит науки...

Лена ничего не ответила и почувствовала, как его рука легла ей на плечо. Она попыталась ее стряхнуть, однако Борис Егорович был крайне назойлив. Тогда Лена вскочила и сказала:

— Оставьте меня в покое! Иначе я все маме расскажу!

И выскочила из комнаты. Она ринулась в ванную комнату и залезла под душ. Ей хотелось смыть с себя прикосновения холодной влажной руки отчима. Девочка терла себя мочалкой, как вдруг пластиковая занавеска душа поехала в сторону, и она увидела плотоядно ухмыляющегося Бориса Егоровича.

Лена направила ему в лицо водяную струю, а отчим вырвал у нее из рук шланг, выключил воду, а потом залез в ванную — прямо в костюме.

Девочка завизжала, но Борис Егорович зажал ей рот рукой. А затем вытащил брыкающуюся девочку из ванны, положил на махровый коврик, навалился на Лену.

Та почувствовала что-то большое и твердое, упиравшееся ей в живот. Девочка замычала, попробовала укусить отчима за руку, но тот выхватил из стиральной машинки грязные трусы и запихал их ей в рот.

Прижимая ее к коврику, Борис Егорович сказал:

— Учти, сопротивляться не имеет смысла. Матери нет, и придет она не скоро. Ты в моей власти. Будешь вести себя как дикий зверек, пришибу.

Лена попыталась спихнуть его с себя, а Борис Егорович закатил ей затрещину, от которой девочка чуть не потеряла сознание. Пока она приходила в себя, отчим раздвинул ее ноги. Лена почувствовала, как в нее вторгается инородное тело. Мужчина прижимал ее руки к коврику.

Об отношениях мужчины и женщины она имела некоторое представление — помогли рассказы Азизы. Как-то ночью, встав попить, она через неплотно прикрытую дверь видела в родительской спальне силуэты и слышала сдавленные стоны. Так появилась на свет и она сама, и Оленька. Однако она никогда не слышала о том, чтобы взрослые мужчины занимались ЭТИМ с девочками!

А именно ЭТИМ занимался с ней отчим. Нахраписто, безжалостно, сладострастно.

Наконец, затрясшись в конвульсиях, Борис Егорович взглянул в лицо падчерице и произнес:

— Ну вот видишь, ничего страшного. Тебе ведь даже понравилось, так ведь?

Лена ничего не ощущала, кроме желания остаться в полном одиночестве. Ей даже плакать не хотелось — главное, чтобы отчим исчез.

— Сейчас я отпущу твои руки, и ты будешь вести себя как примерная девочка. Если же ты снова превратишься в дикого зверька, то мне придется принять меры. Нет, не к тебе, а к твоей матери. И к Оленьке! Ну что, мы договорились?

Отчим отпустил ее руки, а затем поднялся. Он подошел к зеркалу, поправил прическу и осмотрел свой залитый водой костюм.

— Да, испортила импортную вещь! Какая ты все же неуклюжая, Леночка! Скажешь матери, что облила его случайно, когда мылась.

Лена поднялась и заметила струйку крови, бежавшую у нее по внутренней стороне бедра. Отчим швырнул ей мочалку и сказал:

— Лезь в ванну и приведи себя в порядок. И я тебя предупреждаю — ни слова матери. Иначе последствия будут ужасными! В первую очередь для нее и твоей идиотки-сестры!

Он вышел прочь, а Лена залезла в ванну. Она терла себя мочалкой так интенсивно, что кожа покраснела. Девочке не хотелось покидать ванную комнату, потому что она знала: там, за ее пределами, находился он, ее отчим, Борис Егорович.

Когда она наконец вышла, то оказалось, что мама и Оленька вернулись и принесли с собой купленный в кондитерской вкусный торт. Отчим восседал во главе стола и поглощал его с большим удовольствием. Залитый водой костюм он сменил на халат.

Взглянув на дочку, Ольга Дмитриевна ахнула. Лена, рассматривая себя в зеркало в ванной, увидела, что от затрещины отчима у нее на щеке расцвел синяк.

— Поскользнулась в ванне... — произнесла угрюмо Лена, объясняя причину происхождения синяка. Она помнила о словах отчима.

— В следующий раз надо быть осторожнее! — заявил тот и усмехнулся. — И не заливать, когда моешься, весь пол водой. Возьми тряпку и вытри его немедленно!

— Боря, ну не надо, я сама сделаю... — вмешалась мама. На что отчим возразил:

— Нет, нет, тебе нельзя! Пусть она займется, большая ведь уже! Скоро в женщину превратится!

Лена ушла из кухни, несмотря на то что мама приглашала выпить с ними чаю и поесть тортика. Девочка не могла находиться с отчимом в одном помещении. И не потому, что он был ей отвратителен, а потому, что она его боялась.

Девочка терла пол в ванной, когда дверь открылась и на пороге возник отчим.

Лена уставилась в пол, делая вид, что не замечает Бориса Егоровича. Тот же, легонько хлопнув ее по спине, произнес:

— И веди себя нормально! Будешь кочевряжиться, придется тебя наказать! Ну, или твою мамашу с сумасшедшей сестренкой!

При этом его рука заскользила по ягодицам девочки. Больше всего в этот момент Лене хотелось вскочить, взять ведро, заполненное мыльной грязной водой, и облить гадкого, похотливого отчима с ног до головы.

Но ведь он грозился тогда причинить вред маме и Оленьке!

Поэтому Лена терпела, глотая слезы. Борис Егорович, усмехнувшись, заметил:

— Что же, урок ты усвоила! И учти, будешь делать то, что я тебе прикажу — все будет хорошо. Ты, главное, молчи — и все будет хорошо. Так ведь, доченька?

Он наконец удалился, а Лена тихонько заплакала. Почему этот монстр вошел в их семью, зачем мама вышла за него замуж? Неужели ей придется терпеть его притязания — или, взяв ее силой один раз, он теперь успокоится?

Почти всю ночь Лена не сомкнула глаз, прислушиваясь к каждому шороху в квартире. Ей все чудилось, что на пороге сейчас возникнет отчим, однако этого не произошло, и Лена забылась под самое утро тяжелым сном.

В школу она едва не опоздала, настроение у нее было хмурое, ей казалось, что все знают, что случилось с ней накануне. Но хуже всего было не в школе, хуже всего была мысль о том, что рано или поздно ей придется возвращаться домой, где ее ждал Борис Егорович.

Поэтому Лена обратилась к Азизе, которая училась в параллельном классе. С момента гибели отца Лены девочки не общались. Лена знала, что Азиза не сможет ей помочь, да и рассказывать ей она ничего не намеревалась.

Просто если они опять будут вместе бродить по городу и возвращаться домой поздно, то ей не придется сталкиваться с отчимом! Но ничего из этой затеи не вышло — после уроков Лена увидела, как Азиза вышла из здания школы в сопровождении своей новой лучшей подруги — щуплой, очкастой девицы, тащившей и свой портфель, и ранец Азизы.

Домой идти ужасно не хотелось, и Лена сначала ходила по улицам, затем свернула в городской парк. Уже давно стемнело, когда она проскользнула в коридор их квартиры. Теперь только быстро умыться — и в постель. Домашние задания Лена не сделала, однако это волновало ее меньше всего. Главное, чтобы отчим ничего не заметил.

Напрасно она надеялась на это. Едва она сняла пальто, как в коридор вышел Борис Егорович. Заметив копошившуюся в потемках Лену, он включил свет, наклонил голову и произнес:

— Ага, Оля, вот и она! Кажется, с ней все в порядке!

Появилась и мама, которая, всплеснув руками и глотая слезы, бросилась к Лене. Однако Борис Егорович удержал жену и прошипел:

— Никаких нежностей! Она этого не заслужила! Девчонка не понимает, как мы из-за нее волнуемся! Я даже в школу звонил и лично туда ходил, но никто не в курсе, куда делась Лена Наместникова!

Он рванул пальто девочки, стал его обнюхивать.

— Гм, куревом вроде бы не пахнет. Однако это ничего не значит! Давай сюда портфель!

Он потянулся к ее портфелю, но Лена не пожелала его отдавать. Не потому, что ей было что скрывать, а потому, что она не хотела подчиняться диктату отчима. Но тот, конечно же, был сильнее. Он вырвал у нее портфель, высыпал его содержимое на пол и стал носком домашней тапочки расшвыривать содержимое портфеля в стороны.

— Ты о матери подумала? — произнес отчим. — Она ведь волнуется, а ей волноваться нельзя!

Тут мама схватилась за живот, застонала, и Борис Егорович побежал к соседям, чтобы вызвать по телефону «Скорую». К счастью, все обошлось. Прибывшая бригада измерила маме давление, сделала успокоительный укол и забирать в больницу не стала. Лена сидела на кухне, коря себя за ужасное поведение. Еще бы, ведь она едва не угробила своего братика или сестренку! Что, если бы у мамы от переживаний случился выкидыш?

Когда «Скорая» уехала, Борис Егорович уложил жену спать, затем проследил за тем, чтобы Оленька почистила зубы и тоже улеглась, и появился на кухне, где сидела, дрожа, Лена.

Борис Егорович первым делом прикрыл дверь, подошел к окну и задернул шторы. Лена понимала, что сейчас произойдет.

— Ну, видишь, что будет с матерью, если ей вдруг станет известно о наших отношениях? — с циничной улыбкой произнес он. — У нее поднимется давление и случится выкидыш. Ты что, этого хочешь?

Лена мотнула головой, а отчим приблизился к ней. Его рука легла девочке на грудь.

— Ну, и я не хочу! Ты ведешь себя отвратительно, доченька! Поэтому придется тебя наказать! Так что марш в ванную!

Не веря в то, что отчим передумал, Лена побежала в ванную. Однако Борис Егорович последовал за ней. Включив воду, он приказал:

— А теперь раздевайся!

Лена медлила, не желая раздеваться в присутствии отчима. Тот сильно толкнул ее и повторил:

— Ну, кому сказано, глухая тетеря! Раздевайся!

Лена медленно разделась. А затем произошло то, что уже имело место прежде. Борис Егорович изнасиловал ее — прямо в ванной комнате, опять на махровом коврике. Стиснув зубы, Лена на этот раз не сопротивлялась.

Отвалившись от нее, Борис Егорович запахнул халат и сказал:

— Ну вот, видишь, тебе тоже понравилось, ведь так? Учти, если бы ты не повела себя так мерзко, мне не пришлось бы тебя наказывать. Будешь вести себя как разумная девочка, ничего такого не будет! Потому что ты сама виновата в том, что мне придется тебя наказывать! Понимаешь — только ты сама!

«Наказывал» ее отчим регулярно. Подобным зверским образом карался каждый проступок, подлинный или мнимый. Особенно возбуждало Бориса Егоровича подобное «наказание» в ванной комнате — в то время как Ольга Дмитриевна и Оленька находились в соседней комнате и смотрели телевизор или сидели на кухне.

Лене было ужасно противно и стыдно. И каждый раз отчим заявлял ей, что во всем виновата она сама. Что она дурная, испорченная, не слушающаяся взрослых девчонка, она сама виновата в том, что ему приходится ее «наказывать».

Жизнь Лены превратилась в сущий ад. Ведь все считали отчима образцовым семьянином, отличным человеком, прекрасным супругом и мужем. С мамой он был всегда ласков и предупредителен, Оленьке часто покупал сладости. Никто и заподозрить не мог, что он в действительности бешеный зверь, растлевавший свою падчерицу.

Лена знала, что каждый ее промах будет караться «наказанием». Поэтому она старалась не допускать ни единого, но отчим всегда находил то, что она, по его мнению, сделала не так.

Девочка стала плохо спать по ночам, ей часто чудились кошмары. Учебу она запустила, потому что часами могла сидеть и смотреть в одну точку перед собой. И в голове у нее крутилась одна и та же мысль — она виновата сама, она сама виновата, она сама...

Как-то на одном из уроков Лена от переутомления заснула. А затем во время занятий физкультуры ударила физрука, который хотел подсадить ее на канат — Лена не могла допустить, чтобы его рука легла ей на поясницу.

После уроков классная руководительница, Жанна Михайловна, попросила ее задержаться. Она была особой весьма строгой, однако справедливой. Она попыталась узнать у Лены, в чем причина ее поведения, отчего она вдруг из отличниц превратилась в троечницу.

Лена же, помня об угрозах отчима, молчала. Жанна Михайловна вздохнула и сказала:

— Понимаю, что у вас в семье не так давно случилась ужасная трагедия, ты потеряла отца... Однако ведь у тебя появился прекрасный отчим!

Лена вскочила с места и, схватив вазу, стоявшую на столе учительницы, со всей силы запустила ее в стену. После этого Жанна Михайловна вызвала в школу родителей Лены. Вышло так, что по телефону классная напоролась на Бориса Егоровича, который ничего не сказал жене, а сам явился в школу падчерицы.

После уроков, когда уже стемнело, в пустом классе остались только три человека — Жанна Михайловна, Лена и Борис Егорович.

Классная в ярких красках расписала ситуацию. Сказала, что не понимает, отчего Лена ведет себя просто ужасно и что она хочет обратиться за помощью в милицию — девочка вдруг превратилась в малолетнюю преступницу.

Борис Егорович, хмурясь, внимал ее монологу. Лена же, опустив глаза и сжав кулаки, слушала перечень своих грехов. Если бы Жанна только знала...

— Однако я не хочу затевать скандала! — заявила классная. — Понятно, что поведение Лены — отражение тех неурядиц, которые имеют место в вашей семье!

Отчим вдруг заерзал и каким-то испуганным голоском спросил:

— Каких таких неурядиц? О чем это вы?

Лена подняла голову и уставилась на него. Оказывается, этот всемогущий и безжалостный тип боялся! Боялся того, что Жанна Михайловна будет задавать ненужные вопросы и вдруг о чем-то догадается!

— Ну, это вам лучше знать! — ответила та. — Потому что мне бросилось в глаза, что с Леной все началось с тех пор, как погиб ее отец, а мать вышла второй раз замуж, и в семье появились вы...

Наверное, классная просто неуклюже сформулировала свою мысль, не желая Бориса Егоровича ни в чем обвинять. Однако тот смертельно побледнел, затем покраснел и тоненьким голоском завизжал:

— Это вы на что, стало быть, намекаете? Что я ее обижаю? Я ведь сам педагог с многолетним стажем! Что вы себе позволяете?

Отчим боялся, и Лена воспряла духом. И отчего она решила, что так будет продолжаться всегда? Он ведь был жалкий, похотливый мужик, место которого было в тюрьме!

Опешив от странной реакции отчима, Жанна Михайловна повернулась к Лене и спросила:

— Что у вас происходит дома? Расскажи мне! Я тебе помогу!

— Все у нас дома отлично! — влез в беседу отчим. — И не вынуждайте мою дочку выдумывать какие-то небывалые истории. Она ведь любит наводить тень на плетень!

Жанна Михайловна нахмурилась, подошла к Лене и взяла ее за руку. И увидела, что девочка дрожит, как осиновый лист.

— Лена, ты знаешь, что можешь мне доверять! — сказала классная, и Лена расплакалась. Классная прижала ее к себе, стала гладить по голове, а отчим подскочил к ним, схватил Лену за руку и заявил:

— Вы же видите, что ей нужен врач! Она просто истерична до невозможности! Ну, пойдем домой!

Лена вырвала руку из цепких пальцев отчима и, запинаясь, произнесла:

— Я должна вам кое-что сказать...

Борис Егорович задрожал и залепетал:

— Лена, доченька, пойдем домой! Мы в кондитерскую зайдем, я тебе куплю пирожных и мороженого! И учти, если ты сейчас немедленно не пойдешь со мной, то я тебя накажу! Очень сильно накажу!

Лена взглянула на него и отчеканила:

— Он меня наказывает. Часто. Почти каждый день. А иногда и два раза в день...

Жанна Михайловна, поджав губы, сказала:

— Так ведь нельзя, Борис Егорович! Вы ведь педагог! А применяете силу к ребенку! Как вам не стыдно?!

— Это она во всем виновата, она просто несносная девчонка! — заявил отчим, чье лицо тем временем посерело. — Ну, дал я ей пару раз ремнем. Ну, затрещину-другую! Это вполне в порядке вещей!

Классная ведь понятия не имела, что такое в понимании отчима «наказать»! Поэтому Лена, смотря на него и понимая, что страх перед ним вдруг исчез, сказала:

— Знаете, как он наказывает меня?

— Молчи, дрянь! — заорал вдруг отчим. — Молчи, иначе хуже будет!

Жанна Михайловна шокированно уставилась на него, а Лена продолжила:

— Он заходит за мной в ванную. Включает воду. Ждет, пока я разденусь. А потом прижимает к коврику, наваливается на меня и...

Жанна Михайловна в ужасе уставилась на девочку. Отчим дрожал и сопел.

— А потом раздвигает мне ноги и занимается со мной ЭТИМ!

Воцарилось молчание. Первым его нарушила классная, хрипло спросившая:

— Леночка, неужели это правда?

— Врет она, врет! — заорал отчим. — Вы что, не понимаете, что это патологическая лгунья! Она ведь сумасшедшая, как и ее сестренка!

Лена поднялась и вдруг задрала школьное платье. Классная руководительница увидела ее тело, покрытое синяками. Борис Егорович ринулся к девочке, но Жанна Михайловна преградила ему путь и заявила:

— Теперь все понятно! Ну, в педагогической среде о вас ведь давно темные слухи ходили! О том, что в своем ПТУ к ученицам пристаете. Вас даже с места попросить хотели, но потом вы вдруг женились! И все утихло!

Лена вдруг поняла: женился Борис Егорович на маме в том числе и для того, чтобы заткнуть рот злопыхателям, находившим подозрительным, что он до сих пор живет один. А кроме того...

Кроме того, он женился на маме, чтобы иметь допуск к ней самой!

Борис Егорович попятился, задел ногой парту и едва не полетел на пол.

— Все это наветы завистников! — заявил он. — Ни к кому я не пристаю! В ПТУ это просто ленивые ученицы выдумали такой бред, потому что боятся сдавать мне экзамен! И хотят уничтожить мою репутацию! А к этой я рукой не притрагивался...

Он указал дрожащей дланью на Лену. А девочка громко ответила:

— Да, Жанна Михайловна, он даже не врет. В основном не рукой. А своим...

Она произнесла неприличное слово, услышав которое классная отчеканила:

— Это же преступление! За это вас в тюрьму надо надолго! Лучше всего — навсегда! Именно это я вам и организую!

Отчим вдруг переменился — поняв, что окончательно разоблачен, он перестал дрожать. И, сверкнув глазами, сказал:

— Никто вам не поверит!

— Ей поверят, — Жанна Михайловна прижала к себе Лену. — У меня сестра работает в РОНО, я немедленно с ней свяжусь. А мой муж — не последний человек в милиции. Проведут экспертизу, вас задержат! Да, скандал будет жуткий, однако по-другому нельзя! Вы — грязный, гадкий педофил!

Это слово Лена слышала впервые, однако, судя по тому, как скривилось лицо отчима, поняла, что классная попала в точку. Борис Егорович был педофилом. И должен был понести за это наказание.

— Не советую вам этого делать! — заявил он, подходя к Жанне Михайловне. Та, топнув ногой, сказала:

— Вы мне угрожаете? Да вы представляете, что с вами будет? Вас, наверное, даже не в тюрьму надо запихнуть, а в психушку! До конца вашей никчемной жизни!

Отчим вдруг обмяк и, всхлипывая, произнес:

— Вы же меня погубите... Я не виноват, что я такой...

Жанна Михайловна подошла к нему, желая, видимо, обличить, но отчим вдруг кинулся на нее, схватил за горло и стал душить.

Она захрипела, попыталась сопротивляться, однако мужчина был намного сильнее ее. Тогда Лена пришла на помощь учительнице, вскочила на спину отчиму, обхватила руками его лицо. Отчим взвыл, попытался сбросить девочку, но ничего не вышло. Лена услышала, как Жанна Михайловна шумно вздыхает и кашляет — ей удалось освободиться от душащих рук отчима.

— Вы чокнутый, вы самый настоящий убийца! — прохрипела учительница, отшатываясь в сторону. — Сейчас же вызову милицию...

Она последовала к двери. А Борис Егорович вдруг вывернулся, ударил Лену локтем в живот. Девочка полетела на пол, при этом ударившись головой об угол парты. И последнее, что она слышала до того, как потерять сознание, был насмешливый голос отчима:

— Убийца? Нет, я еще не убийца... Но готов им стать...

Когда Лена пришла в себя, то увидела, что лежит в темной классной комнате. Никого больше не было — ни Жанны Михайловны, ни отчима. Лена, пошатываясь, вышла. Школа была давно пуста.

Лена заглянула в туалет, стерла с лица кровь. А потом вдруг поняла, что в большой опасности находятся мама и Оленька. Ведь отчим мог сделать с ними что-то ужасное!

Она бросилась прочь из школы, мимо спавшего в своей комнатушке вахтера. Ей повезло — дома Бориса Егоровича еще не было. Задыхаясь, Лена сбросила пальто на пол и крикнула маме:

— Я должна тебе кое-что сказать...

А потом осеклась, уставившись на выпиравший живот Ольги Дмитриевны. А что, если у мамы снова будет приступ и она потеряет малыша? Однако ведь мама должна знать правду!

Мама, всполошившись, уселась на табуретку на кухне. Лена опустилась перед ней на колени, взяла руки мамы в свои и произнесла:

— Дело в том, что...

Она запнулась. Как поведать родной матери о том, что человек, за которого она вышла замуж, подвергает насилию ее дочь?

— Леночка, что это такое? — спросила мама, вдруг заметив на голове Лены свежую глубокую рану. — Ты с кем-то подралась? Неужели снова эта несносная Азиза?

Мама вскочила, бросилась за домашней аптечкой, желая обработать рану дочери. Лена же все подбирала слова. Наконец, когда мама смазала рану и заклеила ее пластырем, девочка решилась:

— Ты должна знать, что Борис Егорович...

В этот момент послышался шум в прихожей — кто-то открыл дверь. Это мог быть только один человек, Борис Егорович.

Лена запнулась, а мама спросила:

— Леночка, что ты хочешь сказать?

В самом деле, что? Что отчим насиловал ее под носом у матери, которая не подозревала об этом?

Борис Егорович, заглянув в кухню и заметив падчерицу, сказал:

— Ага, вот вы где! Ну что, поговорили по душам? Кстати, доченька, Жанна Михайловна передает тебе большой привет!

Лена окаменела. А мама пожелала узнать, что муж имеет в виду. Тот же, пройдя в кухню, странно сверкнул глазами и заметил:

— Да вот был сегодня по приглашению классной в школе. Она жаловалась на нашу дочь. Елена совсем от рук отбилась!

Мама охнула и схватилась за живот. И Лена поняла — нет, мама не выдержит ужасающей правды. Но более всего в этот момент ее занимало то, что стало с классной.

— Бедная Жанна Михайловна была в таком взвинченном состоянии, когда мы ушли из школы! — заявил отчим. — Она так переживает за нашу Леночку!

Ведь он элементарно врал! Он явно что-то сделал с классной, но что именно?

— Однако Леночка обещала, что исправится. И больше никогда не будет вести себя плохо, ведь так?

Он уставился на Лену, и та, чувствуя на себе взгляд мамы, кивнула. Момент был упущен. Она знала, что ничего больше не расскажет.

— Или ты все же хочешь что-то сказать? — произнес отчим, и Лена мотнула головой. Она выбежала из кухни, оставив маму и отчима наедине. Девочка заперлась в ванной и залезла под душ. Через некоторое время она услышала осторожный стук.

— Открой, Леночка! Иначе будет хуже! — заявил отчим.

Лена подчинилась и открыла. Отчим ввалился в ванную, схватил ее за волосы и прошипел в лицо:

— Учти, ты больше никогда и никому ничего рассказывать не будешь! Потому что теперь на твоей совести и ваша классная!

— Что вы с ней сделали? — пролепетала Лена, а отчим толкнул ее на коврик и заметил:

— Не твоего ума дело! Но в том, что с ней случилось, виновата только ты! Ты одна и твой длинный поганый язык! Это ты убила ее, а не я! Так что мне придется теперь тебя наказать! Очень и очень сильно!

И он, хрипя, навалился на нее.

Утром, придя в школу, Лена узнала шокирующую весть: классную нашли в городском парке задушенную и ограбленную! Это событие всколыхнуло город, тем более ничего подобного раньше не происходило.

Муж Жанны Михайловны, работавший в милиции, и коллеги предприняли все, чтобы найти убийцу. Ходили различные слухи о том, что случилось. Кто-то вел речь о гастролерах с Дальнего Востока, кто-то говорил о беглом зэке-людоеде. Наконец, упоминалось некоторыми взрослыми и таинственное, невесть что обозначавшее словосочетание «сексуальный маньяк».

Представители правоохранительных органов желали поговорить с Леной и Борисом Егоровичем — они ведь были последними людьми, видевшими Жанну Михайловну живой.

Разговор вел Борис Егорович, который отлично играл свою роль. И он поведал о том, что около семи они с дочкой покинули в школу, в то время как Жанна Михайловна осталась там одна.

— Вам бросилось в глаза что-нибудь странное? — спросил милиционер и взглянул на Лену.

Сказать ему, что убийца — вовсе не гастролер с Дальнего Востока, не зэк-людоед и непонятный «сексуальный маньяк», а сидевший перед ним чинный и благородный Борис Егорович?

— Нет, нам ничего в глаза не бросилось! — заявил отчим.

Милиционер же уставился на Лену и сказал:

— А тебе, тебе-то тоже ничего не бросилось?

Лена подумала о маме и Оленьке и быстро сказала:

— Нет, ничего!

После беседы Бориса Егоровича куда-то вызвали — кажется, надо было подписать какие-то бумаги. А Лена осталась сидеть в коридоре. Вдруг около нее возник приземистый седой мужчина, который опустился около нее на стул и сказал:

— Меня зовут Степан Захарович, я — муж Жанны Михайловны. Точнее, теперь вдовец…

Он внимательно посмотрел на девочку и сказал:

— Ты ведь что-то недоговариваешь, так? И все из-за того, что с тобой в комнате был твой отчим?

Лена молчала, а Степан Захарович продолжил:

— Я не могу беседовать с тобой официально без присутствия взрослых. Поэтому никому не говори о нашей встрече. Просто скажи мне — все было так, как и поведал твой отчим?

Лена колебалась. Она ведь сказала обо всем Жанне Михайловне, и чем все это завершилось? Однако одно дело — придушить беззащитную хрупкую женщину, а совсем другое — иметь дело с сильным и полным решимости мужчиной.

Но как же быть с мамой и Оленькой? Ведь если вдруг станет известно, что отчим — педофил и убийца, то его арестуют, будет судебный процесс. И мама этого не выдержит! Позору-то сколько будет! Все станут указывать на маму пальцем — мол, у нее под носом истязали дочку, а она ничего и не заметила. И замужем была за чудовищем!

— Да, именно так! — сказала Лена.

Степан Захарович вздохнул и сказал:

— Я ведь вижу, когда врут. И ты сейчас врешь. Но не потому, что ты плохая девочка, а потому, что ты боишься. Ты ведь отчима своего боишься? Скажи мне, Лена! Ведь я кое-что накопал на этого типа!

Лена вспомнила то, о чем вела речь Жанна Михайловна.

— Думаю, он использует вашу семью в качестве прикрытия. О нем ходили разные слухи, но все утихло, когда он женился и стал появляться со своей супругой на сабантуях. Однако ведь это не более чем очковтирательство, ведь так?

Лена молчала. Могла ли она довериться этому человеку?

Степан Захарович же повысил тон:

— И учти, будешь его покрывать, тебе тоже мало не покажется! Давай, говори правду!

Его рука легла ей на коленку — наверное, так мужчина хотел приободрить ее и подвигнуть на признание. Однако Лена в ужасе вскочила и закричала. Ощущать на себе руку чужого мужчины было верхом кошмара.

— Оставьте меня в покое! — закричала она. — Я вам все сказала, все! Мне нечего добавить!

Из одного из кабинетов вывалился Борис Егорович. Мгновенно оценив ситуацию, он подошел к падчерице, встал между ней и вдовцом и произнес:

— Слышали, что сказал Леночка? Оставьте ее в покое! Понимаю ваше горе, однако это не дает вам право видеть в каждом подозреваемого! Будете приставать к нам, подам жалобу областному начальству или вообще в Москву напишу!

Они отправились домой. По пути отчим все выпытывал, чего именно добивался от Лены Степан Захарович. И, кажется, не поверил, когда она ничего ему не сказала, поэтому, когда они оказались в квартире, он снова ее «наказал».

А пару дней спустя, бредя после школы домой, Лена заметила знакомую фигуру — около школы ее поджидал облаченный в дубленку Степан Захарович.

— Лена, извини, что так получилось! Однако ты должна мне помочь! Ты ведь слышала, что задержали одного полоумного, у которого обнаружили кошелек моей жены? Он теперь главный подозреваемый.

Лена вздрогнула, а мужчина заметил:

— Ты же не хочешь, чтобы понес наказание невиновный? Он утверждает, что нашел кошелек около школы. Около вашей школы! И все сходится! Я ведь думаю, что мою жену вовсе не убили в парке, а перенесли туда ее тело. А преступление произошло в ином месте. Например здесь!

Он указал на здание школы: слышались веселые голоса ребят, гомон, крики.

— И ты единственная, кто может мне помочь! — продолжил он.

Лена взглянула в лицо вдовцу. Он был полон решимости и желания покарать убийцу своей жены. Да, Борис Егорович заслуживал самой суровой кары, но ведь одновременно позор падет и на ее семью!

— Я же сказала, что мне ничего не известно! — сказала Лена и зашагала прочь. Степан Захарович пытался ее схватить за руку, Лена закричала, и за нее вступились прохожие, после чего вдовец быстро ретировался.

Еще день спустя он пытался выбить из Лены признание, подкараулив ее около подъезда. Но Лена убежала, заявив, что не желает с ним общаться. Наконец, когда она пошла в булочную, Степан Захарович попытался ее затянуть в автомобиль, чтобы, как он выразился «поговорить по душам». На помощь Лене пришли соседи, и мужчина унесся прочь.

А затем — Лена как раз делала уроки, потому что знала, что если не сумеет избавиться от троек, то отчим жестко «накажет» ее, — пришла соседка и сказала, что им кто-то позвонил по телефону и попросил пригласить именно ее, Лену Наместникову.

На проводе был Степан Захарович.

— Лена, мы должны встретиться! — зашептал он в трубку. — Я провел свое расследование, и все сходится! Убийцей может быть только твой отчим! Но тогда ты являешься свидетельницей! Единственной свидетельницей!

Лена молчала, держа около уха трубку. Вдруг кто-то вырвал эту трубку, и девочка увидела Бориса Егоровича, видимо, последовавшего за ней к соседям.

Он прижал трубку к уху и внимал тому, что говорил Степан Захарович, не подозревавший, что его собеседником является не Лена. Девочка потянула руку к телефонному аппарату, желая сбросить звонок, но отчим пребольно схватил ее за запястье и вывернул его.

— Вот что я вам скажу! — произнес наконец отчим, выслушав тираду вдовца. — Вы свихнулись и бредите. И обвиняете черт знает в чем честных людей! Я положу этому конец!

Он кинул трубку на рычаг, появилась соседка, спросившая, все ли в порядке.

— Да вот какой-то псих дочке докучает! — ответил Борис Егорович.

Соседка охнула, всплеснула руками и завела разговор о том, что какой-то мужчина пытался затащить Лену в автомобиль около булочной. Отчим сразу же встрепенулся и, узнав, что муж соседки, бывший этому свидетелем, записал номер, усмехнулся. Затем велел девочке идти домой и доделывать уроки, а сам принялся яростно накручивать телефонный диск.

Вернулся отчим минут через сорок, радостный, с ухмылкой на лице. Он зашел в комнату к Лене и произнес:

— Оказывается, ты многое от меня утаила, Леночка! Меня это ужасно огорчает! Ужасно! Ты — мерзкая девчонка! Но теперь я сумел сделать так, чтобы этот тип больше к тебе не приставал!

На следующий день к Лене пришли люди в черном. Под неусыпным наблюдением отчима Лена поведала о том, что пытался с ней сделать Степан Захарович. Люди в черном все записали, поблагодарили и скрылись.

А еще через день стало известно, что арестован вдовец Жанны Михайловны, Степан Захарович. Стало известно, что он пытался похитить девочку, ученицу своей покойной жены, приставал к ней около школы и около ее дома.

И сразу же Степан Захарович стал главным подозреваемым в смерти жены. Потому что вскрылось, что они часто ругались, он подозревал ее в том, что у нее был любовник, и даже как-то прилюдно обещал ей «свернуть шею».

Вскоре разнеслась весть о том, что Степан Захарович умер якобы от сердечного приступа. Но шептались, что в действительности он, не выдержав груза улик, покончил с собой в КПЗ.

В глазах следствия и всех жителей города истинным убийцей Жанны Михайловны был ее ревнивый и не вполне адекватный муж. Задержанного ранее городского сумасшедшего, подобравшего ее кошелек, отпустили, и возмущенная общественность успокоилась.

Правду же знали только два человека — Лена и Борис Егорович, который, выйдя сухим из воды, окончательно уверовал в свою безнаказанность. И «наказывал» падчерицу при любой подвернувшейся возможности.

Ольга Дмитриевна, поглощенная предстоящими родами и скорым получением новой квартиры, ничего не замечала. Борис Егорович делал что хотел, и от осознания собственного бессилия Лене было ужасно горько.

Как-то ночью она проснулась от крика, раздавшегося в квартире. Переполошившись, Лена выбежала в коридор и увидела плачущую Оленьку и облаченного в семейные трусы и майку отчима. Странно взглянув на Лену, он велел:

— Марш к себе в комнату и не высовывай оттуда носа!

Сам он отправился к соседям, чтобы вызвать «Скорую». Та увезла маму в больницу, однако поделать ничего было нельзя — мама потеряла ребенка и сама едва не умерла.

Потянулись долгие недели, в течение которых Лена оставалась с отчимом одна в квартире. Оленьку он спихнул каким-то своим дальним родственникам. За это время Лена смогла посетить маму в больнице всего один раз и ужаснулась тому, в каком она была состоянии. Нет, она оправилась от физических травм. Однако не смогла вынести, что потеряла ребенка своего любимого погибшего мужа.

Борис Егорович ошалел от обретенной свободы. Не таясь, он принуждал падчерицу к удовлетворению всех своих извращенных желаний. Когда же Лена заявила о том, что теперь она точно все расскажет маме, отчим усмехнулся и, ударив ее, заметил:

— Расскажешь? Ну, валяй, рассказывай! Ведь у тебя на совести уже два человека — твоя училка и ее сумасшедший муженек! Они ведь из-за тебя погибли!

— Нет! — крикнула Оля, и отчим расхохотался:

— Конечно же, да! Да и мать твоя... Отчего, как ты думаешь, у нее выкидыш случился? Потому что она о тебе беспокоилась — этот придурок Степан Захарович ее ведь тоже донимал звонками на работе. Гадости всякие обо мне говорил, намекал на гадости. Вот у матери приступ и случился! А если бы ты не говорила с этим психом, ничего бы не было!

Лена всхлипнула, а Борис Егорович усмехнулся:

— Ну ничего, что ни делается, все к лучшему. Не хватало мне еще одного подкидыша воспитывать. И хорошо, что он сдох! Только запомни: в этом виновата исключительно ты!

Он схватил Лену и прошептал ей в лицо:

— За матерью твоей теперь потребуется особый уход. Потому что она еще не псих, но уже и не нормальный человек. Депрессия у нее, оказывается. И это тоже твоя вина! Однако ты ведь не хочешь, чтобы мать оказалась в психушке?

— Нет! — крикнула Лена, и отчим скривился:

— А ведь я могу ее туда устроить! Мне врачи сами предлагают. Да и сестренку твою, Оленьку, тоже можно сдать туда же.

Лена заплакала, а отчим заявил:

— Так что учти — никому ни о чем не скажешь! И будешь делать все, что я тебе прикажу. Иначе мать и сестренка попадут в дурку. А там им будет плохо, ой как плохо! Долго там, думаю, они не протянут, и на твоей совести будет еще два трупа! Ну что, мне согласиться с предложением врачей и сдать мамашу в психиатрию?

Девочка качнула головой, и отчим удовлетворенно хмыкнул:

— То-то же! Кстати, квартиру нам теперь не дадут, но ничего. Жить будем все вместе! Здесь, у вас! Ты будешь молчать и подчиняться мне, Леночка. И держать язык за зубами. И все тогда будет хорошо!

Он оскалился, а затем придвинулся к ней и сказал:

— А теперь покажи, как ты любишь своего папашу! Ну что, приступим, доченька?

Мама вернулась из больницы похожая на тень. Она вела себя как обычно, но посередине разговора могла вдруг впасть в ступор, начать смеяться или плакать или, наоборот, молчать днями. О работе больше не было и речи — Ольга Дмитриевна получила инвалидность и проводила почти все время дома.

Единственным, что утешало ее и помогало держаться, была дочка Оленька. Несмотря на то, что Борис Егорович был против, девочка по-прежнему жила с ними. Он постоянно твердил жене, что «эту идиотку» надо сдать в интернат, однажды попытался это сделать. Но жена закатила ему истерику, поэтому от греха подальше Борис Егорович все же распорядился, чтобы Оленьку привезли обратно.

Отчим стал настоящим главой семьи — его фальшивая любезность и наигранная доброта испарились без следа. Лена видела, как он издевается над мамой и сестренкой, не способными дать отпор, и дала себе слово, что положит этому конец.

Помимо этого, были и постоянные «наказания»: отчим регулярно подвергал ее насилию. Лена много думала и пришла к выводу, что не имеет права опускать руки, ведь на кону стояла не только ее собственная судьба, но и судьба мамы и сестренки.

Со временем притязания со стороны Бориса Егоровича становились все реже и реже, однако Лену это не радовало, а пугало. Она не могла отделаться от ощущения, что отчим что-то затевает. К тому времени они все же переехали в большую новую квартиру, которую Борис Егорович выбил в горкоме, прикрываясь трагической судьбой своей жены и ее старшей дочери.

При этом он, исхитрившись, сумел оставить за собой и две прежние квартиры — свою собственную и ту, что принадлежала Наместниковым. Лена узнала, что потом от своей собственной халупы он избавился, получив за это автомобиль.

Как-то, идя из школы домой, Лена заметила отчима, сидевшего в кафе-мороженом. Она спряталась за углом и стала наблюдать сквозь большую прозрачную витрину, что же тот задумал. Внезапно она увидела полную симпатичную блондинку, которую обхаживал отчим. Он подвел ее к столу, вручил букет цветов.

А затем сердце чуть не выпрыгнуло у Лены из груди: она заметила девочку лет десяти, светловолосую, с двумя смешными косичками, украшенными красными бантиками, которая подошла к отчиму и протянула ему руку.

Лена видела, как отчим смотрел на девочку — как тигр на антилопу. Ни мать, и дочка ничего, конечно же, не замечали, но Лена отлично изучила повадки Бориса Егоровича. Крылья его носа трепетали, в глазах зажегся дьявольский огонь.

Отчим уселся между матерью и дочкой, завязалась беседа. Лена видела, как Борис Егорович то и дело бросает взоры на девочку — якобы случайные, но в действительности — оценивающие.

Лена быстро побежала домой. Она понимала, что затеял отчим. Она сама уже выросла — все-таки ей исполнилось четырнадцать. Она стала для него слишком старой! Ему требовалась новая жертва!

Поэтому он задумал очередную комбинацию — завести новую семью. Не исключено, что он даже и не намеревался разводиться с мамой, а мороча новой пассии голову, намеревался жить на две семьи.

Больше всего Лене было жаль девчушку — та еще не подозревала, в какой кошмар скоро превратится ее мирная жизнь!

Домой отчим вернулся в отличном настроении. Мурлыча мотивчик шлягера, он открыл ногой дверь в комнату Лены и произнес барским тоном:

— Где обед?

Это значило, что девочка должна была сорваться с места и кинуться накрывать на стол. Однако вместо того, чтобы подчиниться его требованию, Лена демонстративно открыла книжку и стала ее читать.

Это взбесило отчима, он подошел к ней, вырвал книжку и завизжал:

— Обед где, я тебя спрашиваю?

— В холодильнике! — ответила Лена и оттолкнула нависшего над ней Бориса Егоровича. — Отойдите!

Отчим ее ударил, а потом пытался оседлать. Но Лена ударила его ногой в пах, и отчим с воем упал на ковер.

— Что ты себе позволяешь? — прошипел он, а Лена спокойно спросила его:

— А что вы себе позволяете?

Отчим зыркнул на нее, поднялся и произнес:

— Да, ты выросла. И из прелестной девочки превратилась в прыщавую жирную корову!

Он намеренно хотел уколоть Лену замечанием, однако девочка и ухом не повела.

— Да и не нужна ты мне больше! — добавил он с ухмылкой. — Скоро все изменится!

Он удалился, оставив Лену в покое. Отчим не подозревал, что она была в курсе его планов. С одной стороны, можно было радоваться: ведь кошмар остался позади. Но с другой...

С другой стороны, это означало, что кошмар начнется для незнакомой девочки. Впрочем, какое ей дело до нее? Но разве она могла допустить, чтобы отчим разрушил еще одну семью?

Лена принялась следить за Борисом Егоровичем, просматривала его портфель, когда он мылся, копошилась в его записной книжке и бумагах. У отчима же постоянно было подозрительно хорошее настроение, и это было дурным знаком.

Как-то, вернувшись из школы, Лена застала отчима у себя в комнате. Он развалился на диване и явно поджидал ее.

— Что вы тут делаете? — спросила она угрюмо, а Борис Егорович сказал:

— Хочу с тобой поговорить!

Он усмехнулся, подошел к Лене и схватил ее за грудь. Лена ударила его по руке, а отчим произнес:

— Какая ты, однако, строптивая стала! Вырастешь — характер будет мерзкий, никто замуж не возьмет!

— Вы это пришли мне сказать? — осведомилась Лена, а отчим ответил:

— Пришел сказать, что все завершилось! Ты была отличной игрушкой все эти годы, Леночка! Однако теперь ты поистрепалась, из тебя труха сыплется! Я нашел себе новую!

Ну конечно, девочку по имени Женечка. Лена узнала, что ее мать, блондинка, на которую положил глаз Борис Егорович, была продавщицей в обувном магазине, ее мужа недавно сбил автомобиль. Как и в случае с мамой, женщина была в сложной ситуации, и этим отчим и решил воспользоваться.

— Однако перед тем, как мы расстанемся, я хочу получить прощальный подарок! — заявил он с грязной ухмылкой. — Ты ведь не ответишь отказом своему папочке?

Не дожидаясь ответа, он полез к Лене. А та, схватив со стола толстый словарь, ударила им отчима по голове.

Борис Егорович дал ей пощечину и сказал:

— Решила норов проявить? Нет, ты моя, Леночка, и до конца свою повинность еще не отработала!

Он повалил ее на ковер и навалился сверху. Лена же нащупала ножницы, упавшие со стола, схватила их и поднесла к шее отчима. Тот дернулся и сполз с нее.

— Сумасшедшая! Так же и убить можно! — заявил он, а Лена произнесла:

— Именно это я и сделаю, если снова ко мне полезете!

Борис Егорович, кряхтя, поднялся, затем вышел из ее комнаты и закрыл дверь. Лена перевела дух. Вот, свершилось то, о чем она мечтала все эти годы! Он оставил ее в покое!

Но дверь внезапно распахнулась, и на пороге Лена увидела отчима, державшего за руку ее старшую сестру Олечку. Она доверчиво смотрела на Бориса Егоровича, который, заведя ее в комнату Лены, произнес:

— Ты ведь любишь к врачу ходить? Так вот мы сейчас во врача и поиграем! Снимай трусики!

Лена ринулась к отчиму, и тот ухмыльнулся:

— Мне нужен мой прощальный подарок! Если я не получу его от тебя, то тогда — от твоей дебильной сестренки!

Лена проводила Оленьку в ее комнату, посидела рядом, рассказала сказку, дождалась, пока она уснет. Потом вернулась в комнату, где ее ждал отчим. Закрыв дверь, она сказала:

— Подарок вы, так и быть, получите. Только самый что ни на есть прощальный. И тогда уберетесь прочь и оставите нашу семью в покое. Навсегда!

Отчим швырнул ее на диван и прохрипел:

— Ну, давно бы так, Леночка!

Потом Лена долго сидела в ванне, оттирая кожу мочалкой. В последний раз Борис Егорович был особенно жесток и мерзок, словно пытался сделать так, чтобы она запомнила этот гадкий «прощальный подарок» до конца своих дней. Лена уже давно не плакала — она привыкла и дала себе слово, что не позволит, чтобы этот мерзавец, отчим, разрушил ее будущее. Она будет сильнее, она станет известной и знаменитой. И потом, когда у нее будет власть, раздавит отчима, как клопа.

Борис Егорович сдержал свое слово — к Лене он больше не приставал, только по-прежнему командовал ею, словно крепостной. Ей стало известно, что он обменял их старую квартиру на две однокомнатные, которые весьма прибыльно сдавал.

Лена стала замечать, что из дома исчезли мамины золотые сережки с рубинами, а также ее обручальное кольцо и обручальное кольцо покойного отца. Как-то, придя домой, она вместо нового цветного телевизора обнаружила старенький, черно-белый. Борис Егорович выносил из их квартиры ценные вещи, явно готовясь к переезду в новую семью!

Маме, проводившей все время в своих грезах и мечтах, до этого не было дела. На Оленьку тоже надежды не было никакой. Оставалось только действовать самой.

Копошась в записной книжке отчима, Лена узнала, что он тайно ото всех строил большой дачный дом. Причем на его отделку он пустил строительные материалы, предназначавшиеся для ремонта ПТУ, в котором за год до этого стал директором.

Также Лена наткнулась на странные записи — они были похоже на шифр. Однако среди них мелькала и непонятная, однако смутно знакомая комбинация букв и цифр. Это был автомобильный номер.

Прилагались к этому и фотографии автомобиля, а также блондинки-продавщицы и ее дочки. А в календаре одна дата была обведена жирным красным кружком.

Лена сопоставила все имеющиеся факты и выяснила, что это день, когда мужа блондинки сбил автомобиль. Лихача, что ужасно, так и не нашли, а несчастный скончался прямо на месте.

Сверяясь со старым календарем отчима, Лена поняла, что в тот день он, вообще-то, был свободен с пяти часов. Однако она припомнила, что домой он заявился около девяти, заявив, что у них в ПТУ было собрание педагогического коллектива. Лена так четко запомнила тот день, потому что отчим даже не лез к ней и не наорал по поводу разбитого фарфорового кофейника, а долго мылся в ванне, а потом завалился спать. И, что занятно, после этого пропал его дорогой импортный плащ, которым он очень дорожил. И сам Борис Егорович никого не обвинял в его исчезновении и вообще не поднимал эту тему.

Отгадка сей шарады была проста и в то же время ужасна: отчим и был тем лихачом, который сбил мужа блондинки-продавщицы и отца девочки Жени. То, что Борис Егорович был способен на убийство, Лена прекрасно знала: на его совести была Жанна Михайловна.

Только зачем он убил незнакомого человека? Ответ был очевиден: он положил глаз на Женю и решил стать мужем ее матери. А для этого той прежде требовалось сделаться вдовой. Поэтому он и пошел на кошмарное преступление.

Лена не чувствовала себя особенно протрясенной, однако ее охватило чувство небывалого отвращения. Этого типа, ее отчима, надо было остановить любым путем! И сделать так, чтобы он оставил в покое не только ее семью и ее саму, но и других потенциальных жертв.

Она посмотрела в начало записей и онемела, потому что увидела дату, которая давно врезалась ей в память. Это был день, когда у мамы случился выкидыш. Он был обведен красным овалом, а подле было несколько строк, приписанных рукой отчима.

Ужасаясь, Лена прочитала названия лекарств и описание их действия на организм беременной. Зачем это отчиму? И тут она поняла: выкидыш у мамы был спровоцирован — и не стрессом, а лекарствами, которые ей тайком дал Борис Егорович.

Да, сомнений быть не могло — он убил еще не родившегося малыша. И Лена поняла, почему: ему не требовался ребенок, ему нужна была она сама. Вероятно, он рассчитывал, что мама тоже умрет...

Бешеного зверя надо было остановить. Но так, чтобы этот ужас не стал известен, иначе мама действительно умрет — или окончательно сойдет с ума!

Спрятав обратно ежедневник Бориса Егоровича, Лена стала дожидаться подходящего момента. Как-то отчим заявил, что уедет в командировку и вернется только через два дня — хотя Лена знала, опять же, листая его записную книжку, что в действительности он намеревался провести время у своей новой пассии.

Перед тем как отчим отправился «на вокзал», Лена вытащила у него ежедневник. А на следующий день проникла в школе в кабинет секретарши директора и воспользовалась стоявшим там заморским копировальным аппаратом. При помощи этого чуда техники Лена смогла снять все записи отчима.

Записную книжку она подложила в платяной шкаф — так, чтобы создалось впечатление, что она случайно выпала из кармана пиджака. Когда отчим вернулся, то первым делом бросился к себе в комнату и стал там что-то искать. Лена знала, что именно: записную книжку.

Обнаружив ее, отчим сразу подобрел. Он даже сказал пару ласковых слов в адрес Лены, но та и ухом не повела. Отчего он, собственно, был в таком хорошем настроении — потому что нашел записную книжку, потерю которой наверняка обнаружил, оказавшись у любовницы, или по причине того, что успел уже растлить ее дочку? Но в это Лена не верила: она помнила, каким осторожным и обходительным был отчим с ней, выжидая подходящего момента.

Копий Лена сделала предостаточно и разослала анонимные письма в милицию, прокуратуру, РОНО, ОБХСС, на место работы отчима и в ряд других инстанций — впрочем, записи отчима о том, что он причастен к убийству классной и выкидышу у мамы, она прикладывать не стала. Причем сделала она это тогда, когда отчим снова отправился в «командировку». Лена даже сделала приписку, указав адрес, по которому можно было отыскать Бориса Егоровича.

К ним пришли уже на следующий день — облаченные в форму люди поинтересовались тем, могут ли они поговорить с Борисом Егоровичем. Лена развела руками и ответила, что он «в командировке». Пришедшие только переглянулись и ретировались.

Из так называемой командировки отчим домой к ним так и не вернулся. Стало известно, что его задержали прямо на квартире любовницы-продавщицы и препроводили в СИЗО.

Борису Егоровичу предъявили ряд обвинений — хищение социалистической собственности, растрату, подделку документов. А затем грянул гром: стало известно, что его обвинили еще и в убийстве супруга его новой любовницы.

Ольга Дмитриевна, погруженная в свои тяжелые мысли, мало реагировала на происходящее. Зато Лена ликовала: отчиму грозил более чем солидный срок, а это значило — они отделались от него!

Навсегда!

К ним домой тоже приходили с обыском, однако следователи вели себя крайне корректно, тем более что, по всеобщему мнению, Ольга Дмитриевна и две ее дочки были жертвами Бориса Егоровича. Лена не преминула заметить, что из их квартиры исчезли золотые украшения, а также цветной телевизор. Телевизор нашелся на строящейся даче отчима, а украшения — в шкатулке его новой пассии.

Затем поползли слухи о том, что Борис Егорович позволял себе вольности в отношении учениц в ПТУ. И, помимо всего прочего, его обвинили в нескольких изнасилованиях и растлении малолетних.

Милиционеры говорили и с Леной, однако та заранее приготовилась и все отрицала. Она понимала: пунктов в обвинении и так достаточно, чтобы надолго упечь отчима за решетку. Даже если она и поведает о том, что он насиловал ее на протяжении всех этих лет, то доказать это будет не в состоянии: физические раны давно затянулись. Если ей и поверят, то отчиму навесят лишний тюремный срок, что не так уж плохо. Зато для всех она станет той самой девицей, которую совратил отчим.

Лена думала не о себе, а о маме и об Олечке. Она достигла того, чего добивалась: избавилась от Бориса Егоровича. И какая разница, что всю правду о нем никто никогда не узнает — о том, что он погубил ее неродившегося братишку или сестренку, и о том, что он убил Жанну Михайловну. Ведь если она расскажет об этом, то возникнет резонный вопрос: почему она молчала все эти годы? Как бы ее еще в соучастницы не записали...

Последний раз Лена видела отчима в зале суда. Она не отказала себе в удовольствии прийти туда. Он резко постарел, превратился в худого, седого субъекта с затравленным взглядом и дрожащими губами. Лене его нисколько не было жаль. Он получил то, что заслужил.

Среди публики, забившей зал суда, отчим отыскал глазами Лену и слабо ей улыбнулся. Она отвернулась и уставилась в стену.

Странно, она и помыслить не могла о том, чтобы стать его соучастницей, но ведь в итоге покрывала отчима! Монстра, который насиловал ее все это время! Однако она не могла сказать правду — в этом случае будут страдать мама и Оленька...

Отчиму дали тринадцать с половиной лет по совокупности в колонии строгого режима. Обвинение в убийстве мужа его новой пассии в итоге сняли — отчим так и не признался, понимая, чем ему это может грозить. Но никто не сомневался в том, что именно он виноват в гибели отца семейства.

Лена понимала: ведь, в сущности, отчим должен был благодарить ее за то, что она не поведала всю правду. Иначе за убийство Жанны Михайловны ему бы непременно дали «вышку», как и за смерть малыша. Получается, что она выгородила убийцу. И окончательно сделалась его соучастницей!

Но Лена запретила себе так думать. Он не испортил ей жизнь, ведь она только начиналась. Девушка не собиралась списывать себя со счетов. Да, часто по ночам ее мучили кошмары, ее бросало в пот, когда она видела на улице человека, пусть даже отдаленно похожего на отчима. Она представить себе не могла, что у нее будет друг — поэтому и отвергала ухаживания своих одноклассников, которые не понимали причин и считали ее ужасной гордячкой.

Лена дала себе слово, что не сломается. Она поставила перед собой цель — стать врачом, чтобы помочь маме, пребывавшей в мире своих темных грез, и чтобы вылечить Олечку, которая, несмотря на свой возраст, по-прежнему в эмоциональном и интеллектуальном плане находилась на уровне развития трехлетнего ребенка.

Однако была еще причина: Лена не забыла, как умер ее отец. Если бы она могла ему тогда помочь! Если бы он не скончался, а выжил, пусть и остался инвалидом... Вся ее жизнь сложилась бы иначе...

Лена настояла на том, чтобы мама развелась с Борисом Егоровичем, что при сложившихся обстоятельствах было понятно любому и было оформлено без всяческих проволочек, в рекордно короткие сроки.

Сделав выбор в пользу медицины, Лена налегла на учебу. Она хотела поступить в медицинский институт, а больше всего — уехать из родного городка. Да, там были мама и сестра. Но слишком много неприятных воспоминаний было у нее связано с этим местом...

Удивительно, но после суда над Борисом Егоровичем и связанного с этим скандала, прогремевшего не только по их городку, но и по всей области, Ольга Дмитриевна не только не впала в депрессию, но воспряла к жизни. Она словно пробудилась от многолетнего сна. Конечно, она не стала прежней — энергичной, деловой, решительной. Однако она стала проявлять интерес к происходящему, записалась в бассейн, а потом даже начала работать в киоске «Союзпечати».

Мать и дочь никогда не говорили на эту тему, но у Лены возникло чувство, что Ольга Дмитриевна винила себя в том, что вышла замуж за такого злодея и ввела его в свою семью. Узнай она, каким он в действительности был монстром, женщина наверняка лишилась бы разума. Поэтому Лена приняла решение: никогда и никому ничего не говорить.

Она упорно шла к достижению намеченной цели, много времени проводила за учебой, по вечерам подрабатывая санитаркой в больнице — той самой, где умер ее отец. Однажды, драя пол, она услышала громкий смех и увидела на лестнице группу одетых во все импортное молодых людей. Они курили сигареты с ментолом и матерились.

— В больнице не курят! И не матерятся! — заявила Лена, и вдруг девица, стоявшая в центре, взглянула на нее и произнесла:

— О, не может быть, это же Ленка Наместникова!

Лена присмотрелась и узнала в этой безбожно размалеванной особе подругу детства Азизу. Она после восьмого класса покинула школу, про нее ходили слухи, что она стала девицей легкого поведения.

— Что, старых друзей не узнаешь? — спросила Азиза и смерила Лену с головы до ног презрительным взглядом. — Какая же ты стала, прямо Золушка!

Ее приятели захохотали, Лена заметила в руке одного из типов бутылку шампанского, а у другого — бутылку водки. Они собирались навестить какого-то своего дружка, лежавшего в хирургическом отделении и приходившего в себя после удаления аппендикса.

— Время для посещения давно закончилось! — отрезала Лена и указала на табличку. — И спиртные напитки здесь тоже запрещены!

Азиза выпустила ей в лицо едкий дым и сказала:

— Какая ты, однако, стала, Наместникова... Если бы держалась тогда за меня, то сейчас была бы вместе с нами... А так — драишь полы в больнице!

Все захохотали, а Азиза бросила в ведро с водой, стоявшее у ног Лены, недокуренную сигарету.

Лена выудила окурок, швырнула его под ноги Азизе и ответила:

— Нам чужого не нужно. Кстати, венерологическое отделение располагается вон в том крыле. Тебе ведь было бы неплохо там проконсультироваться, не так ли?

Азиза побагровела, ринулась на нее с явным намерением ударить или вцепиться в волосы, но Лена оказалась проворнее и, схватив ведро, окатила грязной, пахнувшей хлоркой водой свою некогда лучшую подругу.

Даром это Лене, конечно, не прошло: ей пришлось из больницы уволиться. Но она запомнила вопль Азизы и страх в ее глазах — к Лене она приставать явно больше не будет.

Наконец наступил заветный день — Лена получила аттестат. Пусть до медали она и не дотянула, однако это не было для нее главным. Она уже знала, что должна сделать: ее ожидала поездка в областной центр, большой промышленный город, где имелся медицинский институт.

Мама с Оленькой проводили ее на вокзал. Ольга Дмитриевна поцеловала дочь и, сунув ей небольшой бумажный сверток, сказала:

— Это для тебя! Ты станешь знаменитой, я это точно знаю!

Лена надорвала сверток — внутри были купюры. Оказывается, мама продала все свои золотые украшения. Лена обняла Ольгу Дмитриевну и заплакала. Шмыгнула носом и Оленька.

Лене хотелось сказать маме так много, однако провожающих попросили выйти из вагонов — поезд отправлялся через пять минут.

Вытерев слезы, Ольга Дмитриевна сказала:

— За нас не беспокойся. Я знаю, что вела себя как первостатейная эгоистка, поэтому от смерти папки и нашего сыночка страдала не только я, но и вы все. Мы с Оленькой продержимся, о нас не беспокойся!

Лена вскочила на подножку тронувшегося поезда в последний момент — так ей не хотелось уезжать от мамы и сестры. Проводница, ворча, все же пустила ее в тамбур. Лена прислонилась к стене и заплакала.

— Ну, все вы такие, ревете! А потом о родителях забываете и черт знает чем занимаетесь! — сказала проводница, а потом, вдруг подобрев, сказала:

— Ладно, марш к себе на полку! Я сейчас билеты проверять буду и постели раздавать. А потом приходи ко мне чай пить!

Лена пила чай с малиновым вареньем и слушала рассказ проводницы, хоть внешне и суровой, но в душе жалостливой женщиной. Оказалось, что ее родная сестра занимала пост заведующей общежитием медицинского института. Узнав, что Лена намеревается поступать именно в него, проводница стала давать наставления, а потом заявила:

— Вижу, девка ты неглупая и не вертихвостка, каких сейчас пруд-пруди. Вот, напишу Клаве записку, она тебя примет!

Так, благодаря случайному знакомству, Лена сумела заполучить комнату в общежитии, хоть и неофициально, до сдачи вступительных экзаменов. Заведующая общежитием, Клавдия Ивановна, дала девушке массу советов, поведала истории о доцентах и профессорах и подвела итог:

— Да, голова у тебя на плечах есть. Далеко пойдешь! Только не в медики тебе надо, а лучше в торговлю! Там бы ты сразу раскрутилась!

Но Лена не дала себя уговорить — она хотела стать именно врачом. На экзамены она отправилась с легким сердцем, потому что не сомневалась, что хорошо подготовлена и сумеет преодолеть все препоны.

Химия оказалась для нее плевым делом, как и иностранный язык. Осталось только сочинение, однако в своих силах Лена не сомневалась. Тема попалась интересная, несложная, и, изложив свои мысли по поводу романа Достоевского «Преступление и наказание», Лена сдала работу раньше положенного времени и вышла из аудитории.

Погода стояла солнечная, жаркая. Чувствуя, что по телу разливается приятная нега, Лена отправилась бродить по городу. В областном центре она не была еще ни разу. Она купила эскимо, погуляла на набережной, где долго смеялась над незадачливым фотографом, который вместе с прыткой обезьянкой пытался заманить клиентов на снимок за трешку.

На душе было радостно и покойно. От набережной Лена поднялась по одному из проспектов и заметила иномарку, которая резко затормозила перед рестораном «Золотой дракон».

Из иномарки вышла расфуфыренная особа под ручку с похожим на орангутанга типом. Особа гортанно засмеялась, и Лена узнала в ней Азизу. Ну надо же, она тоже перебралась в областной центр!

Лена быстро отвернулась, не желая, чтобы Азиза ее увидела. У каждого в жизни своя дорога, и она не хотела, чтобы их пути с Азизой пересекались. Вообще-то, Лена искала подработку, поэтому и разглядывала рестораны и кафе. Там ведь всегда требовались уборщицы или помощницы на кухне. Но в «Золотой дракон» она наведываться не намеревалась — не хватало еще столкнуться с Азизой!

Сочинение абитуриенты писали в пятницу, а результаты обещали вывесить в понедельник. В этот долгожданный день, которому надлежало стать ее первым днем в качестве студентки, хоть пока и без студенческого билета и официального зачисления, Лена проснулась на удивление поздно. Взглянув на часы, она ахнула и засобиралась в главный корпус института.

Когда она пришла туда, выяснилось, что списки уже вывесили, и основная масса абитуриентов, узнав свои оценки, схлынула. Около стендов топтались всего несколько человек. Лена заметила, как одна из девиц, невысокая, в уродливых очках, вдруг зарыдала, а пожилая мамаша стала утешать дочурку.

Лена про себя усмехнулась — что же, одной конкуренткой меньше. Ей было достаточно тройки, чтобы получить проходной балл. А в том, что она получит свою тройку, Лена была уверена.

Она подошла к стенду и стала искать свою фамилию. Так и есть, тройка. Лена улыбнулась и вдруг поняла, что это оценка абитуриента, который значился под ней. Она пригляделась и похолодела.

Она сама получила пару! В волнении Лена стала просматривать список фамилий с оценками, но сомнений быть не могло: она провалилась, заработав за сочинение двойку!

Ее планы пошли прахом, но Лена не сомневалась, что поступила верно. Она не намеревалась больше продавать себя — свое тело, свою душу, свою совесть. Что бы ни стояло на кону!

Заведующая общежитием, у которой своих детей не было, похлопотала за Лену и сумела выбить ей место заочницы на географическом факультете местного педагогического института.

— Начинай учиться, а потом переведешься в медицинский, только не в нашем городе, а в другом. И у директора тамошнего общежития передо мной должок, поэтому и насчет койки там я договорилась. Не шикарно, но жить можно!

Лена была крайне признательна Клавдии Ивановне. Ее не испугала даже койка в комнате на трех человек в самой темной и плохо отремонтированной комнате общежития педагогического института. Да и бывала там Лена редко: она не могла позволить себе тянуть деньги с мамы. Та все рвалась высылать ей телеграфом переводы, но Лена знала, что Ольге Дмитриевне и самой требовались деньги на лечение Оленьки.

Работу ей обеспечила все та же Клавдия Ивановна: Лена убиралась в двух школах и детском садике. Платили мало, но свести концы с концами было реально.

Трудилась Лена на совесть, и директриса одной из школ, где она убиралась, порекомендовала ее, как она выразилась, важному человеку. Лена сначала отнекивалась, думая, что речь идет о чем-то непристойном, но, как выяснилось, требовалась помощь по хозяйству в доме какой-то шишки.

Лена попала на собеседование в дом на набережной: там, в высоченных, сталинской архитектуры, зданиях обитала элита областного центра. Леонид Вадимович был аскетичным, с залысинами типом в очках в золотой оправе, чем-то неуловимо похожим на покойного генсека Андропова. Он работал заместителем директора химического комбината.

Впрочем, с самим Леонидом Вадимовичем Лена общалась всего несколько секунд, потом эстафету переняли его дородная холеная супруга, Инна Аркадьевна, и экономка, Дина Яковлевна.

Дамы подвергли ее форменному допросу, однако Лена отвечала на все вопросы спокойно, не тушуясь. Наконец ее попросили выйти в коридор. Девушка вышла из гостиной, обставленной антикварной мебелью.

— Что, устроили инквизиционный процесс? — услышала она насмешливый голос, обернулась и увидела на лестнице, которая вела на второй этаж (квартира у заместителя директора химического комбината располагалась на двух ярусах), высокого молодого человека, облаченного в импортные джинсы и яркую майку с иностранной надписью.

Молодой человек спустился по лестнице, и Лена отметила, что он босой. Он протянул ей руку и, ободряюще улыбаясь, сказал:

— Меня зовут Вадим. Я — хозяйский сын. А ты будешь помогать Дине Яковлевне по дому?

У Вадима были светлые волосы, удивительные голубые глаза и задорная улыбка. Лене он сразу понравился.

— Не знаю, — ответила она, — не исключено, что и нет.

Вадим внимательно посмотрел на нее, затем вдруг присел на пол и громко застонал. А потом, подмигнув Лене, прошептал:

— Подыгрывай мне!

Дверь гостиной тотчас распахнулась, оттуда появилась встревоженная Инна Аркадьевна. Увидев сына, державшегося за ногу, она спросила:

— Вадим, мой мальчик, все в порядке?

Тот, встав на ногу и поморщившись, ответил:

— Да! Я с лестницы навернулся. Могло быть много хуже, если бы наша гостья меня не поймала! Она — сущий ангел-хранитель!

Лена кивнула, вспомнив наказ Вадима подыгрывать ему.

Хозяйка, склонив голову, увенчанную величественной прической, сказала:

— Ну что же, вы молодец, милочка! Это кардинальным образом меняет мое решение. Я беру вас на испытательный срок!

Так Лена начала работать в квартире родителей Вадима. Диной Яковлевной помыкала Инна Аркадьевна, которой, в свою очередь, помыкал Леонид Вадимович, в то время как ими всеми помыкал Вадим.

Лена быстро усвоила, кто был в доме истинным хозяином. Вадим был озорным, чувствительным и безалаберным молодым человеком, студентом юридического факультета местного университета. Скоро Лена начала замечать, что он ей определенно нравится, но упорно гнала от себя эту мысль.

Впрочем, задумываться над этим особо не было возможности — Дина Яковлевна гоняла ее в хвост и в гриву, постоянно выказывая свое недовольство и указывая девушке на ее ошибки, иногда настоящие, а по большей части — мнимые.

Однако и платили Лене хорошо, так что и самой на жизнь хватало, и даже маме она могла помогать — хоть немного, но зато регулярно.

На Новый год Вадим устроил вечеринку — родители его уехали к родственникам в Ленинград, разрешив чаду привести пару-тройку своих университетских друзей. Дина Яковлевна приготовила праздничный обед, накрыла на стол и удалилась к себе домой.

Но гости, заявившиеся вечером, никак не походили на студентов. Это были пьяные молодые люди, все в импортных шмотках и под руку с вульгарными девицами. И было их не пара-тройка, а, наверное, не меньше двух десятков.

Раздался звонок, и Лена открыла дверь новым гостям. На пороге она узрела Азизу. Та, облаченная в роскошную шубку, выглядела потрясающе. Кажется, Лену она не узнала, потому что никак на нее не отреагировала, а только скинула шубку и заметила:

— Такая три тысячи стоит! Если с ней что-то случится, тебе головы не сносить!

Или все же узнала?

Лена отнесла шубу в гардероб и повесила на крючок, а затем стала наблюдать за тем, как Вадим обжимается с Азизой. Видеть это было неприятно, и девушка поняла: она ревнует его к своей бывшей подруге!

Лена сбилась с ног, обслуживая гоп-компанию. Она затирала на полу кухни большое пятно от разлитого майонезного соуса, как вдруг услышала шаги и, обернувшись, увидела Вадима.

Он был неотразим в стильном костюме, привезенном знакомыми отца из Италии. Вадим подошел к Лене и взял ее за руку. Девушку словно током ударило.

— Ленусик, девочка моя, сейчас куранты бить будут! Пойдем на балкон...

Они вышли на большой балкон, Вадим протянул ей бокал шампанского. Все стали хором считать секунды до наступления Нового года.

— Загадай желание! — потребовал Вадим и лукаво улыбнулся. Лена зажмурилась и вдруг подумала о том, кто стоял напротив нее. Она не смеет и мечтать об этом, но как было бы хорошо, если бы она и Вадим...

По телевизору начали бить куранты, ознаменовывая тем самым приход нового года. А Лена вдруг почувствовала прикосновение к своим губам чего-то теплого, мягкого.

Открыв глаза, она увидела, что Вадим целует ее. Когда это пытались сделать мальчишки в школе, она всегда возмущенно реагировала, потому что ей это напоминало то, что делал с ней отчим. Правда, за все эти годы он ни разу и не поцеловал ее, но все равно, эти прикосновения, эта похоть...

С Вадимом все было совершенно иначе. Молодой человек вдруг взял ее за руку и сказал:

— Ну, пойдем!

Они прошли мимо других гостей, которые были заняты кто чем, прошли по лестнице на второй этаж и оказались около комнаты Вадима. Он толкнул дверь и потянул за собой Лену.

В комнате горели бра, излучая серебристый, рассеянный свет. Лена увидела большую кровать, застеленную ярким покрывалом. Вадим стал нежно целовать лицо девушки, а Лена, застыв, не знала, что делать.

Вдруг Вадим прекратил лобызать ее и нежно спросил:

— Разве я сделал что-то не так? Почему ты плачешь?

Лена тихо произнесла:

— От счастья... Оттого, что мы с тобой... Я только и мечтала об этом!

Вадим бережно положил ее на кровать и навис над ней. На секунду в мозгу Лены вспыхнула ужасная картинка — так и отчим нависал над ней, грубо кинув на коврик для ног в ванной.

Но она прогнала эту отвратительную мысль. Что было, то прошло. Все, что сделал с ней отчим, осталось в прошлом. Или она теперь никогда не окажется способной на близость с мужчиной?

Вадим продолжал ее целовать, осторожно расстегивая платье. Лена не сопротивлялась, чувствуя, как бешено колотится сердце. Вадим раздел ее и снял с себя одежду.

— Я буду осторожен, очень осторожен... — пообещал он, и Лена почувствовала, как он прикасается к ее бедрам. Последовал толчок, и раздался подозрительный голос Вадима:

— А что, ты разве уже не девственница?

Лена замотала головой, а Вадим, ничего больше не говоря, задвигался в ней. Внезапно Лене стало плохо: слишком свежи были воспоминания о том, что творил с ней Борис Егорович. Она застонала, попыталась столкнуть Вадима, попросила его остановиться.

Однако он был неумолим. Когда Лена попыталась встать, он просто захватил ее руки своими — так когда-то делал и отчим. Тогда Лена закричала от боли, а Вадим все сильнее и сильнее входил в нее.

Тут дверь комнаты распахнулась, ввалилась компания пьяных гостей. Лена снова закричала, на этот раз от стыда. Но появление приятелей Вадима не смутило.

Говоря сальности, гости встали вокруг кровати. Отделившись от остальной толпы, к ним подошла Азиза и произнесла:

— Что, Вадик, я же тебе говорила, что ты можешь делать с этой Золушкой все, что угодно. Она на все готова, чтобы ты ее оттрахал!

Вадим, извиваясь, просопел:

— Только ты меня обманула — она уже не девственница! Причем давно и прочно!

Азиза всплеснула руками и произнесла с деланым удивлением:

— Не девственница? И как такое возможно? Наша отличница Леночка уже потеряла свою честь? Только как и с кем? Вот я и думаю: ее отчима посадили в том числе и за растление учениц, так не приставал ли он, грешным делом, и к своей падчерице?

Азиза наверняка просто хотела сказать какую-то гадость, чтобы унизить Лену, и даже не подозревала, что попала в яблочко. Вадим тем временем застонал, заходясь в экстазе. Лена оттолкнула его, поднялась с кровати и бросилась прочь.

Она сбежала на первый этаж, схватила трубку телефона и стала дрожащими руками набирать телефон милиции. Вдруг около нее оказался полуголый Вадим, сказавший растерянным тоном:

— Ну и куда ты звонишь? Это же была просто шутка! Не самая удачная, но шутка!

— Прокурору это расскажешь! — отрезала Лена.

Вадим заныл:

— Вот только не говори, что ты не хотела! Ты сама меня в постель потащила! И все время меня соблазнить пыталась!

— Еще скажи, что это честь для меня! — произнесла Лена, не понимая, отчего ее не соединяли с милицией так долго.

Тут она увидела стоявшую рядом Азизу, которая держала в руке выдернутый из розетки штепсель телефонного шнура.

— Ничего, я наведаюсь в отделение и обо всем расскажу! — сказала Лена и двинулась к входной двери.

Вадим пытался ее урезонить, но Лена не слушала его. И как она могла втюриться в этого избалованного, инфантильного, жестокого типа?

— И что скажут только твои родители?! — сказала Лена, распахивая дверь.

До нее донесся голос Азизы:

— А что скажут его родители, когда узнают, что ты украла у них украшения Инны Аркадьевны и, скажем, две тысячи рублей!

Лена смерила ее презрительным взглядом и сказала:

— Не понимаю, о чем это ты!

Азиза усмехнулась и сказала:

— Ну как же, как же, те самые украшения, которые находятся... Где же они находятся? Ну, скажем, в твоей сумочке! Или в твоем пальто!

Вадим в недоумении уставился на Азизу, а потом на его лице расплылась улыбка.

— Ну конечно, так и есть! Мамины драгоценности! Она пыталась их похитить! Однако мы вовремя поймали ее, да еще с поличным!

Лена застыла на пороге, не веря своим ушам: мало того, что Вадим ее унизил и надругался над ее чувствами, так он еще пытался навесить на нее преступление, которого она не совершала!

— Причем свидетелей — полная квартира! — компетентно поддакнула Азиза. — Любой подтвердит, что ты пыталась украсть. Как думаешь, подруга, сколько тебе за это светит?

Лена посмотрела на Вадима и сказала:

— И тебе это нравится?

— Что? — спросил тот несколько нервным тоном.

Девушка пояснила:

— Быть ее пуделем, игрушкой, марионеткой! Она же обожает верховодить людьми. Думаешь, она тебя любит?

Вадим сглотнул, а Азиза двинулась в сторону Лены, явно желая заставить ее замолчать.

— Нет, не тебя она любит, а положение, деньги и связи твоего отца! — заключила Лена.

Азиза, тяжело дыша, остановилась около нее, а Лена спокойно произнесла:

— Ну что же, если мне все равно в тюрьму, так почему бы не получить еще статью и за хулиганство? Или за нанесение тяжких телесных повреждений!

Азиза тотчас отодвинулась от нее, Лена надела пальто, вывернула карманы и сказала:

— Как видишь, драгоценности твоей мамы я не прихватила. И не советую запускать в оборот эту лживую версию, потому что тогда мне придется поведать обо всем — об этой дикой и разнузданной вечеринке и о том, что ты, Вадим, насильник и мразь.

— Никто не поверит! — быстро вставил юноша, а Лена, выходя из квартиры, сказала:

— Думаешь, даже твой отец не поверит? Что же, можем попробовать!

Так в новогоднюю ночь она оказалась без работы. У Вадима она побывала еще раз несколько дней спустя — родители его вернулись, и Вадим, конечно, преподнес какую-то версию, объяснявшую, почему Лена больше у них не работает. Девушка не знала, что именно он наговорил, однако дальше порога ее Дина Яковлевна не пустила и, собирая ее немногочисленные вещи, заставила ждать около получаса.

— И чтобы мы вас здесь больше не видели! — заявила она, швыряя Лене в руки ее пожитки. — Подумать только, напиться в новогоднюю ночь, пригласить сюда своих сомнительных друзей и лезть к Вадимке с недвусмысленными предложениями!

Это она-то лезла к Вадимке? И это, оказывается, она и ее сомнительные друзья превратили квартиру в свинарник? Но Лена понимала, что никто ее объяснений слушать не будет, да и не хотелось унижаться. Поэтому, забрав вещи, она пошла прочь.

Будучи уже почти в самом низу, она услышала, как кто-то торопливо спускается по лестнице. Ее нагнал Вадим — как всегда, одетый во все импортное и ослепительно красивый.

— Лена, спасибо, что ничего не сказала родителям... — произнес он.

Родителей, в первую очередь отца, Вадим ужасно боялся. Лена ничего не ответила и двинулась дальше. Парень схватил ее за локоть и что-то протянул.

Лена увидела смятые бумажки. Подачек ей от него не требовалось!

— На, возьми. Между нами все теперь оки-доки? — спросил Вадим, пытаясь заглянуть ей в глаза. — Ты мне тоже нравишься, но сама понимаешь, что между нами ничего быть не может!

Лена схватила деньги и бросила их на пол.

Вадим постоял, шмыгнул носом и добавил:

— Ну, как знаешь! Мне пора. Всего тебе хорошего!

И побежал вверх по лестнице. Лена не знала, что и сказать. Этот великовозрастный мальчик не соображал, что совершил настоящее преступление, и был уверен, что отделается сотней-другой.

Лена взглянула на лежавшие перед ней деньги. Это была плата за ее молчание, за то, что она не подаст заявление в милицию, не заявит об изнасиловании, спустит все на тормозах. А потом милый мальчик Вадим превратится в похотливого старого козла наподобие Бориса Егоровича.

Лена двинулась вниз, запретив себе и думать о деньгах. Она оказалась на улице и вдруг вихрем ворвалась обратно в подъезд, сгребла купюры и вышла вон.

Деньги требовались не столько ей, сколько маме и Оленьке. Да и, если честно, о себе тоже стоило подумать. Лена знала, как обрадуются сестра и мама новым шикарным подаркам к Новому году. И пусть они получат их с запозданием — ничего, радость только сильнее будет.

Лена отправилась по магазинам, накупила всякой всячины, а потом пошла на главпочтамт, чтобы отправить посылку домой. Не выдержав, она позвонила домой. Трубку взяла соседка, которая, услышав радостный голос Лены, охнула:

— Ох, Леночка! А ты ведь не знаешь...

Она замолчала, а Лена страшным голосом спросила:

— Что случилось?

Выяснилось, что у мамы в канун Нового года резко поднялось давление, потом она потеряла сознание. Ее увезли в больницу, где поставили неутешительный диагноз: инсульт.

Лена тотчас отправилась домой, благо что знакомая проводница приютила у себя в купе. Мама находилась без сознания, и врачи не обещали ничего утешительного.

Лена поговорила с заведующим отделением, и тот обрисовал всю сложную ситуацию. Лена слушала его, понимая, что надежды мало.

— Однако не стоит отчаиваться! — завершил он свою тираду. — Мы делаем все, что в наших силах!

— Неужели помочь никак нельзя? — спросила убитым голосом Лена, и завотделением кашлянул:

— Ну, имеется один импортный препарат. Он творит подлинные чудеса. Однако сразу предупреждаю — мы его не используем!

— Его можно купить в аптеке? — спросила Лена, а врач ответил:

— Только в специализированной. Вашей матери необходим курс лечения, а знаете, во сколько это обойдется?

— Во сколько? — спросила Лена, и врач назвал сумму.

Сумма была огромной. Она никогда такую не соберет, даже работая сразу в трех местах!

Внезапно Лене в голову пришел рассказ одной студентки, с которой она жила в общежитии.

— Сколько можно еще подождать? — спросила Лена, и врач ответил:

— Вообще-то, препарат ей требовался еще неделю назад! Теперь речь может идти только о том, как минимизировать нанесенный организму ущерб...

Лена вернулась в областной центр, разыскала студентку после лекции и задала вопрос. Та оттащила ее в сторону и, покрутив пальцем у виска, сказала:

— Ты что, с ума сошла такие вещи обсуждать прилюдно?! И вообще, ты тогда меня неправильно поняла!

Лена взяла ее за локоть и сказала:

— Я же помню, о чем ты рассказывала: о подпольном борделе. И о том, как ты там подрабатывала!

Студентка густо покраснела и ответила:

— Ничего подобного! Не подрабатывала я там вовсе!

— Ага, значит, подпольный бордель все-таки существует? — спросила Лена.

Студентка раскололась и назвала ей имя своей подруги, которая «все точно знала». Но взамен потребовала золотую цепочку, которая украшала шею Лены. Та отдала без колебаний.

Подруга же не стала ходить вокруг да около и захотела получить сто рублей. Таких денег у Лены не было, однако она пообещала отдать этой жадной особе сто пятьдесят, если она поможет ей устроиться работать в злачное заведение.

— Только ты не особо рассчитывай! — заявила та. — Там все хотят работать!

То, что даже в Советском Союзе существовали подпольные бордели и увеселительные заведения, стало для Лены откровением. Причем не в Москве или Ленинграде, а в их провинциальном центре. Но ее заботило одно — зарплата. Суммы, которые называли девицы, были огромными. Лена знала, что только там она сможет заработать достаточно денег, чтобы обеспечить маме лечение.

Особа, желавшая заполучить за свои услуги сто пятьдесят рублей, свела ее с юрким типом, который, окинув взором Лену, сказал:

— Щупловата... Однако рожица приятная. Ладно, завтра вечером приходи!

Он назвал адрес, по которому располагалась известная в городе чебуречная. Лена заявилась туда, оглядываясь по сторонам. Разве это и есть бордель?

Она заметила типа за столиком. Он махнул ей рукой и сказал:

— Следуй за мной!

Они отправились куда-то в подсобные помещения, миновали забитый ящиками и коробками подвал, оказались около массивной железной двери. Тип при помощи особого ключа открыл ее, и они попали куда-то под землю.

В лицо Лене ударил яркий свет, послышалась зажигательная музыка, она заметила полуголых девиц.

Тип представил ее полной особе, которая заведовала развлекательной частью. Посмотрев на Лену, она вынесла вердикт:

— Нет, такая не пойдет! Мослов много, да и умная небось слишком. Нам девицы требуются попроще и с размахом!

— Я могу и с размахом! — сказала Лена, чем развеселила особу.

— Ну, попробуй! — заявила она и предложила Лене показать стриптиз. Лена встала посередине комнаты, стала медленно двигаться, потом расстегнула верхнюю пуговицу платья.

Она заметила, с каким сладострастием смотрит на нее приведший ее в подпольное заведение тип. Лена подумала о том, что ей придется удовлетворять желания таких вот субъектов. Тип медленно подошел, начал с ней заигрывать.

Лена почувствовала накатившую на нее тошноту. Нет, после того, что она пережила с Борисом Егоровичем и Вадимом, об этом не может быть и речи! Она не сможет заниматься сексом, даже за большие деньги. А ведь ей требовались огромные деньги, чтобы обеспечить лечение маме.

Заметив реакцию Лены, особа сказала:

— Не годишься! Я так и знала. Ладно, свободна!

Но ведь ей была необходима работа в этом заведении! Где еще она могла получить такие барыши!

— Да нет же, на сцену я тебя выпустить не смогу. А уж к клиентам послать и подавно! — заявила содержательница притона. — Хотя...

Она наморщила лоб и поманила Лену за собой. Они вышли в коридор, тетка открыла дверцу, включила свет. Лена заметила каморку, забитую швабрами и бутылками с чистящими средствами.

— А вот уборщица нам нужна, причем на постоянной основе. И такая, которая умеет держать язык за зубами!

Так Лена и начала работать в злачном заведении — не стриптизершей или девочкой по вызову, а уборщицей. Однако зарплата была высокая, и, подрабатывая санитаркой в больнице, Лена смогла обеспечить маме лечение импортным препаратом.

На второй же день работы Лена столкнулась со старой знакомой — Азизой. Та выступала в подпольном заведении, которое было помесью ночного клуба, ресторана, борделя и казино. Азиза была одной из «звезд»: она выступала на сцене, раздеваясь за деньги, а потом уходила с тем из гостей, который предлагал больше всех.

Хорошо, что Азиза не обратила на нее внимания — она не замечала обслуживающий персонал, потому что Лена была уверена: если Азиза заприметит ее, то устроит скандал и настоит на том, чтобы ее уволили.

Лена проворно занималась своим делом, причем делала это намного быстрее и качественнее тех уборщиц, которые работали до нее. Хозяйка была довольна и даже повысила зарплату.

Лена стала свидетельницей множества непотребных сцен и поняла, как в самом центре города могло существовать подобное заведение. В нем развлекались не только представители криминального мира, но и высокопоставленные чины из милиции, чиновники из горкома и обкома, а также представители бомонда.

Наблюдать за всем этим со стороны было одновременно забавно и противно. Но Лене были по душе два момента: к ней никто не приставал, и она могла зарабатывать большие деньги, покупая на них лекарства для мамы. Ольгу Дмитриевну уже перевели в стационар, и она постепенно возвращалась к нормальной жизни.

Как-то Лена заметила среди посетителей знакомую долговязую фигуру — это был отец Вадима, Леонид Вадимович. Надо же, этот аскет тоже решил наведаться сюда! Лена заметила, как на колени к ему бухнулась облаченная в мини-юбку и перья Азиза. Она приставала к нему, и Леониду Вадимовичу это было крайне приятно.

Внезапно, резко двинув локтем, он перевернул два стакана с коктейлями, и те грохнулись на пол. Хозяйка, заметив это, указала Лене на лужу на полу и велела:

— Иди уберись! Только живо и незаметно!

Меньше всего Лене хотелось попасться на глаза Азизе. Поэтому, склонив голову и схватив ведро с тряпкой, она подбежала к луже и стала быстро ее вытирать. Завершив уборку, Лена стала пятиться и вдруг почувствовала на себе чей-то пристальный взгляд.

Нет, это была не Азиза. Это был Леонид Вадимович. И, судя по его растерянному выражению лица, он ее узнал.

Лена быстро ретировалась, успокаивая себя тем, что он ничего не будет предпринимать. Не захочет же он, в самом деле, чтобы о его похождениях стало известно жене!

Девушка ставила в подсобку ведро, как вдруг около нее появился смущенный Леонид Вадимович.

— Гм, вы ведь меня узнали... И я вас тоже... Вас как зовут, Лера?

— Лена! — ответила она, и отец Вадима продолжил:

— Я бы хотел, чтобы нашу встречу вы сохранили втайне. Пусть вы у нас больше не работаете, однако все равно никому не следует говорить, что вы меня видели здесь...

Он стал ей совать деньги, а Лена поняла, у кого Вадим унаследовал привычку решать все проблемы при помощи шуршащих купюр — от своего отца.

Отказываться Лена не стала, маме еще предстоял долгий курс реабилитации. Она взяла деньги, и в этот момент послышался вкрадчивый голос:

— Пупсик, ты где?

Лена быстро отвернулась, поняв, что к ним присоединилась Азиза. Девушка стала копошиться в подсобке, моля бога только об одном — чтобы Леонид Вадимович и Азиза как можно быстрее удалились!

— Ты заставляешь меня ждать, пупсик! — заявила Азиза, а Леонид Вадимович поспешно ответил:

— Да, конечно. Просто надо было решить одну проблему...

Азиза капризно заметила:

— И что это ты так поспешно рванул от меня?

— Да вот надо было поговорить...

— С кем? — спросила гневно Азиза. Лена спиной почувствовала взгляд старой подруги.

— Пупсик, это же уборщица! Не ври! Ты положил глаз на другую танцовщицу?

И Леонид Вадимович что-то залепетал о том, что это не так, что ему надо было урегулировать кое-что, и теперь все улажено: девушка, которая раньше работала у них дома, будет держать язык за зубами...

Сжав швабру в руке, Лена замерла. Она услышала легкие шаги, а потом кто-то дотронулся до ее плеча. Она повернулась и увидела перекошенное лицо Азизы.

— Леночка! Какими судьбами, однако! Ты здесь работаешь? И, как всегда, с ведром в руках! С ведром, полным помоев!

Азиза чувствовала себя победительницей.

— Ну что же, учти, больше ты здесь работать не будешь!

У Лены сжалось сердце. Если она потеряет это место, то не сможет оплачивать маме лекарства, а также сиделку Оленьке.

Появившуюся хозяйку Азиза поставила перед выбором:

— Она или я! Решай, кто у вас будет работать!

Лена поняла, что хозяйка не намерена становиться на ее сторону и что она только что потеряла приносившую необходимые деньги работу.

— Ну что же, выметайся! — заявила с ликованием Азиза. — Иди, наведайся на вокзал — может, там драить сортиры возьмут! Пойдем, пупсик!

Она вцепилась в Леонида Вадимовича, а Лена сказала:

— А вы в курсе, что Азиза очень хорошо знакома с вашим сыном?

— С Вадимом? — переспросил Леонид Вадимович, и Лена добавила:

— Да, с ним. А теперь и с вами. Похоже, у вас семейное — спать с этой особой!

Леонид Вадимович побагровел, закатил Азизе пощечину и удалился прочь. Она, шипя как змея, подскочила к Лене, намереваясь вцепиться ей в лицо.

Лена же взяла ведро с помоями и окатила им Азизу, как уже когда-то в больнице. Та заверещала, хозяйка заохала, кто-то позвал охрану, и в этот момент в зале, где шло представление, раздался выстрел.

Внимание тотчас переключилось на то, что произошло там. Оказалось, что два мелких криминальных авторитета не поделили подружку Азизы и решили устроить дуэль. Один выстрелил в другого, и теперь тот корчился на полу.

Кто-то кричал, требуя вызвать «Скорую», а гости стали спешно расходиться: никому не хотелось быть втянутым в скандал. Криминальный авторитет, издавая стоны, прижимал к боку, из которого сочилась темная кровь, руку.

— Никакой «Скорой»! Звоните немедленно Юрию Петровичу! — приказала хозяйка.

— Черт, да ведь я тут у вас сдохну на полу! — выл криминальный авторитет. — Из меня вся кровь вытечет!

Однако никто помогать ему не намеревался. Тогда Лена присела около мужчины, затем оторвала от его пиджака рукав и использовала в качестве жгута, чтобы остановить кровотечение.

— Больно как! — стенал криминальный авторитет, тогда Лена приказала одной из танцовщиц принести героина — то, что эта особа употребляла его, ей было хорошо известно.

Девушка принесла коробочку, наполовину заполненную белым порошком. Лена взяла бокал воды, бросила туда щепотку героина, а затем влила содержимое в рот пациента, уже находившегося на грани обморока.

Тот обмяк, боль отступила. Одна из девиц вякнула:

— Но это же наркота! Он что, теперь тоже нариком станет?

— Героин, к вашему сведению, был запатентован одним до сих пор существующим немецким концерном и использовался в качестве болеутоляющего вполне официально! — ответила Лена.

— Где здесь пациент? — раздался мужской голос, и Лена увидела невысокого лысого типа с объемным «дипломатом». Оказавшись рядом с раненым авторитетом, он быстро спросил:

— Кто наложил повязку?

Лена кивнула, и тип раскрыл «дипломат» — это была переносная аптека вкупе с набором хирурга. Делая типу инъекцию, он произнес:

— Пуля застряла, придется вынимать.

Хозяйка запричитала, а лысый тип, звавшийся Юрием, ответил:

— Ко мне сейчас нельзя. Значит, надо будет здесь делать. Она неглубоко сидит, так что полостной операции не потребуется. Но мне нужен помощник!

Девицы тотчас разбежались, хозяйка улетучилась, осталась одна Лена.

— Вы жгут наложили? — спросил Юрий. — Сделано профессионально. Медсестра?

Лена качнула головой:

— Нет, что вы...

— Все равно выбора нет! — заявил тот. — Будете мне ассистировать. Прямо сейчас!

Операция прошла прямо там, на игровом столе, с которого все смели. Руки у Лены сильно дрожали, потому что она думала о том, что же будет, если пациент вдруг умрет. Тогда его дружки не только этого Юрия кокнут, но и ее!

Однако Юрий знал свое дело. Лена подавала ему нужные инструменты, ватные тампоны, бинты. Волнение быстро улеглось, и вдруг прозвучал голос Юрия:

— Ну, вот и все!

И он положил на стол пулю, извлеченную из тела пациента. Сняв резиновые перчатки, Юрий сказал подоспевшей хозяйке:

— Ну, ему теперь нужен покой и, конечно, профессиональный уход...

Появились мордатые типы, являвшиеся коллегами по цеху раненого. И один из громил, который на всех смотрел косо, заискивающе произнес:

— Юрий Петрович, Димон же очухается?

Закурив, Юрий Петрович сказал:

— Очухается. И рана до свадьбы заживет. С него, кстати, ммм... пятьсот рублей!

Браток беспрекословно отчитал купюры и дал еще одну сотенную сверх положенного — в качестве благодарности. Юрий Петрович протянул сотенную Лене и сказал:

— Отлично справились! Кстати, давно думал о помощнике. Однако с мужиками связываться не хотел — пьют, гуляют, неорганизованны и ленивы. А вот вы подойдете. Будете работать на меня?

Лена даже не знала, что и сказать, потому что все произошло уж слишком быстро. Юрий Петрович, захлопнув «дипломат», произнес:

— Так да или нет? Потому что меня ждет еще один пациент. Или вы со мной, или мы расходимся!

Лена без колебаний отправилась с ним.

Юрий Петрович был хирургом от Бога, но лечил, как он сам любил приговаривать, демонов. Когда-то он заведовал хирургическим отделением в областной больнице, параллельно преподавая в медицинском институте. У него была жена, два ребенка, достаток, уважение, связи.

Но его всегда тянуло на авантюры и хотелось большего. Сначала он завел роман с медсестрой, оказавшейся подлой особой, — о чем он узнал только много позже. Пассия так вскружила ему голову, что он развелся с женой. А новая супруга требовала денег, которых даже у него, неплохо зарабатывавшего, не было.

Поэтому пришлось прибегать к не совсем легальным средствам. Например, к торговле наркотическими препаратами, к которым он имел доступ в больнице. И понеслась душа в рай — поездки на Кавказ, автомобиль, импортные шмотки для новой жены, подозрительные друзья...

Когда Юрия Петровича арестовали, то все исчезло, как дым. И в первую очередь — молодая супруга, прихватившая все барахло. На суде она уверяла, что ничего не подозревала и что он во всем виноват, только он.

Юрий Петрович загремел на семь лет. Впрочем, в колонии он выжил благодаря тому, что врачевал авторитетов. А когда вышел, то понял, что жизнь разрушена. Новая жена, впрочем, уже бывшая, давно заграбастала все то немногое, что осталось после конфискации, а старая о нем и слышать не хотела, не подпуская мужчину на пушечный выстрел к детям.

Если и вынес он что-то из колонии, так это уверенность в том, что врач нигде не пропадет. Но дело в том, что никто не хотел его брать на ставку врача — с грехом пополам устроился на «Скорую». Когда же там случился недочет морфиносодержащих препаратов, то подозрение пало на него.

Самое занятное, что Юрий Петрович ничего не брал, однако был уверен, что это коллега его подставил — знал же, что бывшего зэка легко обвинить во всех смертных грехах. Пришлось уволиться и оттуда. Юрий Петрович даже о самоубийстве подумывал, но тут с ним связался вышедший на волю авторитет, один из тех, кого он врачевал на зоне.

Требовалось оказать помощь его племяннику, попавшему в передрягу. Того, уходящего после ограбления сберкассы, зацепила пуля милиционера. С огнестрельным ранением соваться в больницу было нереально: сразу бы замели. Требовался свой доктор, который бы и парня с того света вытащил, и молчал как могила.

Случай оказался запущенный, тем более что рана уже начала гноиться. Юрий Петрович знал, что если парень умрет, то вместе с ним умрет и он сам. Однако чем черт не шутит — он ведь все равно собирался на тот свет!

Пришлось делать две операции в домашних условиях, благо что имелся весь необходимый инструментарий, а также лекарства и перевязочный материал — авторитет и его люди позаботились.

Во время второй операции парень даже клиническую смерть пережил, но Юрий Петрович сумел его реанимировать. Все закончилось благополучно: пациент быстро пошел на поправку, а затем сумел вместе с корешами и прихваченными из сберкассы деньгами уйти куда-то на Дальний Восток.

Дядька же его, авторитет, отблагодарил Юрия Петровича по-царски. Только удивила сумма — пять тысяч, которые ему дали за спасение парня.

— А ты думай о будущем! — заявил ему тогда авторитет. — Ведь в наших кругах всегда кому-то медицинская помощь нужна. И требуется, чтобы и врач был толковый, и чтобы не болтал. Это же золотое дно!

Юрий Петрович понял, что тот прав, и открыл свой подпольный бизнес. Он обслуживал представителей криминального мира, а также жриц любви и всех тех, кому требовалась квалифицированная медицинская помощь и у кого были деньги, но кто не желал обращаться в официальные заведения.

Лену удивило то, что такой человек, как Юрий Петрович, который зарабатывает в неделю больше, чем директор завода в год, живет в спартанских условиях.

— Вы не поверите, Лена, но деньги для меня — не самое важное. Потому что я понял, что от них все зло. Но беру, что поделать, иначе уважать не будут. А весь этот бизнес на уважении и их блатных понятиях и строится. Однако мне эти кровавые подачки не нужны!

Лена знала, что Юрий Петрович в лаборатории трудился над «великим открытием», о чем, впрочем, предпочитал не распространяться.

И он был прав — ему требовался помощник или помощница, потому что он сам был нарасхват, а домой ему постоянно звонили, прося о помощи. Ведь и бандиты, и убийцы, и грабители тоже были людьми со своими болезнями, болячками и страданиями.

Лена освоилась в течение нескольких дней, а через месяц чувствовала себя как рыба в воде. В отличие от Юрия Петровича, она не могла позволить себе отказываться от денег. И, кроме того, отчасти сбылась ее мечта: она хоть и не стала медиком, однако в той или иной степени помогала страждущим.

Юрий Петрович хотел со временем открыть свою собственную клинику — ведь времена были новые, перестроечные. Однако пока ему приходилось довольствоваться тем, что он лечил на дому представителей преступного мира.

Однажды в конце февраля Лене отчего-то не спалось, и душу терзало непонятное чувство, хотя, наверное, все дело было в том, что она неважно себя чувствовала, сказывалась легкая простуда, в дверь дома Юрия Петровича настойчиво позвонили. Обитал он в двухэтажном особняке на окраине города, расположенном на порядочном расстоянии от прочих домов.

Лена вскочила с дивана. Юрий Петрович обитал на первом этаже, она — на втором. Она сначала опасалась, что он будет к ней приставать, однако доктор был крайне корректен, не только не пытался лезть к ней, но и относился с уважением, называл на «вы».

В ту ночь Юрий Петрович уехал по какому-то срочному делу, ничего не объяснив Лене, сухо заметил только, собирая свой «дипломат»:

— Меньше знать будете — спокойнее спать сможете. Кстати, вам в самом деле нужно отдохнуть. Понимаю, замотались вы у меня, работа в основном ночная. Вы осунулись и похудели.

Он уехал, а Лена осталась в особняке за дежурную. В таких случаях от нее требовалось только принимать звонки, записывать имена или клички звонивших и говорить, что доктора пока нет и он вернется не раньше утра.

В дверь барабанили так, что Лена перепугалась. Мало ли кто решил наведаться ночью в одинокий особняк? Она знала, что никто из местных не стал бы нападать на Юрия Петровича — многие из них прошли через его руки, некоторые даже не один раз.

Прихватив пистолет, оставленный Юрием Петровичем — все же публика у них была специфическая, — Лена спустилась вниз и посмотрела в глазок. Она увидела двух типов устрашающей наружности, явных уголовников.

— Доктора нет, будет не раньше утра! — ответила она из-за двери, и один из типов заорал:

— Открывай давай! Иначе сейчас стрельбу устрою! Нам сказали, что здесь хирург живет, который братву врачует. Ну, живо, иначе...

И он достал пистолет.

Лена знала, что лишнее внимание со стороны милиции ни к чему. Сотрудники органов, конечно, были в курсе того, чем промышлял доктор, но, получая мзду, смотрели на это сквозь пальцы. От Юрия Петровича требовалось вести себя тихо и не привлекать к своей деятельности внимания. А вот те, кто находился на пороге, были явно приезжими и местных правил не знали.

Лена распахнула тяжелую дверь, типы уставились на нее и сказали:

— Так доктор баба, что ли?

— Даже если и баба, то что, лучше помирать будете, чем позволите себя осмотреть? — ответила Лена. Она уяснила, что с подобными типами надо вести себя уверенно и дерзко. — Что стряслось, после оргии с девицами по телу пятна пошли?

— Там, там! Один урод его ножом... — заявил один из гостей, таща ее к автомобилю, стоявшему неподалеку. Лена отметила, что номера московские — так и есть, гастролеры.

Тип открыл заднюю дверцу, и Лена увидела лежащего там мужчину. Он был без сознания, в салон натекло порядочно крови.

Лена заметила глубокую колотую рану в районе печени. Измерила пульс — нитевидный. Велела дружкам тащить пациента в дом. Они положили его на операционный стол, располагавшийся в подвале, переоборудованном в небольшой филиал больницы.

Типы суетились, матерились, грозили всеми карами, если их кореш умрет, и одновременно обещали золотые горы за его спасение. Лена выгнала их прочь, заявив, что если он умрет, то виноваты будут они, потому что не дали его спасти.

Она остановила кровотечение, сделала две инъекции, а потом взглянула на пациента. Он был молодой, светловолосый, больше похожий на артиста кино или спортсмена, чем на бандита.

Лена понимала, что ему требуется операция. Однако сделать ее мог только Юрий Петрович. Ситуация была критическая, после некоторой стабилизации положение ухудшилось, а затем наступила клиническая смерть.

Кореша, которые крутились рядом, стали орать, размахивая пистолетами.

— Сейчас тебя пришьем, если Кирюха откинется!

— Ему нужна операция, но это может сделать только доктор! — ответила Лена. Один из типов, исчезнувший на некоторое время в коридор, вернулся — лицо у него был белое, зрачки расширенные. Он явно принял только что какую-то сильнодействующую гадость.

Приставив к голове Лены пистолет, он произнес:

— Тогда ты давай! Или спасешь Кирюху, или мы тебя тут прямо порешим! Но прежде знатно трахнем!

Лена поняла, что угроза вполне реальная. Эти столичные отморозки, к тому же находившиеся под воздействием наркотиков, способны на все. Но не может же она одна сделать операцию!

— Ну что, прощайся тогда с жизнью! — заявил тип, и Лена заметила, что он готов спустить курок.

— Мне нужно продезинфицировать руки! — заявила Лена и вскочила в предбанник. Она долго терла руки, все надеясь, что дверь отворится и войдет Юрий Петрович. Но вместо этого вошел тот самый тип с расширенными зрачками и пистолетом в руках.

— Приступай! Или Кирюха умрет! И тогда и ты вместе с ним!

Он был прав — больше тянуть было нельзя. Лена подошла к столу, на котором лежал находившийся без сознания пациент. Об общем наркозе не могло быть и речи, только местное обезболивание.

Лена несколько раз ассистировала Юрию Петровичу, но одно дело — подавать инструменты и наблюдать за его ловкими движениями, а другое — самой приступить к операции. Она понимала, что убьет этого Кирюху. Однако если она немедленно не приступит, то ее застрелят на месте. И Кирюха тогда все равно скончается!

Пот застилал глаза, руки дрожали. Сумасшедший тип и его дружок, наставив на нее пистолеты, замерли в углу. Лена взяла скальпель, поднесла его к животу Кирюхи и сделала надрез.

В этот момент дверь открылась, возник Юрий Петрович. Мгновенно оценив ситуацию, он заявил:

— Сестра, немедленно наложите зажим! И дайте мне пять минут!

Через пять минут он начал операцию — уверенный, спокойный, невозмутимый, как будто не находился под прицелом двух пистолетов. Лена ассистировала ему и шептала про себя слова благодарности — судьбе, Богу, провидению. За то, что ей не пришлось по приказанию этого психа оперировать его дружка, ведь закончилось бы все трагически: и смертью пациента, и ее собственной гибелью.

А для Юрия Петровича это была рутинная операция, которая к тому же прошла вполне удачно. Пациент пришел в себя под утро того дня, дожить до которого Лена и не надеялась.

Осмотрев пациента, Юрий Петрович остался доволен. Как, впрочем, были довольны и сумасшедшие приятели больного, вначале грозившие Лене и доктору смертью, а теперь чуть ли не на руках их носившие.

Юрий Петрович обращался с такими типами, как водится, холодно и с достоинством, однако от денег, предложенных за экстренную операцию, не отказался. А затем дружки укатили на разборку — наказывать того, кто посмел поднять руку на их приятеля.

Тот был еще слишком слаб для транспортировки, поэтому ему было выделено одно из пяти мест в крошечном стационаре, оборудованном там же, в подвале. Впрочем, комната была выкрашена в пастельные тона и обставлена так, что нельзя было догадаться, что находишься в подпольном госпитале.

— Не исключено, что нам придется сегодня повозиться еще с одним, а то и с несколькими пациентами! — заключил Юрий Петрович, намекая на то, что итог разборки мог быть самым печальным.

Осмотрев пациента, он поручил Лене сделать ему инъекцию и накормить обедом, а сам заперся в своей лаборатории — там, где он мог отдыхать душой и телом и где пытался совершить гениальное открытие.

Лена зашла в палату, где лежал пациент. Она знала, что зовут его Кирилл, он так называемый «браток» из столицы и вместе со своими корешами он пожаловал к ним в провинцию, чтобы решить какие-то проблемы с местными авторитетами.

Удивительно, однако на типичного представителя криминального мира этот самый Кирилл не походил. И не только внешне: он вел себя совершенно иначе, без понтов, не ботал по фене и не матерился. Лене было интересно, кем же он был раньше и как умудрился заделаться бандитом.

Заметив, что пациент спит, Лена осторожно поставила поднос, на котором возвышались тарелки с обедом, на столик. Она подошла к кровати, посмотрела на Кирилла и поймала себя на мысли, что любуется им.

Однако она строго-настрого запретила себе думать о чем-то подобном. Это был пациент, к тому же с бурным криминальным прошлым, настоящим и будущим. Он через пару дней исчезнет из ее жизни навсегда, вернется в Москву, будет продолжать нарушать закон...

Лена думала о том, какие у Кирилла длинные ресницы и аристократическая бледность лица, как вдруг тот, не открывая глаз, произнес:

— Вы изучаете меня так, как будто находитесь на опознании в милиции!

Лена вздрогнула, поняв, что пациент совсем даже не спал, а прикинулся спящим, когда она вошла. Вот ведь нахал! Поэтому, принявшись поправлять ему подушку, девушка сердито заявила:

— А вы, оказывается, не спите! Тем лучше! Сейчас я сделаю вам инъекцию!

Кирилл не стал задавать лишних вопросов, выясняя, зачем и от чего укол, не пытался отвертеться или, наоборот, заигрывать с ней, как некоторые из пациентов. Он наконец открыл глаза и произнес:

— Оказывается, своим спасением я обязан вам.

Это был даже не вопрос, а утверждение. Набирая из ампулы препарат в шприц, Лена сказала:

— Нет, не мне, а Юрию Петровичу, потому что он вас прооперировал. Я — только его ассистентка!

Кирилл усмехнулся, показав крепкие белые зубы, и заметил:

— Ну, оперировал-то меня именно он, не спорю, а вот вы спасли мне жизнь раньше, когда у меня сердце остановилось!

Неужели Юрий Петрович поведал ему о клинической смерти? Нет, вряд ли, такого доктор никогда не делал — ему платили не за то, чтобы он лясы точил, а за то, чтобы спасал людей. Или проболтались дружки Кирилла? Но ведь она слышала, о чем они с ним говорили, перед тем как отправиться на крутую разборку. И о том, что Кирилл пережил момент клинической смерти, не упоминали — они, наверное, и выражений-то таких не знали!

— Откуда вам это известно? — вырвалось у нее, и Кирилл со странным выражением лица ответил:

— Я сам это видел. Да, да, как вы надо мной колдовали.

— Видели? — переспросила Лена, обескураженная его заявлением. Ничего он видеть не мог, так как находился в тот момент однозначно без сознания. — Откуда?

Кирилл поднял руку, указывая на потолок. Лена фыркнула — нет, все-таки она ошиблась в этом типе! Он грубо с ней флиртует, не иначе. И пытается убедить ее в том, что наблюдал с потолка за тем, как она его реанимировала. Такие истории печатали в последнее время: душа пациента видит, как с бренным телом возятся врачи.

— Лучше поворачивайтесь! — заявила сердито Лена.

Кирилл беспрекословно подчинился, и Лену бросило в жар, когда она увидела его тренированное мускулистое тело. Стараясь смотреть только в одну точку перед собой, она вонзила шприц.

— Рука у вас не самая легкая! — заявил со смешком Кирилл. — Кстати, вы ведь тогда выронили шприц или ампулу...

Лена покачнулась — а ведь правильно, когда она его реанимировала, то выронила ампулу, которая закатилась куда-то в угол. Но он не мог этого видеть!

— Вижу, вы не верите мне! — сказал со вздохом Кирилл. — А зря! Причем с потолка, поверьте мне, вы выглядите еще более привлекательно, чем в обычном ракурсе!

Лена удалилась чуть ли не бегом, чувствуя, что у нее бешено колотится сердце. И вовсе не из-за истории с клинической смертью и тем, что Кирилл якобы наблюдал за ней с потолка. Дело было действительно в самом пациенте, который лежал на кровати и волновал ее воображение!

Волей-неволей пришлось каждый час заглядывать к нему. И каждый раз ее бросало то в жар, то в холод. Лена же не показывала вида, что переживает, оказываясь с Кириллом наедине.

Наконец вернулись его кореша — никто не был убит или ранен, они сумели полюбовно договориться с одним из местных авторитетов о выплате большой компенсации. Эту компенсацию они притащили с собой — спортивная сумка была набита зелеными американскими долларами.

Кирилл засобирался обратно, в столицу, однако Юрий Петрович заявил, что пока еще рано, ему необходимо провести под наблюдением по крайней мере еще две-три ночи. А это означало, что на это время дружки Кирилла останутся в особняке Юрия Петровича.

Вели они себя смирно, так как Кирилл, которому они беспрекословно подчинялись, приказал им не буянить. Однако под вечер они смылись, отправившись гулять в один из ресторанов города. Юрия Петровича же вызвали по срочному делу, и он, прихватив «дипломат», уехал. В особняке остались только два человека: Лена и Кирилл.

Около полуночи девушка заглянула в комнату к пациенту — он спал, и на этот раз, кажется, не прикидывался. Лена заметила, что подушка съехала в сторону. Она подошла к кровати и нагнулась, чтобы поправить ее. При этом ее лицо оказалось на уровне лица Кирилла. Лена чувствовала его спокойное дыхание, уловила тонкий аромат дорогого парфюма. Занятно, что от остальных пациентов — представителей криминального мира — пахло или потом, или перегаром, или дешевым одеколоном, иногда — всем этим вместе взятым.

Лена замерла, рассматривая спящего Кирилла. Она знала, что, вообще-то, следует уйти, оставить его в покое, навсегда забыть об этом типе, но ее влекло к нему.

Вдруг, подчинившись внезапному импульсу, Лена прикоснулась губами к его губам, а потом отпрянула в ужасе, уверенная, что Кирилл сейчас проснется. Нет, не проснулся. Девушка, коря себя за идиотскую выходку, быстро вышла из комнаты, прислонилась в коридоре к стене и перевела дух.

То, что она сделала, — безрассудно, глупо, невероятно. Она на мгновение потеряла контроль над собой и поцеловала пациента! Нет, никогда она больше такого не сделает!

А через несколько минут она крадучись зашла в комнату, приблизилась к мирно спавшему Кириллу и снова прикоснулась губами к его губам.

И тут Кирилл ответил ей взаимностью. Лена в ужасе отшатнулась, однако через мгновение снова припала к его губам. Кирилл был нежен, целовался с закрытыми глазами и не старался принудить ее к чему-нибудь. Лена испытывала чувство небывалого, абсолютного счастья. И, что самое важное, она не боялась этого человека и понимала, что могла доверять ему.

Наконец Кирилл чуть отстранился. Лена подумала, что сейчас самый подходящий момент скрыться, но он произнес:

— Не могла бы ты поправить мою подушку...

Лена выполнила просьбу, взбив вечно съезжавшую в сторону подушку. Затем опустилась на кровать, и Кирилл, теперь полусидящий, привлек ее к себе. Лена чувствовала его крепкие объятия, вкус его губ, его нетерпеливое дыхание. Надо было остановиться, но она не могла.

И не хотела.

Она прижалась к нему, руки Кирилла скользили по ее телу, и в этот момент в палате вдруг погас свет. Лена, оторвавшись на мгновение, произнесла:

— Такое тут бывает, сейчас генератор включится!

В самом деле, раздался гул, щелчок, и лампочка снова загорелась. Лена припала к груди Кирилла, но тот внимательно к чему-то прислушивался.

— Что-то не в порядке? — спросила Лена, а Кирилл ответил:

— Нет, показалось...

И они снова окунулись с головой в пучину страсти. Лена знала, что должна быть крайне осторожна — ведь Кириллу совсем недавно сделали операцию. Однако и он, и она хотели одного и того же — заняться любовью. Лена расстегнула больничную рубашку на поджаром теле Кирилла, затем распустила волосы, чувствуя, как он раздевает ее...

Внезапно снова погас свет, а Лена, приложив к губам Кирилла палец, прошептала:

— Генератор не в порядке, но не стоит обращать на это внимания...

Но Кирилл вдруг отстранил ее, а затем она почувствовала, как он перевалился через кровать и встал на пол.

— Тебе ни в коем случае нельзя, — заявила горячо Лена, а Кирилл сказал:

— В доме кто-то есть!

Лена прислушалась. До нее не доносилось ни шороха. Затем она подошла к двери, открыла ее, снова прислушалась и убедилась в том, что Кирилл был прав: сверху донеслись звуки разбиваемого стекла и осторожные шаги.

Кирилл, словно тень, проскользнул мимо нее. Лена задержала его и тихо произнесла:

— Давай я посмотрю... Это не могут быть воры, потому что в дом к Юрию Петровичу никто не залезет...

Кирилл отстранил ее и прошептал:

— Мне нужно мое оружие!

Он имел в виду свой пистолет, который находился в сейфе в лаборатории Юрия Петровича, ключ от которого доктор всегда возил с собой. Но Лена вспомнила о другом оружии, том самом, которое имелось у нее на случай различного рода непредвиденных ситуаций.

Именно такая ситуация сложилась.

Лена на ощупь прокралась в смежную комнату, открыла ящик стола — раздался протяжный скрип. Девушка окаменела, прислушалась. Затем нащупала пистолет, вытащила его и вышла в коридор.

Она увидела силуэт Кирилла. Он взял пистолет и велел ей:

— Запрись у себя в комнате и не открывай никому, кроме меня!

Но Лена не собиралась отпускать его одного наверх. Спорить она тоже не собиралась, поэтому для вида зашла в комнату и даже закрыла ее изнутри на замок. Затем, выждав пару томительных минут, снова выскользнула в коридор.

С верхнего этажа вдруг послышался выстрел, затем еще один и стон. Лена бросилась туда и влетела в комнату как раз в тот момент, когда грянул еще один выстрел. Она заметила стоявшего у стены смертельно бледного Кирилла.

Она ринулась к нему с криком:

— С тобой все в порядке?

И в этот момент вдруг почувствовала, что кто-то схватил ее грязными, потными руками. Лена ощутила холодное дуло пистолета, приставленное к виску. Гнусавый голос произнес:

— Эй, урод, хватит палить! Ты и так моего кореша порешил! Зато у меня в руках девка! Но мне нужны бабки — где они?

Они вели речь о деньгах, привезенных дружками Кирилла. Лена вдруг подумала, что грабители просчитались: ведь Кириллу она никто, и он может запросто пожертвовать ею, желая сохранить деньги.

— Получишь деньги в том случае, если не причинишь девушке вреда! — произнес Кирилл.

— Давай, хватит мне зубы заговаривать! — произнес гнусавый голос, и Лена почувствовала затхлый запах изо рта человека, взявшего ее в заложники. — А то сейчас проделаю в ней первую дырку!

— Свет! — потребовал Кирилл, и спустя пару секунд вспыхнул тусклый свет. Лена заметила, что повязка на боку Кирилла пропиталась кровью. Значит, шов разошелся! Однако мужчина не подавал и вида, что ему больно.

Помимо этого, Лена заметила лежавшего ничком на полу молодого типа — из его головы струилась кровь. Еще один молодой субъект, практически подросток, стоял около смежной двери, за которой находился генератор. Наверняка это были отморозки-наркоманы, которые, прослышав о том, что в доме Юрия Петровича остановились приезжие, на руках у которых было много денег, решили устроить налет.

— Деньги внизу! — заявил Кирилл, а державший на прицеле Лену заявил:

— Учти, если брешешь, то девчонке конец!

Он кивнул своему приятелю, и Кирилл сказал:

— Там, в комнате, под кроватью...

Сумка с деньгами находилась под кроватью, на которой лежал в импровизированной палате Кирилл. Тип скрылся и вернулся через пару минут, радостно матерясь. В руках он тащил набитую долларами сумку.

— Получили, что хотели? Теперь валите! — приказал Кирилл.

Лена почувствовала, как тип схватил ее за волосы и произнес:

— Девчонка пойдет с нами! В качестве гарантии того, что ты не откроешь огонь нам в спину!

— А заодно и развлечемся с бабенкой! — поддакнул его подельник. — Ни хрена себе, сколько же здесь «зелени»?

— Полмиллиона долларов! — ответил Кирилл, улыбнулся, а затем раздался выстрел, и тот тип, который держал на мушке Лену, вдруг крякнул и обмяк. Его подельник заорал благим матом, его рука метнулась к пистолету, Кирилл выстрелил, но промахнулся — видимо, открывшаяся рана не дала ему возможности сосредоточиться.

Подельник, бросив сумку, ринулся к Лене с явным намерением взять ее в заложницы или, чего доброго, убить, но Кирилл снова выстрелил, и тип, скуля, выпустил сумку с деньгами, а затем вылетел из комнаты.

Лена метнулась к Кириллу, который медленно сползал по стенке. Повязка сделалась алой, набухнув от крови. Лена дотащила Кирилла до дивана.

— Ничего, все в порядке! — заверил ее Кирилл, но Лена знала, что это не так. Она быстро сняла повязку и увидела, что подтвердились ее самые худшие опасения: швы разошлись.

Лена сделала Кириллу инъекцию, а потом наложила новые швы. Она делала это всего однажды, под присмотром Юрия Петровича. Руки у девушки дрожали, однако она приказала себе сконцентрироваться.

Кирилл во время процедуры не проронил ни слова. Лена заметила, что его лоб блестел от пота. Закончив, она поцеловала Кирилла и сказала:

— А теперь — полный покой! И спасибо тебе, что спас меня!

— Ну что же, теперь мы в расчете! — заявил Кирилл. — Хотя это великолепная причина для того, чтобы продолжить наше знакомство.

Сбежавшего раненого наркомана отыскали утром следующего дня. К Юрию Петровичу приезжал один из местных авторитетов — лично принести извинения ему и московским гостям. Кирилл, с которым он толковал наедине, принял его извинения. Хотя потом заметил, разговаривая с доктором:

— Сдается мне, что эти наркоманы получили наводку и действовали по чьему-то указанию. А то, что у нас на руках имеется такая сумма, знали не так много людей...

— Вот ведь гнида! — заорали дружки Кирилла, имея в виду отбывшего восвояси авторитета. — Это ведь он и подстроил! Захотел свои бабки вернуть! Ну, его надо за это грохнуть!

Кирилл заявил:

— Никто никого грохать не будет! Потому что тогда нас всех тут, как цыплят, перережут. Не забывайте, что мы находимся на чужой территории. Нам пора возвращаться домой!

Как ни настаивал Юрий Петрович на том, что Кириллу необходим покой, тот и его дружки отбыли следующей ночью. Лена вышла провожать Кирилла, делая вид, что помогает усесться ему в автомобиль.

Ну вот, все и закончилось. Как она и предполагала: он уедет, а она останется...

— Неделю! — заявил коротко Кирилл. — Дай мне одну неделю — нам надо уладить кое-какие дела. Но ровно через неделю я снова приеду сюда.

Он взглянул на Лену и прямо спросил ее:

— Ты ведь поедешь со мной?

Она не знала этого человека — ей было известно только его имя, даже фамилии она не слышала. Однако Лена вдруг поняла, что любит Кирилла.

— Да! — ответила она просто, Кирилл кивнул, дверь автомобиля захлопнулась, и он тронулся в путь.

Юрий Петрович, заметив смятение помощницы, сказал:

— Не верьте таким типам! Да, этот Кирилл выбивается из общего числа, однако он еще хуже, чем основная часть этих головорезов.

Лена и сама понимала это, как и то, что никогда больше Кирилла не увидит. Зачем ему, столичному авторитету, она, провинциальная девица? Таких, как она, у него было пруд-пруди.

И все же она считала каждый день, каждый час, каждую минуту. А неделя тянулась невыносимо долго. К тому же в последний день случилась знатная разборка, результатом которой была куча раненых и убитых. Юрий Петрович вместе с ней отправился в особняк одного из авторитетов, чтобы врачевать его людей.

Домой доктор и Лена вернулись под утро. Девушка была уверена, что там ее дожидается Кирилл. Но никакого Кирилла не было. Она уверила себя, что он приедет на следующий день, но и на следующий день он не появился, и день спустя — тоже.

Заметив метания своей помощницы, Юрий Петрович сказал:

— Нет, не пара он вам, Лена, не пара... Вам нужен человек, который может о вас заботиться, любить, которому вы можете доверять, с которым вы занимаетесь одним общим делом!

Лена в изумлении взглянула на Юрия Петровича — неужели он в скупых фразах пытался признаться ей в любви? Доктору она была благодарна, даже очень, уважала его и ценила, однако он был для нее всего лишь начальником, а никак не любимым мужчиной!

Неверно истолковав молчание Лены, Юрий Петрович, воодушевленный, продолжил:

— Ведь мне удалось получить кое-какие интересные результаты в ходе моих исследований... Но нужны деньги, много денег даже на начальном этапе, чтобы это дало отдачу. Но вместе с тобой, Лена, мы сможем добиться небывалого успеха...

Он впервые назвал ее на «ты», а затем приблизился к ней. Лена подумала, что любая на ее месте тотчас бы согласилась — Юрий Петрович был золото, а не мужчина. Однако она не любила его.

— Дело в том, что... — произнесла Лена, не зная, как сообщить Юрию Петровичу, что она к нему равнодушна.

С улицы донеслось нетерпеливое гудение автомобиля, а затем послышался знакомый голос:

— Лена, я вернулся!

Кирилл приехал, опоздав на три дня: дела задержали его в Москве. Лена помнила тоскливый, понимающий взгляд Юрия Петровича, когда он наблюдал за тем, как Лена уезжает вместе с Кириллом. Прощаясь с ней, он произнес:

— Лена, ты должна знать, что всегда можешь положиться на меня. Потому что ты навечно останешься в моем сердце...

Впрочем, о признании в любви Юрия Петровича Лена скоро забыла, потому что началась новая жизнь — жизнь с Кириллом.

О, это было упоительное, хотя и опасное, время. Первый раз Лена и Кирилл полюбили друг друга в придорожной гостинице по пути в Москву. Это было незабываемо, это было феерично, это было сказочно!

Лена, которая так боялась близости — каждый раз ей приходилось думать об отчиме, — доверилась Кириллу. Однако он заметил ее сомнения, ее страх, ее дрожь.

— Скажи мне, кто причинил тебе боль? — спросил он. — Доктор? Тогда я вернусь и душу из него выну!

Лена заверила его, что Юрий Петрович и пальцем ее не тронул, в отличие от Бориса Егоровича. Но говорить о том, что делал с ней отчим, она не собиралась — было стыдно и мерзко. Да и хотелось, чтобы это осталось в прошлом — раз и навсегда.

— Этот человек поплатился за все, что причинил мне, — сказала она тогда медленно, — и он умер, уже давно умер!

Борис Егорович в самом деле умер для нее. Как и все ее прошлое.

Кирилл был спортсменом, причем известным, подававшим большие надежды. Однако тренер втянул его в криминальную историю, подставив своего воспитанника. Кириллу пришлось выбирать — или пойти в тюрьму за преступление, которого не совершал, или самому податься в криминал. Он выбрал второе.

У Кирилла была своя команда, с помощью которой он занимался не совсем легальными делишками. Однако он никогда не переходил определенной черты — например, строго запретил заниматься вымогательством и наркотиками. Сферой интересов Кирилла были автомобили — причем не угон и перепродажа, а махинации с левыми заводскими «железными конями»: это было гораздо прибыльнее.

Прибыльно, но не безопасно, потому что многие, очень многие, хотели получать барыши, которые текли в карман Кириллу. У него было много врагов, и методы для их обуздания были далеко не самые мирные.

Лена не строила иллюзий, отлично осознавая, что Кирилл — представитель преступного мира. А она — его девушка. Однако они резко отличались от других авторитетов и их подружек — и Лена, и Кирилл ненавидели попойки, банкеты в «своих» ресторанах, сомнительные развлечения, ненужную помпу и безвкусицу.

У Кирилла была квартира на Арбате, в которой Лена и поселилась. Первым делом она обставила ее — никакого антиквариата, никакой ненужной вычурности, разве что несколько абстрактных шедевров русских мастеров начала двадцатого века.

Кирилл возвращался поздно, иногда только под утро, и Лена ждала его в постели. Они любили друг друга, не в состоянии насытиться и получить сполна.

То, что она беременна, Лена поняла не сразу. Недомогания, которые донимали ее уже некоторое время, усилились, а когда начались приступы тошноты, то до нее наконец дошло: она ожидает ребенка.

Кириллу она об этом не сказала, решив сначала переговорить с маститым пожилым профессором, к которому она обратилась.

— У вас уже двенадцатая неделя! — заявил тот, осмотрев ее. — Налицо проявления токсикоза, ничего ужасного, однако не исключено, симптомы скоро усилятся...

Лена быстро высчитала в уме и похолодела. Ребенок, которого она вынашивала, никак не мог быть ребенком Кирилла. Она зачала его до того, как познакомилась с ним! Ведь тогда все случилось так быстро — ее недолгая карьера в борделе, затем в качестве ассистентки доктора, наконец, знакомство с Кириллом...

— Вы уверены относительно срока? — спросила она, и профессор усмехнулся:

— Ну, иначе бы я не работал в этой сфере уже четвертый десяток лет!

Вывод был один: она зачала ребенка от Вадима. Именно в ту ужасную новогоднюю ночь, когда он по прихоти Азизы соблазнил ее. Только согласится ли Кирилл воспитывать кукушонка?

Кирилл любил ее, просто обожал, как и она его. Но даже если он сейчас и простит, и поймет, и согласится стать отцом чужого ребенка, рано или поздно, по прошествии лет, он обязательно припомнит ей это. Ведь червячок сомнения будет постоянно подтачивать его любовь к ней, и в итоге это приведет к разрыву...

Лена приняла решение: ничего Кириллу не говорить. Тем более что в женских делах он ничего не понимал. Была проблема со сроком беременности, однако Лена уверила себя, что придумает что-нибудь.

Она не хотела обманывать Кирилла. Но и не желала, чтобы прошлое вновь встало между ними и бросало свою густую длинную тень на их счастье.

Узнав, что Лена беременна, Кирилл взглянул на нее, не мигая. Лена похолодела — заводить детей наверняка не входило в его планы. А потом Кирилл нежно поцеловал ее и спросил:

— Ты ведь выйдешь за меня замуж?

Они поженились через три дня — Кирилл смог устроить. Не было никакой патетики, помпы и дешевого величия. Никто не знал о том, что они стали мужем и женой. Кирилл выкроил время, и они смотались на неделю в Венецию.

Именно там Лена и завела с ним разговор о том, что то, чем он занимается, опасно и недолговечно.

— Я знаю, Лена! — ответил Кирилл. — Потому что скоро грядет большой передел и междоусобные войны. Главное в нашем деле — вовремя остановиться. И, заработав начальный капитал, уйти в другую сферу. И я сделаю это — ради тебя и нашего малыша!

Он поцеловал ее в живот, а Лена взъерошила его волосы. Они находились на балконе самого роскошного номера одного из самых роскошных отелей Венеции — вид на Большой Канал оттуда был невероятный.

— Кстати, хорошо, что ты придерживаешься такого мнения! — заметила лукаво Лена. — Я вот подумала и набросала кое-какие планы...

И она презентовала мужу толстенную папку.

Когда они вернулись в Москву, каждый сосредоточился на своем — Кирилл жесткой рукой вел свой криминальный бизнес, а Лена готовилась стать матерью. Неотложные дела вынудили Кирилла уехать в Сибирь, а оттуда — на Дальний Восток. Когда он приехал, то узнал, что Лена уже родила.

— Раньше, чем планировалось, однако наши малыши совершенно здоровы! — заявила она.

В действительности роды прошли в намеченные сроки, но знать об этом мужу было вовсе не обязательно. Но Кирилл пропустил мимо ушей информацию о том, что схватки начались раньше, потому что был сражен вестью: у него не один, а целых два малыша: сын и дочка!

Их назвали Мариной и Максимом — в честь покойных родителей Кирилла. А спустя всего несколько дней пришла трагическая весть: у Ольги Дмитриевны случился второй инсульт, она впала в кому и умерла.

Лена забрала в Москву Оленьку: это был единственный человек из прошлого, который ей был дорог и которого она любила. Она не желала сдавать Оленьку в клинику или интернат, а наняла сиделок, которые заботились о сестре, жившей вместе с ними.

Затем время закрутило их, играя и Леной, и Кириллом, и миллионами других людей, и всей страной, словно ураган играет утлым суденышком. Распался Советский Союз, начались новые времена. Кирилл подмял под себя почти весь автобизнес, на него было совершено покушение. Страна вступила в период рыночной экономики. Кирилл дал жене обещание, что выйдет из игры и займется обыкновенным бизнесом. У Марины и Максима прорезались зубы, а Кирилл стал — вполне официально! — миллионером. Дети выросли из пеленок, а муж основал несколько компаний, которые росли не по дням, а по часам. Оленька жила с ними, в новом особняке на Рублевке. Лена активно подключилась к разработке стратегического плана развития бизнеса, и Кирилл внимательно относился к ее советам. Максим и Марина пошли в первый класс, а Кирилл презентовал жене новую идею — создать холдинг.

— Ты же сама видишь, какое сейчас время! Деньги прямо под ногами валяются! На этой приватизации и залоговых аукционах можно запросто заработать миллиарды! — заявил муж.

Лена, взглянув на него, сказала:

— Да, холдинг — это хорошо, но и рискованно. Нам не придется заниматься только чем-то одним. Это может дать дивиденды или принести убытки.

Кирилл отмел ее сомнения:

— Миллиард — вот моя цель! Хотя, извини, конечно наша цель! Кстати, я тебе уже говорил, что деловой мир еще более жесток, чем мир братков и криминальных авторитетов?

Лена же, задумчиво посмотрев на лежавшую перед ней газету, заметила:

— Значит, нужно обрастать полезными связями среди сильных мира сего. Если с ними делиться, то они обеспечат тебе и твоему бизнесу всемерную поддержку.

— Это что, взятки политикам давать? — поморщился муж, а Лена ответила:

— На Западе это называется лоббированием собственных интересов. Именно этим мы и займемся! Но нельзя все время быть зависимым от продажных чинуш — в конце концов они могут переметнуться и на сторону конкурентов, если те заплатят больше. Кстати, Кирюша, а как ты отнесешься к тому, чтобы стать депутатом?

Когда для медицинского отдела понадобился начальник, обладавший опытом и креативным подходом, Лена связалась с Юрием Петровичем.

— Вы ведь искали источник для финансирования своих исследований? У вас будет собственная, оборудованная по последнему слову техники лаборатория! А нам нужен человек, который знает дело и никогда не предаст!

Юрий Петрович попросил двадцать четыре часа для того, чтобы взвесить все «за» и «против», и в итоге согласился. У Кирилла были сомнения относительно профпригодности Юрия Петровича, однако тот быстро развеял их, проявив себя незаурядным менеджером и талантливым стратегом.

Кирилл, как и планировалось, стал депутатом, и они основали холдинг. Десятую годовщину своей свадьбы Кирилл и Лена отметили в Венеции — в том же отеле и даже в том же номере, где проводили медовый месяц. Дети вступили в пубертет, а Кирилл отметил свой тридцать седьмой день рождения. Сбылась его мечта — он стал миллиардером, и Лена была счастлива, когда самый известный экономический журнал страны напечатал фотографию Кирилла на обложке с заголовком «Самый влиятельный бизнесмен России».

Все складывалось как нельзя лучше, однако прошлое, гадкое, ядовитое прошлое, цепко держало Лену в своих щупальцах. Как-то секретарша доложила, что ей звонит странный человек, представившийся ее отцом.

Чувствуя себя снова маленькой девочкой, Лена взяла трубку и услышала знакомый слащавый голос.

— Леночка, это твой папа говорит!

— Мой отец мертв! — отчеканила Лена — звонил отчим.

Борис Егорович закашлялся и произнес:

— Ну как же, нехорошо забывать своих родных! Я ведь вышел из тюрьмы и оказался никому не нужен. А ты такая ужасно богатая и знаменитая...

— Вы мне неродной! — произнесла Лена, чувствуя, что вот-вот упадет в обморок.

— Пусть и так, Леночка, но я был женат на твоей мамаше. У меня проблемы со здоровьем, у меня нет угла, куда приткнуться. Помоги мне!

— Сюда больше не звонить! — сказала Лена, намереваясь положить трубку, но отчим протянул:

— А что, если все узнают, какая ты была испорченная девчонка, Леночка?

— Мне все равно! — заявила она. А Борис Егорович просюсюкал:

— А если все узнают, как твоя мамаша умерла? Ведь инсульт у нее тогда случился, потому что я ей прислал письмо, в котором поведал, что делал с тобой. И что именно я помог ее неродившемуся уродцу оказаться в унитазе!

Елена замерла. Отчим же протянул:

— Ага, я так и думал, что ты все знаешь! Ты же подставила меня, ты читала мою записную книжку — значит, в курсе того, что я укокошил бастарда. И, не сказав об этом следствию, ты стала моей соучастницей, уже во второй раз! На зоне у меня было много времени, чтобы все обмозговать и докопаться до истинных причин, почему меня повязали. Да, Леночка, ты моя соучастница. Ведь не я, а ты убила свою мать! Знаю, о чем ты думаешь, но отделаться от меня не выйдет. Тебе что, нужен ужасный скандал?

Лена окаменела. Он ее шантажировал, а скандал, к тому же такой смрадный, ей был не с руки.

— Получите квартиру, автомобиль, ежемесячное содержание! — заявила Елена. — Будете сидеть у себя в городе и не высовывать оттуда носа. С журналистами не общаться, обо мне ни с кем не говорить...

— Квартиру не меньше пяти комнат! И в новом элитном доме! И автомобиль немецкий! — затараторил отчим.

Лена же перебила его и сказала:

— И вот еще что. К вам будет приставлен человек, который будет следить за всеми вашими передвижениями. Если мне станет известно, что вы хотя бы косо взглянули на какую-нибудь девочку, то... То вас убьют.

Отчим задышал в трубку и выплюнул:

— Да, какая же ты стала стерва, Леночка! Мало я тебя тогда бил! Знаю, что не врешь. Ладно, если будешь платить, то не нужны мне эти девчонки!

Завершив разговор, Лена бросилась под душ и, как и раньше, после «наказаний» отчима, терла себя мочалкой и плакала. От прошлого не уйдешь, оно настигало ее снова и снова. Она бы могла дать приказание ликвидировать отчима, а стало ли бы от этого легче? Но ведь эта мразь убила маму... Или это она сама убила ее, утаив правду? А так она просто купила его молчание, хотя стыдиться ей было нечего, ведь преступником был только он. А что, если он снова полезет к детям, тогда это будет и на ее совести?

Затем прошлое преподнесло ей еще один сюрприз. Их холдинг вел борьбу за право покупки фабрики по производству медицинского оборудования, намереваясь ее модернизировать. Главным конкурентом за право покупки фабрики был Аслан Ахшарумов — полный, шумный, вульгарный олигарх в сфере медицины. И после таинственной и так до конца и не расследованной гибели его жены, затеявшей бракоразводный процесс и желавшей оттяпать часть его колоссального состояния, он в течение месяца после сего трагического события вдруг снова сочетался браком. Его супругой стала женщина красивая, сногсшибательная, стильная. Это была Азиза.

Об Азизе ходило много слухов — например, о том, что она уже была замужем и что ее муж то ли пропал без вести, то ли был обнаружен расчлененным на свалке. Причем его убийство, по слухам, заказала все та же Азиза. Что она танцевала в ночном клубе. Что была элитной девочкой по вызову. Что общалась с черными магами и наводила на врагов порчу.

С Азизой Лена столкнулась на одном из приемов — она сама была в изящном белом платье, а Азиза — в откровенном, шуршащем, черном. Азиза явно поработала над собой и прибегла к услугам пластического хирурга.

— Вот и Золушка стала принцессой! — было первое, что Лена услышала от Азизы. — Ведь не так давно ты мыла полы в борделе!

Лена мило улыбнулась и ответила:

— Лучше мыть полы в борделе, чем продавать там свое тело, не так ли?

Азиза пронзила ее таким взглядом, что, казалось, имейся у нее под рукой пистолет, она бы тотчас застрелила Лену.

— Вам эта сделка не по зубам! — заявила Азиза. — Не лезьте в нашу сферу!

Она имела в виду планы холдинга, возглавляемого Кириллом и Леной, купить фабрику по производству медицинского оборудования.

— Отчего же! Мы уже залезли! И сфера эта не ваша, а наша! — парировала Лена.

Фабрика в итоге досталась их холдингу. Так началась война между их холдингом и концерном мужа Азизы. А в действительности — между ней самой и Азизой. Они соревновались в том, кого чаще упомянут светские журналы, кому отдадут пальму первенства в плане стиля, красоты и изысканности.

Азизу бесило, что Лена практически всегда вырывалась вперед. Лена же относилась к этому с иронией, однако понимала, что за этими гламурными распрями скрывается на самом деле бизнес-противостояние.

Затем поползли слухи, что муж застукал Азизу то ли с шофером, то ли с массажистом, или даже сразу с обоими в джакузи. Олигарх возжелал развестись с неверной супругой, однако не успел: его постигла та же участь, что и его предыдущую, им же якобы и заказанную киллеру жену.

Ахшарумов скончался, по заключению врачей, от инфаркта, что, учитывая его возраст, комплекцию и взрывной темперамент, было не так уж странно. Однако знающие люди говорили, что в действительности его отравили, и сделал это не кто иной, как Азиза.

Лене не было дела до матримониальных игрищ бывшей подруги. Если она убила своего супруга, значит, он сделала неправильный выбор, отправившись с ней в ЗАГС.

Большой ошибкой было и то, что именно Азиза стала его единственной наследницей, сразу же прибрала к рукам всю власть в концерне покойного мужа и с утроенной силой стала плести интриги, желая одного: растоптать, уничтожить, превратить в пыль холдинг Лены и Кирилла.

Отправляясь на очередной светский раут, Лена поймала себя на мысли, что ей не очень-то хочется ехать туда. И вовсе не потому, что она не любила подобные мероприятия — просмотрев список гостей, она увидела, что там появится и Азиза.

Но не поехать значило признать свое поражение, хотя бы и на ниве гламура. Об этом не могло быть и речи. Когда Лена и Кирилл прибыли на вручение какой-то литературной премии, Лена сразу заметила, что Азиза находится в центре всеобщего внимания.

Еще бы, привлекательная, невероятно сексуальная, только что унаследовавшая огромный концерн и к тому же окруженная ореолом мужеубийства! Лена не могла не отметить, что, облаченная во все черное, свой любимый цвет, Азиза выглядела сногсшибательно. А о том, сколько стоили обвивавшие ее шею и запястья черные жемчуга, и говорить не приходилось.

Заметив Лену, Азиза подплыла к ней и произнесла:

— Гм, а ты устало выглядишь. Неужели расстроилась, что сделка не состоялась?

Она имела в виду покупку нескольких зарубежных фирм — контракты были уже готовы, оставалось только подписать их, и вдруг иностранная сторона передумала и продала фирмы другому инвестору. Им оказалась Азиза, предложившая в полтора раза больше.

— Ты переплатила! — заметила сухо Лена. — Как видно, в бизнесе ты совсем не разбираешься...

Кажется, Азиза была готова на все, в том числе и заключить невыгодную сделку, лишь бы взять верх над соперницей, лишь бы одержать триумф!

Чтобы не вести далее разговор с Азизой, Лена повернулась к ней спиной и переключилась на другого собеседника. Внезапно краем глаза она увидела призрак из прошлого. Лена извинилась и отошла в сторону. Она боялась повернуть голову, потому что не могла поверить в то, что увидела этого человека.

— Лена! — раздался серебристый голос, и Елена резко обернулась. Так и есть: перед ней стоял Вадим.

За прошедшие годы он немного пообтрепался, потолстел, однако в общем и целом оставался все таким же милым и пленительным, как и тогда...

— Какая неожиданная встреча! — заявил он и попытался поцеловать ей руку. Лена отдернула кисть и спросила:

— Тебя Азиза навела на след?

Вадим поморщился и сказал:

— Ну, что скрывать, я ведь работаю теперь в ее концерне. Управляю тем самым заводом, где раньше был заместителем директора мой папаша. Ну, и десятком подобных по всей Сибири.

Лена не знала, о чем говорить с человеком, с которым ее ничего не связывало. Хотя, конечно, связывало. Ее дети — точнее, их дети! Но ведь Вадим не имел об этом представления!

— А ты поднялась на самую вершину! — заявил вкрадчиво Вадим. — Кто бы мог подумать, что из такой замарашки выйдет настоящая императрица! У тебя есть все — деньги, власть, красавец-муж, двое очаровательных детей...

Последние слова он особо выделил голосом. Бокал в руке Лены дрогнул. Он не мог этого знать, просто не мог!

— Я ведь внимательно слежу за твоей карьерой, Лена! И видел фотографии тебя и твоих детишек в журналах и Интернете. И знаешь, что мне пришло в голову? Что твой муж — шатен, а они — блондины!

— Ты намерен беседовать о прихотях природы? — спросила Лена, чувствуя, что пол уходит у нее из-под ног.

— Скорее о прихотях судьбы! — ответил Вадим. — Кстати, я кое-что припас для тебя!

Он вынул из кармана смокинга две фотографии и протянул их женщине. Лена бросила на них взгляд и холодно сказала:

— Зачем ты носишь с собой фотографии моих детей?

Вадим хитро улыбнулся и сказал:

— О, ты ошиблась! Это не фотографии твоих детей. На одной изображен я сам, когда мне было примерно столько лет, сколько твоему сыну сейчас. А на другой — моя тетка!

Лена наконец взглянула на Вадима, а тот, пряча фотографии, сказал:

— Если судить по дате рождения, то все сходится. Наша развеселая новогодняя вечеринка...

Лена еле сдержалась, чтобы не ударить его по лицу.

— Только не говори, что фотографии ничего не доказывают! Ведь имеются еще и сопоставительные генетические экспертизы! Они быстро выявят, кто же является отцом! Твой Кирилл или я!

— Чего ты хочешь? — спросила Лена, понимая, что если бы Вадим добивался скандала, то давно бы устроил его. Но этому подонку что-то требовалось.

— Сущая безделица — пятьдесят миллионов долларов!

— Сколько? — спросила Лена насмешливо. — А почему сразу не все сто?

Вадим осклабился и ответил:

— Потому что я очень добрый. По двадцать пять миллионов за ребенка. И никто никогда ничего не узнает!

Он ее шантажировал! Лена с презрением посмотрела на Вадима, а тот, отхлебнув шампанского, добавил:

— Даже Азиза этого не знает! А она бы многое отдала, чтобы заполучить такие сведения. Но, естественно, не пятьдесят лямов баксов. Мне надоело на нее горбатиться — платит она не ахти. Хочу создать свой бизнес, а для этого нужен стартовый капитал. Пятьдесят миллионов в самый раз!

Лена молчала, а Вадим добавил:

— Понимаю, что с наличностью будет туго. Что же, возьму акциями и кое-какими фирмами. Я уже и список составил...

К Лене подошел Кирилл и, взглянув на Вадима, произнес:

— Мы, кажется, незнакомы? Лена, представь нас!

— Да мы, можно сказать, одна большая и дружная семья... — начал Вадим с гадкой ухмылкой, а Лена сказала:

— По поводу вашего предложения я подумаю и завтра дам ответ. А сейчас прошу нас извинить!

Она увела мужа подальше от Вадима. Лена приняла решение — она заплатит. А позднее дома, прижимаясь к Лене в постели, Кирилл произнес:

— Знаешь, а этот напившийся нахал, который к тебе клеился, мне кого-то напомнил... Не могу только понять, кого именно...

Лена не стала говорить Кириллу, что он напомнил ему его собственного сына-подростка. Через неделю Вадим получил переводы в десять банков на Каймановых и Бермудских островах. Лена заплатила, однако поняла: прошлое, как ни старайся, не оставит ее в покое.

На сороковой день рождения Кирилла Лена устроила небольшой праздник — только для них двоих. Муж не хотел отмечать юбилей, проблемы в последнее время навалились на их холдинг, требовалась ликвидация ряда направлений.

Лена прошла в кабинет мужа, уселась на подлокотник кресла и поцеловала супруга. Он снял очки и произнес:

— Решение принято — вместо генетики надо заниматься фармацевтикой. С Юрием Петровичем я уже говорил, он занимается уже планами перепрофилирования...

Лена же вырвала у Кирилла бумаги и сказала:

— Собирайся!

— Куда? — удивился муж, а Лена ответила:

— В наше второе свадебное путешествие!

Провели они его там же, где и первое, — в Венеции. Ведь за последние месяцы супруги отдалились друг от друга, виделись крайне редко, секса практически не было. Неужели их любовь дала трещину?

Лена знала, что их детище, холдинг, вдруг превратился в пожирающего их монстра. Ей в голову закрадывалась мысль: почему бы не продать все и не уйти «на пенсию» — уехать вдвоем далеко-далеко, туда, где вечный рай...

Но Кирилл никогда бы не согласился с подобным решением. Поэтому Лена сама приняла другое: неделя в Венеции, где будут только они двое и их страсть.

Оказалось, что любовь никуда не исчезла и страсть тоже. За эти дни они наверстали то, что упустили в последнее время. Лена чувствовала себя на седьмом небе от счастья.

— Леночка, это лучший подарок, который я когда-либо получал на день рождения! — произнес Кирилл в последний день их пребывания в Венеции. — Но я тоже кое-что тебе приготовил! — произнес он с лукавой улыбкой.

Муж вышел на террасу президентского номера, в котором они остановились все в том же отеле, что и обычно, и позвал ее:

— Прошу!

Лена шагнула на террасу и увидела, что она вся утопает в цветах. Нежный ветер теребил ее волосы, кожу ласкало заходящее солнце. Внезапно Кирилл встал на одно колено и произнес:

— Да, пусть мы и женаты, однако никогда не поздно сделать предложение женщине, которую любишь больше всего, во второй раз...

Лена затаила дыхание, дожидаясь, пока Кирилл не достанет коробочку с кольцом. И ответ на его вопрос мог быть только один:

— Конечно, я снова выйду за тебя замуж!

Они подошли к краю террасы. Кирилл прижал ее к себе, поцеловал. Лена закрыла глаза, и в этот момент ощутила резкий толчок. Муж вдруг отчего-то повис на ней. Лене показалось, что он разбил бутылку вина.

Только потом она поняла, что жидкость, которая текла по ее телу, была не вином. Это была кровь.

Кровь Кирилла.

Лена закричала, пытаясь приподнять мужа. Кирилл осел на мраморный пол, и Лена в ужасе увидела, что у него снесена половина черепа. Кто-то выстрелил в мужа из винтовки.

Женщина увидела в палаццо напротив, с другой стороны канала, метнувшуюся от окна фигуру. Лена закричала и потеряла сознание.

Ни киллера, ни заказчика так и не нашли. Лена отказалась от мысли продать холдинг — муж никогда не простил бы ей этого. Она приняла решение.

Прошлое нельзя было изменить. Зато можно изменить будущее.

Так она превратилась в Снежную Королеву и оставалась ею последующие годы. Те долгие года, которые она жила без Кирилла, которые были полны тоски, длинных бессонных ночей и непрекращающихся душевных мук.

С тех пор Елена никогда не отмечала день рождения и сделала исключение только для своего сорокового.

...Раздался выстрел, затем яркая вспышка, Елена дернулась. Вот и все, вот и все. Он умерла, она ушла в ту же тьму, которая поглотила Кирилла. Значит ли это, что она встретится сейчас с ним? Но о чем она только думает в такое важное мгновение...

Вот именно, думает... Она думает, а следовательно, существует! И она вовсе не парила под потолком фургона и не стремилась к воронке из яркого света, откуда раздавались голоса ее покойных родственников.

Единственный голос, который донесся до нее, был голос Тахтахарова:

— Ну вот, отлично, кокнул наконец сучку! А то возни с ней было до хрена и больше!

«Сучка» — этим малоприятным словом Тахтахаров назвал ее саму. Кого же еще? И тут туман, заполонивший ее голову, вдруг в одно мгновенье исчез. Елена поняла, что вовсе не умерла и до сих пор сидит, прикованная наручниками к металлической балке, на грязном, холодном полу фургона.

Но как же так — ведь Стасик, этот милый, улыбчивый, чертовски сексуальный Стасик, только что выстрелил в нее! Причем выстрелил в нее в упор, прямо в сердце — промахнуться он никак не мог! Разве после выстрела из ружья в упор, да еще произведенного прямо в грудную клетку, выживают?

Она не только выжила, а была цела и невредима. Значит ли, что она имела дело с чудом? Но в чудеса Елена не верила — жизнь научила ее надеяться только на себя и на собственные силы.

Окончательно сориентировавшись, Елена заметила Стасика, стоявшего прямо перед ней и приложившего к губам палец. Мол, молчи. Затем он указал на пол, и Лена поняла, что надо прикинуться мертвой.

Она не знала, что именно затеял Стасик. Только один раз он уже предал ее — могла ли она доверять ему второй раз? Но времени на принятие решения было в обрез. Точнее, его совсем не было.

Заслышав шаги, Лена откинула голову и кое-как устроилась подле стены. Она не знала, как выглядит труп только что застреленного из ружья человека, так что пришлось импровизировать.

Сквозь ресницы Лена видела, как в фургон залез Тахтахаров. Лена замерла, чувствуя, что лжедоктор внимательно изучает ее «труп». По телу прошла предательская дрожь, и женщина приказала себе собраться.

— Молодец, Стас! — заявил Тахтахаров, видимо, удовлетворенный «убийством». Благо было темно, и ночь скрывала тот факт, что после выстрела в упор из ружья не было ни капли крови.

— Хотите тело осмотреть? — спросил будничным тоном Стасик, а Тахтаров усмехнулся:

— Ну да, еще и поцеловать! А сейчас надо подумать о том, как от него избавиться. Причем так, чтобы его никогда больше не нашли. Что ты там предлагал, бросить на дно озера?

Стасик все верно рассчитал — Тахтахаров и не собирался подвергать осмотру «труп», не сомневаясь в том, что Елена умерла. Женщина, не шевелясь, полусидела, прижимаясь к металлической стене фургона, и думала о том, что долго так не выдержит — наручники впивались в плоть, нога была подвернута и начинала затекать. Какая, интересно, будет реакция у Тахтахарова, если он вдруг увидит, что «труп» двигается?

— Озеро! Тоже мне, отличное место! — раздался голос женщины с улицы. — Нет, приказания у нас четкие — труп должен исчезнуть бесследно! Вот что я предлагаю...

Тахтахаров выпрыгнул из фургона, и Елена осторожно выпрямила затекшую ногу. Стасик наклонился над ней и прошептал:

— Все в порядке, со мной ты в безопасности. Я не причиню тебе вреда!

Лена промолчала, не зная что ответить. Поблагодарить человека, который не так давно пытался ее убить? Хотя, быть может, она неправильно истолковала его намерения и он желал ей что-то сказать, а она, убежденная, что Стасик намеревается ее ликвидировать, бежала прочь, заставляя любовника преследовать ее?

Но как бы там ни было, Стасик был предателем. Он был связан каким-то образом с Тахтахаровым и его командой. Или все не так просто? И Стасик просто играет особую роль?

Лена услышала, как на улице Стасик произнес:

— Да вот здесь же имеется отличная яма, тут недалеко...

Голоса удалились от фургона, Лена перевела дух и снова переменила положение затекшей ноги. В этот момент в фургон кто-то влез, и пленница замерла в ужасно неудобной позе.

Ей было видно, что непрошеным гостем являлась медсестра. Хотя она такая же медсестра, как и Тахтахаров — доктор. Да и не Тахтахаров он вовсе...

Медсестра, приблизившись к «трупу», пробормотала:

— Что, дрянь, сдохла? Не думала небось, что так быстро придется коньки отбросить?! Ты ведь миллиардерша! И все равно теперь мертва. А у меня миллиарда нет, а я жива.

Она склонилась над Еленой, которая подумала, что если сейчас резко выпрямиться, клацая зубами и подвывая, словом, изображая из себя зомби, то та, наверное, прямо в грязном фургоне скончается от инфаркта.

Медсестра схватила Лену за руку, которая была прикована наручниками к металлической балке. Пленница поняла: эта особа хочет поживиться и намеревается снять у нее с пальца старинный перстень с большим, неправильной формы сапфиром в обрамлении бриллиантов. Этот перстень был последним подарком Кирилла, этим украшением Елена очень дорожила и никогда его не снимала.

— Зачем покойнице цацки? — рассуждала медсестра, видимо, оправдывая собственное поведение мародера. — Все равно теперь он тебе не нужен...

Лена чувствовала, как особа своими цепкими пальцами пыталась стянуть перстень. И пошевелиться нельзя, иначе она немедленно выдаст себя!

Однако и позволить вороватой особе украсть перстень Лена тоже не желала. Поэтому, чувствуя, что та, подцепив украшение, потащила его на себя, женщина изо всех сил лягнула ногой медсестру.

Та, совершенно не ожидая подобного поворота событий, охнула и полетела на пол. Перстень остался на пальце.

Воровка вскрикнула, попятилась, а потом вдруг произнесла сиплым голосом:

— Ты что, не умерла?

Лену внезапно разобрал смех, и она, не в состоянии отказать себе в ребяческой выходке, вдруг тихонько завыла. А потом просипела:

— Кровь, мне нужна кровь... И мясо, твое мясо...

Медсестра взвизгнула и вылетела кубарем из фургона. Лена уже жалела о том, что сделала. Похоже, медсестра пришла в себя, потому что снова залезла в фургон и сказала твердым голосом:

— Ну, тварь, держись!

В лицо Лене ударил яркий луч фонарика. Ослепленная, она была вынуждена закрыть глаза. А медсестра, видимо, осмотрев ее, присвистнула:

— Вот ведь гнида этот Стасик! Он тебя не пристрелил! А нам голову морочит!

Затем она подошла к Елене, схватила ее за руку, прикованную к металлической балке, и стала буквально срывать с нее перстень. Лена попыталась ударить медсестру ногой, но та оказалась проворнее и стукнула женщину по плечу увесистым фонариком. Лена болезненно вскрикнула.

— Ну вот, а строила из себя ожившую покойницу! Перстенек-то потянет тысяч на тридцать, а то и пятьдесят долларов!

Елена не стала просвещать ее о том, что тот стоил в три раза дороже. Но не в деньгах для нее было дело, а в связанных с перстнем воспоминаниях.

Повертев перстень в руке, медсестра напялила его на свой узловатый палец и осталась довольна.

— Отлично! Останется на память. А тебе сейчас придется умереть, на этот раз по-настоящему!

Она выскочила наружу и во все горло закричала:

— Иди сюда! Баба-то жива! Он ее не убил...

В этот момент прогремел выстрел. Лена вздрогнула и поняла, что это выстрелило ружье Стасика. Или, наоборот, Тахтахаров застрелил ее непутевого любовника?

Затем послышались какая-то возня, шаги, приглушенный крик — и снова выстрел, и звук падающего на землю тела.

После этого кто-то заглянул в фургон. Лена сжалась в комок, понимая, что если это лжедоктор, то ей пришел конец.

Однако это был не Тахтахаров. И не медсестра. Перед ней стоял Стасик. Молодой человек, тяжело дыша, приблизился к Лене. Она инстинктивно попыталась отползти в сторону. Стасик же хрипло произнес:

— Все в порядке, малышка, все в порядке. Это я, и я пришел, чтобы спасти тебя...

Он схватил ее запястье, и Лена ощутила, что пальцы у него холодные и мокрые. Их покрывало что-то липкое, похожее на сироп. Тут до нее дошло: это была кровь.

Руки у Стасика ходили ходуном, он даже выронил ключ на пол. На мгновение замерев, он произнес:

— Малышка, прежде чем я тебя освобожу, пообещай мне, что не будешь делать глупостей. Не станешь снова убегать, не начнешь со мной бороться.

Лена просто ответила:

— А ты пообещай, что не убьешь меня!

Стасик нервно рассмеялся и заявил:

— Да за кого ты меня принимаешь? Если бы я хотел тебя убить, то давно бы это уже сделал! Я ведь специально зарядил ружье холостыми патронами, чтобы создать впечатление, что убиваю тебя!

— А там тоже были холостые? — спросила Лена, указывая подбородком на открытые двери фургона. С улицы не доносилось ни единого звука, и это было кошмарнее всего.

Стасик подобрал ключ от наручников и вздохнул:

— Малышка, так было надо. Потому что или они нас, или мы их.

Лена не стала его поправлять — ведь не было никакого «мы». Парень, похоже, придерживался иного мнения.

— Значит, ты их убил? — спросила Елена, и Стасик, присев около нее, прошептал:

— Да, но ведь все только ради тебя! Ради тебя, малышка! Потому что я безумно тебя люблю!

Он попытался ее поцеловать. Лена отвернулась — что за идиотская идея! Заниматься телячьими нежностями с человеком, который убил только что двух других, пусть и мерзких, типов!

Но Стасик схватил ее и стал целовать — властно, жестоко, нахраписто. Насытившись, он сказал:

— Лена, так ты мне обещаешь, что будешь вести себя разумно? Все гораздо сложнее и хуже, чем ты себе представляешь.

Елена не сомневалась, что Стасик не обманывает ее. Значит, она попала в настоящий переплет! А ведь ей оставалось только одно: вырваться на свободу, добраться до ближайшего населенного пункта, связаться с Москвой — и вернуться к прежней жизни.

К той самой жизни, которую она временами ненавидела и от которой так хотела отказаться. Однако, побывав в раю, она убедилась, что он ничем не лучше ада.

— Так да или нет? — заявил Стасик, и в его голосе послышались командирские, нетерпеливые нотки. — Малышка, ты ведь рискуешь не только своей жизнью, но и моей!

Ага, как он заговорил! Лена внутренне усмехнулась: как быстро из изнеженного метросексуала получился брутальный подонок?

Или он всегда таким был, а она просто не замечала?

Лена понимала: сопротивляться не имеет смысла, потому что она была заложницей Стасика и у него был весьма весомый аргумент — ружье.

Он, похоже, действительно любил ее или, во всяком случае, был без ума от ее тела. С одной стороны, это льстило, с другой — пугало. На этом можно было сыграть. А Стасик был ей необходим, Лена в этом не сомневалась.

— Да! — ответила она еле слышно, и Стасик склонился над ней. Она уловила тонкий запах его парфюма. Ей стало страшно: она занималась любовью с этим человеком, не подозревая, что Стасик — предатель и убийца.

Причем — Елена была в этом уверена — убийцей он стал не две минуты назад, когда пристрелил Тахтахарова и медсестру, а намного раньше. Судя по всему, это был не первый его опыт в подобных делах.

— Ну вот и отлично! — прошелестел Стасик и снова поцеловал ее. Потом осторожно отстегнул наручники и помог Лене подняться на ноги.

Она схватилась за металлическую балку, чувствуя, что по ноге побежали мурашки. Но не только поэтому она схватилась за кусок железа — а еще и потому, что не хотелось держаться за руку Стасика.

Он же привлек ее к себе, взъерошил волосы, поцеловал в лоб и сказал:

— Малышка, ты можешь на меня положиться! Я никогда не дам тебя в обиду, ты слышишь, никогда!

Лена не сопротивлялась, так как все равно это не привело бы ни к чему хорошему. Стасик вышел из фургона, Лена последовала за ним.

Они находились где-то в лесу. Лена неловко повернулась, налетела на что-то и поняла, что это тело медсестры.

Она не играла роль мертвой, она в самом деле была мертва. Лена заметила огромное кровавое пятно у нее на груди, выпученные глаза, неестественно вывернутые конечности.

— Тахтахаров лежит там! — заявил Стасик, указывая на чащобу. — Пошел вместе со мной осматривать могилу для тебя, а в итоге сам же в ней и приземлился!

Он усмехнулся, а потом, подойдя к медсестре, схватил ее за ноги и заметил:

— От нее тоже надо избавиться. Места здесь безлюдные, но нежелательно, чтобы их так быстро нашли. Ты мне поможешь?

Лена склонилась над телом, взяла покойницу за руки и потащила ее туда, куда указывал Стасик. Под ногами хрустели ветки, что-то чавкало. Лене не было страшно, только ужасно противно и как-то тоскливо на душе.

Они оказались около небольшого углубления, скорее всего вымоины после дождей, в которой покоился, лицом вниз, Тахтахаров. Лена отпустила руку покойницы и заметила, что на пальце у той сверкнул ее собственный перстень.

Ей не хотелось терять украшение, но снимать его с трупа хотелось еще меньше. Стасик, затащивший тело в яму, обшарил его, вытащил фонарик, ключи зажигания, портмоне и присвистнул, увидев перстень.

— Малышка, это же твой, не так ли? Эта тварь что, попыталась тебя обобрать?

Он пнул медсестру, а Лена отвернулась. Вся ненависть к людям, похитившим ее, испарилась без следа. А Стасик, тот самый Стасик, которого она любила и с которым так хорошо было заниматься любовью...

В кого он превратился? В кровожадного монстра! Впрочем, именно этот монстр спас ее от неминуемой смерти...

Выпрыгнув из ямы, Стасик протянул Лене перстень и сказал:

— Я же знаю, как ты им дорожишь. Позволь, я сам надену его тебе на палец!

Сцена была более чем невероятная — Стасик напяливал ей драгоценный перстень в полуметре от ямы, на дне которой покоились два трупа. Лена старалась не думать об абсурдности происходящего, надеясь только на то, что эта ночь рано или поздно закончится.

Когда перстень вернулся на прежнее место, Стасик нежно поцеловал каждый из пяти пальцев на руке Лены и заметил:

— Ты отлично держишься, малышка! Для своего первого раза, так сказать! Меня в первый раз, честно скажу, выворачивало наизнанку...

Он вел речь явно не о сексе — он имел в виду убийства! Лена была права: Стасику уже приходилось убивать и до этого. Так кто же он, в конце концов?

— Теперь надо забросать их валежником. Хотя нет, лучше закопать. Потому что иначе дикие звери могут вытащить тела наружу. А нам огласка не нужна. Лопаты, насколько я помню, имеются в фургоне. Ты ведь мне поможешь?

Они вдвоем забрасывали яму землей. Лена же думала о том, что вновь стала свидетельницей убийства — как тогда, много лет назад, в школе, когда отчим Борис Егорович напал на классную...

Но тогда она хотя бы ему не ассистировала. А здесь она была помощницей убийцы!

Наконец Стасик сказал, что достаточно, и стал утрамбовывать землю, которая укрывала теперь могилу двух человек. Затем он натаскал валежника и замаскировал им свежую землю.

Лена стояла в стороне и безучастно наблюдала за происходящим. И не потому, что устала или боялась, просто она ужасалась самой себе. Она выжила, а те, кто хотел убить ее, умерли. Впрочем, стоило ли жаловаться — неужели она предпочла бы иной вариант?

Стасик осмотрел готовую могилу и остался доволен. Потом подошел к Лене и поцеловал ее в губы.

— Вижу, что тебе не по себе. Еще бы, у тебя на уме тысячи вопросов! И я на все отвечу, однако теперь нам пора в путь!

В этот момент затрезвонил мобильный — это был телефон убитого доктора. Стасик взглянул на экран, усмехнулся и сказал:

— Ага, они, похоже, беспокоятся. Однако операция уже началась, уже началась...

Он уселся за руль фургона, а Лена расположилась на соседнем сиденье. Они вырулили из леса, оказались на шоссе. Стасик покатил куда-то по безлюдному шоссе.

— Возвращаться к дому около озера теперь нельзя, потому что они знают об этом убежище. Поедем в Питер!

Лена не задавала вопросов, хотя ее занимало то, кого же имеет в виду Стасик, ведя речь о «них». Пока что ей требовалось одно — выбраться из этого мрачного места. А потом она намеревалась сбежать и вернуться к прежней жизни.

Хотя какое-то чувство подсказывало ей, что возвращения к прежней жизни не будет.

Они выбрались с проселочного шоссе на федеральную трассу и, влившись в поток машин, направились в сторону Северной столицы. Несмотря на все переживания, Лена вдруг почувствовала ужасную усталость и даже задремала.

Когда она открыла глаза, светило солнце — уже рассвело. Лена отметила, что ее голова покоится на плече Стасика, и инстинктивно отодвинулась от молодого человека. Тот приветливо взглянул на нее и произнес:

— Малышка, доброе утро! Ты, наверное, проголодалась?

И кто бы мог сказать, что этот участливый и добрый молодой тип — жестокий убийца? Лена только кивнула, и Стасик ответил с некоторой досадой:

— Кстати, ты могла бы быть и поразговорчивее. Я ведь тебе жизнь спас, ты разве забыла?

— Нет, не забыла, — ответила Елена, — конечно, не забыла. Я очень тебе признательна!

Стасик улыбнулся и чмокнул ее в щеку. А Лена подумала о том, что не забудет она и другое: то, что он убил двух человек. Это только в фильме главный герой укладывает наповал злодеев, после чего предается безудержному сексу с главной героиней, и у них начинается новая, прекрасная жизнь, в далекой стране и с чемоданом денег.

Она никогда не забудет, что Стасик — убийца. Она не верила ему, что он убил, дабы спасти ее. Он мог бы взять Тахтахарова и его помощницу в заложники, связать их, оглушить, но предпочел хладнокровно застрелить.

— Ну вот и отлично! — пропел Стасик и кивнул головой. — Через два километра будет отличная закусочная. Подкрепимся — и поедем в Питер!

Стасик не обманул: закусочная была грязноватая и шумная, однако там подавали изумительную жареную картошку и чудные отбивные. Или ей просто все казалось таким вкусным после ночи, полной ужасных приключений?

Закончив есть, Стасик сказал:

— Ну, мне надо отлучиться по одному важному делу. Выходи через пять минут через черный вход, он со стороны кухни...

Молодой человек встал и выскользнул наружу. Лена поднялась и направилась в туалет. Она долго терла руки, смотря на себя в потрескавшееся зеркало, а потом подумала, что может обратиться за помощью к посетителям закусочной. Или, более того, воспользоваться их телефоном и позвонить...

Только кому она могла позвонить? Сергею? Марине и Максиму? Виктору Павловичу?

Но ведь никому из них она не доверяла. Зато доверяла Стасику — и тот оказался... убийцей и предателем!

В туалет зашла молодая девица, которая, положив сумочку на рукомойник, скрылась в кабинке. Елена осторожно взглянула на сумочку — потрепанная, явный ширпотреб. Однако на раздумья времени не было — она быстро вынула из нее кошелек и мобильный телефон и вышла из туалета.

Пять минут, отведенные ей Стасиком, миновали. Лена взглянула на коридор, который, извиваясь, вел к покрашенной красной краской двери — это и был запасный выход. Ей требовалось идти именно туда...

Потом она посмотрела на другой вход, центральный. Что, если направиться туда, поймать попутку или попросить одного из дальнобойщиков взять ее с собой?

Лена взглянула на мобильный и решилась. Она позвонит Сергею — он наверняка беспокоится — и попросит забрать ее. Быть может, она делала ошибку, однако не намеревалась оставаться со Стасиком!

Елена стала набирать номер и поняла, что не знает наизусть номер Сергея. Внезапно ее взгляд упал на телевизор, висевший в углу и беззвучно демонстрировавший выпуск новостей.

Лена уставилась на экран, не веря своим глазам. Она увидела там... *себя*!

Да, это была *она*. Только шли не кадры хроники, а последние известия. Она, Елена Наместникова, пожимала руку породистому мужчине в темном костюме.

Этот тип был знаком Лене — глава того назойливого немецкого инвестиционного фонда, который пытался перекупить у нее ряд фирм. С этим субъектом она еще ни разу в жизни не встречалась, только говорила по телефону и по Интернету.

Дата в титрах подтверждала: то, что демонстрировалось в новостях, имело место вчера вечером!

Но ведь вчера вечером она сначала занималась любовью со Стасиком, потом убегала от него, а затем очутилась в руках других преследователей! И она уж точно никак не могла быть вчера в Гамбурге для подписания «контракта века», как гласила бегущая строка.

Стоявшая за стойкой полная женщина переключила телевизор на другой канал, потому что один из клиентов, бородач в кожаной тужурке, громогласно потребовал спортивных новостей. На экране возникли кадры футбольного матча, а Лена подошла к женщине и попросила вернуть предыдущий канал.

— Красотка, а ты меня за это поцелуешь? — осведомился бородач, и Лена, указав на него, сказала:

— Джентльмену за мой счет пива!

Бородач хохотнул, женщина за стойкой переключила телевизор на новостной канал, однако там шли биржевые сводки. Тогда Лена схватила похищенный мобильный. Она вышла с него в Интернет и задала в поиске «Продажа. Холдинг. Елена Наместникова».

Так и есть, Интернет пестрел сообщениями о том, что Елена Наместникова продала свой холдинг немецкому инвестиционному фонду — сделка была заключена накануне в Гамбурге.

С фотографий на Елену смотрело собственное лицо — да, она была в Гамбурге. Да, она подписала контракт, Да, она продала холдинг.

Только все дело в том, что она не могла быть в Гамбурге. И не могла продать холдинг. И уж точно не могла подписать контракта! Но тем не менее она это сделала!

Автоматически Елена отметила, что у двойника не было на руке перстня — того самого, который украшал сейчас ее палец. Но в остальном сходство было поразительное. Впрочем, это было даже не сходство. Это не была резиновая маска или удачная гримировка. Это было ее лицо, ее походка, ее взгляд. Даже одежда была ее. Это была она.

Но если это — она, то кем являлась женщина, которая находилась сейчас в безымянной закусочной где-то на полпути от Петрозаводска до Петербурга? Кто из них и чьим двойником был? И откуда он вообще взялся, этот двойник?

Елена вспомнила сцену в клинике доктора Тахтахарова — она сама, лежащая на каталке... Да, ведь там тоже был двойник, но этот двойник умер мучительной смертью у нее на глазах! Так откуда же взялся второй?

В этот момент из туалета выскочила растрепанная особа, та самая, что оставила сумочку на рукомойнике. Она с воем кинулась к стойке:

— Обокрали! Прямо здесь и обокрали! Что у вас за заведение такое!

Сие замечание явно не понравилось хозяйке, которая, приняв боевую стойку, принялась отражать словесную атаку посетительницы. Елена поняла, что надо уходить — оказаться в роли изобличенной воровки ее вовсе не прельщало.

Она оказалась в коридоре и взглянула на центральный выход, потом — на красную дверь в противоположном конце коридора. Ведь если она сейчас в Гамбурге, то кто поверит, что она и является подлинной Еленой Наместниковой?

И поверит ли в это Сергей? А может быть, он вообще причастен к подмене?

Женщина вспомнила то, о чем вел речь Стасик. Он говорил о какой-то операции. И о том, что она началась...

Поэтому она решительным шагом направилась к запасному выходу. Она толкнула дверь и оказалась в торце здания. Она заметила стоявшую неподалеку неприметную темную машину. Дверь открылась, и она узрела за рулем транспортного средства Стасика.

— Малышка, я же сказал — через пять минут, а не через десять! — заявил он. — Ну, живее, нам пора уносить ноги!

Лена скользнула на сиденье, дверь захлопнулась, и Стасик нажал на газ. Она заметила, что молодой человек посматривает на нее в зеркало заднего вида.

— На тебе лица нет! — сказал он. — Все в порядке?

Что за вопрос! Все было в порядке — за исключением того, что она находилась в компании убийцы, который только что угнал автомобиль. И что она сама продала свой холдинг немцам — причем сделал это за нее ее двойник!

— А нас не тормознут на ближайшем посту? — спросила Лена, желая сменить тему. — Ведь владелец наверняка поднимет тревогу...

Стасик усмехнулся и сказал:

— Ну, не думаю, что он поднимет тревогу...

Лене не понравился его тон, однако она не стала донимать Стасика вопросами. Вряд ли спутник стал бы подвергать себя опасности. Скорее всего он разрешил вопрос так, что проблем не предвиделось.

Лена попыталась сосредоточиться, но не получилось. Стасик включил радио, и первое, что до нее донеслось, были слова диктора, читавшего новости:

«...произошло даже для бывалых экспертов в области экономики совершенно неожиданно. Напомню, что Елена Наместникова, подписавшая вчера вечером в Гамбурге контракт по продаже своего холдинга, считается самой богатой женщиной России...»

Стасик быстро переключил на какой-то музыкальный канал, полились звуки рэпа. А Лена заявила:

— Верни обратно!

Стасик качнул головой и заметил:

— Терпеть не могу новостей!

— Я же сказала — верни обратно! — заявила Елена, а затем сама нажала на кнопку.

«...причем сумма контракта является коммерческой тайной. Вопрос о том, чем она намерена заниматься после того, как в конце текущего месяца отойдет от дел, самая богатая женщина России никак не прокомментировала. К другим новостям...»

Лена сама выключила радио и взглянула на Стасика. Он усмехнулся и заметил:

— Ты ждешь объяснений, ведь так?

— Вот именно! — требовательно сказала она, и молодой человек ответил:

— Ты их получишь. Но всему свое время! Подожди, пока не приедем в Питер!

В Северной столице они остановились в высотном доме на окраине. Автомобиль Стасик припарковал за несколько кварталов от него, а сам побежал в расположенный рядом супермаркет, чтобы купить продуктов.

Лена осталась около автомобиля. Она знала, что уже не попытается бежать, потому что это было, похоже, бессмысленно. Она увидела возвращавшегося из супермаркета Стасика с несколькими целлофановыми пакетами. Один из них вдруг порвался, и содержимое полетело на землю.

Женщина открыла багажник, думая, что найдет там пакет или сумку, а вместо этого заметила скрюченное, уже закоченевшее тело тщедушного мужчины. Судя по всему, у него была свернута шея.

Она с такой силой захлопнула багажник, что даже пальцы заныли. А подошедший к ней Стасик с очаровательной улыбкой произнес:

— Ну, не всегда следует заглядывать в багажник, малышка, особенно когда тебя об этом не просят. Ты же спрашивала, не поднимет ли владелец шум. Теперь сама видишь, что не поднимет. Во всяком случае, пока его самого не найдут!

Она помогла разложить продукты по оставшимся пакетам, а затем они вместе направились к многоэтажке. Квартира располагалась на последнем этаже — трехкомнатная, обставленная весьма безвкусно. Лена понятия не имела, кому она принадлежала. Не исключено, человеку, который покоится где-нибудь в лесу, на дне озера или разослан по частям в посылках в разные уголки страны.

— Ты, наверное, хочешь принять душ? — спросил заботливо Стасик, показывая ей ванную. — А я пока приготовлю что-нибудь на скорую руку.

Оказавшись под тугими струями, Лена принялась тереть кожу — как когда-то, в детстве, после «наказаний» отчима. Внезапно дверь открылась, на пороге возник Стасик. Он подошел к Лене и спросил:

— Ты ведь хочешь, чтобы я принял душ вместе с тобой?

Лена не хотела, но Стасика это не остановило. Он залез в ванну, потом прижал ее к выложенной желтой плиткой стене. Он был груб и безжалостен. Лена ударила его по лицу, причем попала перстнем по губе, да так, что по подбородку Стасика заструилась кровь.

— Извини, я не хотел! — заявил он, пытаясь прижать к себе Елену. — Просто ты должна знать, что я тебя ужасно люблю...

Выпрыгнув из ванны и завернувшись в полотенце, Лена ответила:

— Поэтому захотел изнасиловать меня?

— Нет, что ты, малышка, ни о каком насилии не может быть и речи! Я ведь думал, что ты играешь со мной...

Отчим, наверное, тоже думал, что она играла с ним. И почему мужчины все такие скоты?

Елена вышла из ванной и направилась в кухню. Из духовки доносился чудный аромат запеченной курицы. Готовить Стасик умел — этого было у него не отнять.

Появившись в кухне с виноватой улыбкой, молодой человек принялся нарезать салат. Следя за тем, как лихо он орудует ножом, измельчая огурцы, редиску и помидоры, Елена размышляла о том, что многие убийцы — весьма привлекательные и очаровательные люди. Но почему именно ей выпало заполучить Стасика в любовники?

Поздний обед — или ранний ужин — был восхитителен. Однако Лена к еде почти не притронулась, как, впрочем, и к вину. Заметив это, Стасик сказал:

— Тебе что, не здоровится?

Лена отодвинула бокал, на дне которого плескалось неплохое белое вино, и сказала:

— Я не задаю тебе вопросов о твоем прошлом. Я не задаю вопросов о твоей истинной профессии.

Однако разреши тебе напомнить, что мы уже в Питере. И ты обещал мне все рассказать!

Стасик вздохнул, поднялся с табуретки и подошел к окну, за которым сгущались сентябрьские сумерки.

— Для начала ты должна знать, малышка, что я тебя люблю. И что все, что я сделал, я сделал ради тебя! Я ведь очень многим рисковал!

Он вопросительно взглянул на нее, и Лена произнесла то, что он ожидал услышать:

— Я тебе очень за это признательна!

— Ты ведь любишь меня, малышка? — спросил Стасик, и Лена быстро произнесла:

— Да, очень...

Успокоившись, он повернулся к окну лицом и произнес:

— Итак, с чего же начать... Например, с того, что меня наняли для того, чтобы я стал твоим другом.

— Кто? — спросила Лена, и Стасик ответил:

— Тот, кого ты знаешь как доктора Тахтахарова. Хотя у него другое имя. Но он — только посредник. Причем даже сам Тахтахаров общался не с истинным заказчиком, а опять же с посредником. Кто стоит за всей операцией, я не знаю...

— Что это за операция? — спросила Елена, а Стасик сказал:

— Деталей я, естественно, не знаю. От меня требовалось ублажать тебя, завоевать твое доверие, а потом...

Он смолк на мгновение и добавил:

— А затем ликвидировать. Но только тогда, когда мне дадут приказание. И вот на днях я его получил. Для этого была организована поездка в Карелию...

Лена молчала. Стасик повернулся к ней и с жаром произнес:

— Но я тебя не убил, потому что люблю тебя, малышка!

Лена не верила ему. Стасик был типичнейшим социопатом. Убить человека для него было так же нормально, как приготовить в духовке аппетитную курицу.

— Однако мне удалось кое-что разузнать... Потому что Тахтахаров был болтливым... Да и я сам провел кое-какое расследование, а потом, когда «Великого Оракула» подключили...

Лена перебила его трескотню.

— «Великий Оракул»? Какое он имеет ко всему этому отношение?

Стасик заметил:

— Мне было велено заинтересовать тебя этой программой предсказаний — программой, которая выдавала якобы точные прогнозы на будущее. Не знаю, как они это делали, думаю, просто собирали из разных источников информацию о тебе. Потому что программа была создана только для тебя и использовалась только тобой!

Лене стало ясно, как «Великому Оракулу» удалось заморочить ей голову. Убедившись в его могуществе, она старалась делать так, как он ей советовал, — и таким образом те, кто стоял за всем этим, манипулировали ее решениями!

— Но дело не только в решениях по бизнесу. Ведь если бы «Великий Оракул» выдал тебе предсказание типа «Продайте немедленно все немцам» или «Не покупайте фирму, на которую положили глаз», то ты бы поняла, что это развод. Они влияли на твои решения, но весьма опосредованно. Дело отчасти в другом...

Он снова замолчал и добавил:

— Ты ведь помнишь, что требовалось ввести в программу, чтобы «Великий Оракул» выдавал предсказания?

— Дату, время и место рождения... Любимое число, цвет, драгоценный камень... Любимый фильм, любимую книгу, цвет глаз... Рост, цвет волос, отпечатки ладоней... — перечисляла, припоминая, Елена и вдруг замерла.

— Отпечатки ладоней... — повторила она, и Стасик понимающе кивнул:

— Ну да, в этом все и дело! Все остальное — мишура, прикрытие, маскировка. Им были нужны отпечатки твоих ладоней и пальцев! Я сам до этого додумался!

Ну конечно же, отпечатки пальцев! Как же просто и изящно все это произошло! Стасик взял у нее отпечатки пальцев, мотивируя тем, что это требуется для «Великого Оракула». И она поверила этому!

Потому что хотела поверить. Потому что представить себе не могла, что Стасик ее обманывает. Потому что была влюблена в него, как последняя идиотка.

— Зачем требовались отпечатки? — спросила Елена, а молодой человек осклабился:

— Ну, этим я особенно не интересовался. Мне было приказано их добыть, и я сделал это.

Отпечатки... Ну конечно же! Ведь допуск в некоторые секретные лаборатории осуществлялся именно при помощи отпечатка ладони — руку требовалось приложить к особому сканеру. Как, впрочем, и к системе, при помощи которой можно было переводить деньги со счетов холдинга. И с ее личных счетов.

— Так какое отношение ко всему этому имеет мой двойник? — спросила Елена. — И откуда он взялся?

Стасик снова подошел к окну и ответил:

— Об этом можно только догадываться... Потому что никто, как ты понимаешь, малышка, в детали операции меня не посвящал. Однако, как я понял, была задумана рокировка — ты исчезаешь, а вместо тебя возникает двойник. Причем двойник идеальный — не актриса, играющая твою роль, и не кто-то, загримированный под тебя и натянувший особую резиновую маску. Нет, это биологический двойник! И никто и не подозревает, что произошла подмена! Ведь для всех ты никуда не исчезала! Ты по-прежнему руководишь холдингом!

— Теперь, судя по всему, уже нет! — произнесла Елена. Что же, цель рокировки ей стала более-менее понятна. Однако кто стоит за этой операцией?

Подозреваемых было не так уж и много. Взять, к примеру, ее собственных детей, Марину и Максима. Увы, они унаследовали самое худшее от нее самой и от своего биологического отца, Вадима. Марина была интриганкой и убийцей, готовой идти по трупам ради достижения своих корыстных целей. А Максим был безвольным и избалованным мальчишкой, который не понимал ценности человеческой жизни.

Ведь она собиралась перекупить через подставных лиц империю своей дочери, а ее саму отослать за границу и изолировать от общества, во всяком случае, на какое-то время, передав под надзор опытных психологов.

Узнай о ее планах дочь, она, конечно же, решила бы предпринять решительные действия. И самым действенным было бы исчезновение матери или ее подмена двойником — безвольной марионеткой.

Была ли Марина способна на это? Лена отлично знала свою дочь и пришла к неутешительному выводу: да, могла.

А вот ее сын Максим... Он совершил убийство — и совершенно в этом не раскаивался. Более того, считал, что не произошло ничего ужасного. Он ведь только развлекался, да и погибла «обычная смертная». Себя же ее отпрыск причислял к касте великих мира сего. Еще бы, ведь его мать была миллиардершей, а он — ее наследником...

Максиму тоже надлежало отправиться за рубеж, в клинику для лечения от наркозависимости особого, крайне строгого, режима. Значит, у него тоже был мотив осуществить подобную рокировку. Только вряд ли Максим был сам в состоянии разработать и, что важнее, осуществить столь изощренный план.

Однако у него имелась хитрая и расчетливая сестра. И Марина с Максимом, объединив усилия, вполне могли бы позаботиться о том, чтобы они, и только они, сделались владельцами холдинга, который им не требовался и который они бы тотчас продали по сходной цене. Впрочем, не исключено, что Марина мечтала занять ее место, и это, конечно же, тоже было мотивом...

Другой подозреваемой была, вне всяких сомнений, ее старая подруга Азиза. То, что Азиза затаила злобу и прикладывала все усилия, чтобы подмять под себя ее холдинг, было очевидно. Однако, как бы конкурентка ни старалась, осуществить это ей пока не удалось.

Но Азизе требовался не только холдинг Елены, ей требовалась ее душа. А заполучить ее она могла только в одном случае: если бы Елена стала работать на нее. Такое представить себе было невозможно, Елена бы никогда, ни при каких условиях не согласилась бы на это.

Единственной возможностью достичь цели было создать *другую* Елену. Да, ту, что подчинялась бы приказам Азизы и исполняла ее злую волю. Тогда бы осуществилась давнишняя мечта ее лучшей подруги, тогда бы та одержала небывалый триумф — и завладела всем, что сопернице было некогда дорого.

Имелся еще и Сергей... Сергей, который некогда был правой рукой и любовником Азизы. Елене это было прекрасно известно, поэтому-то она и решила переманить его на свою сторону. Ведь она, не замечая этого, постепенно втянулась в войну с Азизой и стала использовать ее же методы.

Тогда Елена колебалась, не зная, правильно ли она поступает. Уж слишком легко получилось перевербовать Сергея — как будто... Как будто так и было задумано с самого начала, причем задумано не ею, а Азизой.

Он ведь тоже стал ее правой рукой и любовником. Не то чтобы она его любила, однако он был мил, очень мил... Да и она после смерти Кирилла была так одинока, а Сергей сумел ее утешить, не претендуя, впрочем, на роль мужа...

Но ведь могло статься, что Сергею наскучила роль марионетки Азизы и исполнителя ее воли, и он решил начать свою собственную игру, потому что хотел завладеть холдингом — он ведь частенько в последнее время намекал, что не против возглавить совет директоров.

Наконец, был еще и Виктор Павлович Еременко. Бывший чекист, разведчик и человек себе на уме, молчаливый и хитрый. Именно он отвечал за безопасность холдинга и за ее собственную безопасность. Однако — и Лена в этом не сомневалась — он считал себя способным на большее. Например, на то, чтобы самому управлять холдингом или хотя бы его частью.

Могло ведь так произойти, что Еременко стал работать на Азизу, подобно Сергею, выполнял ее приказания и поставлял информацию, однако потом понял, что выгоднее всего работать на самого себя, и начал собственную игру.

И самое важное — Еременко пришел в холдинг после того, как был застрелен Кирилл. Как будто... Как будто убийство мужа и требовалось для того, чтобы она занялась реформированием службы безопасности и поисками нового, компетентного и надежного, главы для нее.

А что — Елена всего лишь подумала об этом как о гипотетической возможности — если Еременко был причастен к смерти Кирилла? Ведь до того, как он стал работать на ее холдинг, он являлся главой небольшой охранной фирмы, и в его подчинении имелось два десятка бывших спецназовцев, которые были готовы ради него пойти на любое преступление. Это была его личная армия. И его личные киллеры.

Да, вполне могло быть, что Еременко и его люди убили тогда в Венеции Кирилла. Ведь о том, что она собирается устроить мужу сюрприз и улетит вместе с ним в Италию, знали всего несколько человек. Лена подумала о своей тогдашней секретарше — странно, но ведь она погибла в автокатастрофе спустя полгода. А глава службы безопасности — после того как она уволила его, он вроде бы спился и покончил жизнь самоубийством. Наконец, Юрий Петрович, единственный человек из ее прошлого, которому она доверяла и который работал на нее. Он ведь тоже умер — якобы от инфаркта, хотя, как намекал его лечащий врач, это наверняка было отравление...

Тут Лена подумала о том, что нельзя забывать и о немецком инвестиционном фонде, который теперь перекупил ее холдинг. Они ведь изначально желали заполучить фирмы, занимающиеся генетическими исследованиями, а именно это было сферой деятельности и профессиональных интересов Юрия Петровича.

Он ведь хотел поговорить с ней, подготовил досье, которое до нее не дошло и которое она не прочитала. И которое, вероятнее всего, было кем-то перехвачено. Если предположить, что Юрий Петрович выступал против сделки с немцами, то она сама скорее всего прислушалась бы к его мнению. Ведь эти немцы появились ниоткуда — инвестиционный фонд, который они представляли, был небольшим, малоизвестным, однако у них было очень много денег. Весь вопрос в том, кто стоял за этими немцами? И кто в действительности хотел перекупить генетический сектор ее холдинга?

Да, Юрию Петровичу наверняка стало что-то известно, нечто крайне важное, сенсационное и столь же опасное. И это было связано с немцами и их предложением. И каким-то образом это имело отношение и к исследованиям в области генетики... Ведь он побывал в Гамбурге, а едва вернулся из Германии — принялся за написание отчета.

Отчета, который так никогда и не дошел до нее. А вскоре Юрий Петрович умер. Нет, был убит...

Но почему она думает, что за всем этим скрывается только одна коварная сила? Или только один человек? Ведь немцы могут управляться кем-то из числа ее собственного окружения. Например, Азизой и Сергеем. Или Виктором Павловичем. Или даже Мариной и Максимом...

Да, она никому не могла доверять — абсолютно никому! И что ей в подобной ситуации надо было сделать?

Она взглянула на Стасика, стоявшего у окна и о чем-то размышлявшего. Он спас ей жизнь, убив при этом двух человек. Нет, не двух — трех, Елена вспомнила тело владельца угнанного автомобиля, которое лежало в багажнике его собственного транспортного средства. Причем эти убийства Стасик, милый мальчик, совершил с такой легкостью и безо всяких задних мыслей. И угрызений совести он никаких не испытывал. И сам признался, что это были его далеко не первые убийства.

Стасик... И как она могла сбросить его со счетов?! Она ведь считала его приятным попутчиком, мускулистым красавцем, не наделенным, впрочем, большим интеллектом. Интеллект ему не требовался — не ради этого она его, собственно, выбирала.

А ведь Стасик в итоге манипулировал ею все это время, а она этого не замечала. Она, мнившая себя такой умной и опытной! А Стасик обвел ее вокруг пальца, и она этого и не заметила.

Да, он, как и все, кто ее окружал, скрывался под маской, играя определенную роль. Ей удалось заглянуть под его маску, и она узрела там рыло кровожадного и алчного чудовища, способного ради достижения своих целей на все.

Только какие у Стасика были цели? И что за роль он играл? Сначала это была роль мальчика-красавчика, изнеженного любовника богатой дамы средних лет. Затем он превратился в безжалостного убийцу. Наконец, стал ее спасителем и рыцарем на белом коне, вернее, на темном автомобиле...

Елена не стала думать о том, что лежало в багажнике этого самого спасительного автомобиля. И это тоже было делом рук Стасика. Но ведь он и сейчас играл какую-то роль. Только играл ли он ее по вдохновению, по собственному сценарию — или даже в данный момент, изображая донкихота, подчинялся чьей-то злой воле? Но если да, то чьей именно?

— О чем ты думаешь, малышка? — спросил Стасик, поворачиваясь к ней лицом. Лена внимательно посмотрела на него — она бы многое дала, чтобы узнать, о чем думает ее любовник. Ее спаситель. И ее, не исключено, будущий убийца.

— О том, что я очень тебе благодарна за то, что ты сделал для меня, — произнесла Елена медленно. — Очень благодарна...

Стасик приблизился к ней, опустился на табуретку, на которой сидела Елена, накрыл ее ладони своими руками и проворковал:

— О, это пустяки, уверяю тебя, малышка! Потому что я не мог поступить по-другому...

Не мог? Лена запустила руку в его шелковистые светлые волосы. Как бы узнать, что за мысли скрываются у него в голове? Однако Елена была уверена: если у Стасика имелся план, то он рано или поздно презентует его ей. А в том, что у него был план, она не сомневалась.

Требовалось несколько форсировать события.

— Так о чем ты думаешь? — Стасик взглянул на нее своими пронзительно-серыми глазами, от которых ее раньше бросало в дрожь.

— Например, о том, что у меня появился двойник. Двойник, который от моего имени заключил сделку века. И продал немцам мой холдинг! — заявила Елена. — А также о том, как все это можно переиграть...

— Переиграть? — спросил Стасик, и в его глазах вспыхнул неподдельный интерес. Он поднялся и навис над Еленой. — Ты сказала, переиграть?

Краем глаза Лена заметила нож, лежавший около раковины. Если Стасик вдруг в очередной раз превратится в монстра, то она будет сопротивляться. Потому что от этого красавчика всего можно было ожидать...

— Да, именно переиграть. Потому что договор был подписан не мной, а моим двойником. Двойником, которого, конечно же, все принимают за меня. За исключением тех, кто знает правду...

Она замолчала и взглянула на Стасика. Тот отошел к раковине, встал к ней спиной, заслонив собой нож. Случайно или намеренно?

— И что ты намерена предпринять? — спросил Стасик, и Елена вздохнула. Ага. Он очень даже хочет узнать ее планы. Но зачем?

Ответ был один: чтобы убедиться в том, что ее планы не идут вразрез с его собственными.

Елена сделала вид, что размышляет, а потом начала импровизировать:

— Ну, ведь те, кто стоит за всей этой операцией, исходят из того, что я мертва, ведь так? И они не в курсе, что я жива. Соответственно, сейчас на свете существуют две Елены Наместниковы — официальная, облаченная в наряды от известных дизайнеров, ворочающая миллиардами и только что заключившая сделку века с немцами. И неофициальная, та, которой, собственно, не должно и быть, та самая, которая сидит перед тобой!

Лена заметила, что Стасик сдвинул брови, глаза у него сузились, а крылья тонкого носа затрепетали. Она достаточно изучила его, чтобы понять: любовник находится в большом волнении.

— Однако что, если неофициальная Елена Наместникова, то есть я, вдруг объявится и скажет всему миру, что она и есть официальная? Сначала мне никто не поверит, однако у меня имеется лучшее доказательство — мое лицо! Хотя лицо можно подделать при помощи современной пластической хирургии, это не проблема. Но есть еще и анализ ДНК! И он докажет, что я и есть Елена Наместникова. У меня ведь сохранились кое-какие связи... Например, важные лица в министерствах, администрации президента, на телевидении... Если я вдруг позвоню одному из них или даже нескольким, то они не откажут мне в просьбе!

Стасик нервно двинул головой и, откинув упавшую на лоб светлую прядь, заявил хрипло:

— Малышка, неужели ты не поняла, что это заговор? Что Елена Наместникова уже имеется — и это та Елена Наместникова, которую ты видела по телевизору. Та, которая подписала договор и продала холдинг. И никакой иной не существует. Ты ведешь речь об анализе ДНК... Однако с кем сравнивать? Например, взять ДНК твоих детей. Ты думаешь, что анализ покажет, что ты являешься их матерью? А вдруг он покажет, что и двойник — тоже их мать! Потому что это твоя абсолютная копия, даже на генетическом уровне!

Лена усмехнулась и ответила:

— Если станет известно, что имеются две Елены Наместниковы, то это произведет эффект разорвавшейся бомбы, и будет тщательное расследование с привлечением независимых экспертов из-за рубежа. Поверь, что я настаиваю именно на таком сценарии!

Стасик дернулся, и Лена поняла: то, что она говорила, никак не укладывалось в его схему. У него были совершенно иные на нее планы. Но какие?

— Предположим, что официальная Елена Наместникова — мой клон. О клонировании человека ведутся споры уже в течение многих лет, об этической стороне вопроса и его техническом осуществлении. Предположим, что кто-то, обходя все запреты и наплевав на мораль, занялся подобным и достиг поразительных успехов — сумел клонировать человека. А потом некто другой решил использовать это в своих целях, например, для извлечения максимальной прибыли. Одно дело — клонировать никому не нужных близнецов или, скажем, выращивать для смертельно больного человека новый орган, именно тот, который нужен ему для трансплантации, потому что свой собственный орган, на сто процентов идентичный, организм его не отторгнет. Это будет прорыв в медицине, небывалый, колоссальный прорыв!

Елена говорила так убедительно, что на мгновение и сама поверила в это. Но важнее всего, что поверил Стасик — он, бледный, отрешенный, стоял перед ней и глядел в пол, внимая ее словам.

— Однако можно ведь повернуть все иначе... Например, клонировать очень богатого человека — без его ведома, разумеется. Я не сильна в подобных вопросах, но ведь хватит образцов его ДНК — например, волоса, капли кровы или слюны... А затем гениальный ученый создает из этого современного гомункулуса, точнее, монстра Франкенштейна. И продает его за...

Она задумалась и назвала первую пришедшую в голову сумму.

— За миллиард долларов тем, кто желает избавиться от оригинала. И оригинал просто-напросто подменяется клоном. Клоном безвольным, полностью зависимым от своего создателя. И этот клон делает то, что нужно: продает холдинг, подписывает завещание, заключает сделку или, наоборот, отказывается от нее.

Она смолкла. Стасик, наконец взглянув на нее, произнес:

— Только не говори, что ты не знала...

— Что не знала? — спросила Елена, а Стасик пробормотал:

— Не знала, что затевается эта операция! Потому что... Потому что откуда тебе тогда известны все эти детали?

Елена внутренне возликовала: она-то просто говорила наобум, выдумывая несколько фантастическую историю, а оказалось, что угадала. Так оно и было на самом деле! Для нее это была выдумка, а в действительности — горькая правда... Правда, которая изменила ее жизнь!

— Я ничего не знала... — начала Елена, и Стасик, в глазах которого зажегся странный огонь, вдруг двинулся к ней. Лена заметила его скрюченные пальцы, странную улыбку...

Внезапно на пол что-то упало, и Лена заметила, что это был задетый Стасиком и свалившийся с раковины нож. Она хотела его поднять, но Стасик опередил ее. Он взял в руки нож, повертел его, однако не стал класть обратно.

— Малышка, только не говори мне, что ты ничего не знала! — повторил он несколько нервно.

Елена перевела дух и, стараясь не смотреть на нож, который держал в руках Стасик, ответила:

— До меня доходили кое-какие слухи... Но я не придавала им значения. Понимаю теперь, что зря. Потому что я считала все это «уткой», запущенной... Запущенной в оборот моими конкурентами...

Стасик успокоился, взглянул на нее и сказал:

— Я так и думал! Ну что же, тем лучше, что ты в курсе. Однако спешу тебя заверить: никто тебе не поверит. Да, никто не прислушается к твоему заявлению, что ты и есть подлинная Елена Наместникова. Потому что уж слишком большие деньги стоят на кону!

— Мои деньги! — заявила Елена, а Стасик прошептал:

— Твои, но не только твои, малышка! Конечно, ты самая богатая женщина России и все такое... Но речь идет не только о миллиардах, принадлежащих тебе, и о твоем холдинге. Речь идет о величайшем научном открытии. И о способе создания... Способе создания людей в лабораторных условиях!

Он придвинулся к Елене, а та вжалась в табуретку: лезвие ножа, который Стасик все еще держал в руке, поблескивало хищно и безжалостно.

— Ты думаешь, что те, к кому ты обратишься за помощью, тебе поверят? Даже если и поверят, то будут молчать. А если рискнут что-то предпринять, то умрут!

Он прав, поняла Елена. Умрут, как умерли все ненужные свидетели. Как умер Кирилл. Как умер Юрий Петрович.

— Это же масштабная операция, малышка! Да, она началась здесь, в России. Однако рано или поздно она затронет весь мир. К тому времени это будет уже другой мир!

— Мир двойников... — проронила Елена. — Мир биологических клонов...

Стасик навис над ней. А что, если он сейчас вонзит в нее нож?

— И пусть это звучит фантастически, но представь себе: места занимающих ключевые посты людей вдруг займут их клоны. Клоны, неотличимые от них. Клоны, идентичные оригиналам на генетическом уровне! И этими клонами можно управлять, как роботами! Внешне они — обычные здравомыслящие люди, однако стоит произнести кодовое слово или что-то в этом роде, и все, они становятся аналогом преданной собаки, выполняющей любое приказание хозяина! И эти люди — политики, военные, магнаты, олигархи...

Его лицо перекосилось, и Стасик вдруг заметил, что держит в руке нож. Швырнув его на стол, он произнес:

— Извини, малышка, я не хотел тебя пугать...

Он отошел обратно к мойке, а Лена осторожно посмотрела на нож, лежавший на покрытой крошками клеенчатой скатерти. Достаточно одного движения руки, чтобы схватить его. И это ее успокаивало.

— Хорошо, пусть так! — заявила она. — Однако клоны — это всего лишь биологические копии, не более. Это как с близнецами: они внешне выглядят одинаково, однако в действительности могут являться совершенно разными личностями. Так и с этими двойниками — да, вероятно, можно создать копии — мою, твою, американского президента или Билла Гейтса. Причем создать их по какой-то ускоренной схеме, так, чтобы вырастить за пару месяцев взрослого человека, неотличимого от оригинала. Но ведь это будет совершенно иной — в психологическом и эмоциональном плане — субъект! Копия будет только внешне выглядеть как оригинал, и только! Почему она должна выполнять приказания хозяев?

Елена знала, что надо заговорить Стасика, отвлечь его и завладеть ножом.

— Я не знаю, малышка... Но предполагаю, что и для этого существует какая-то особая технология. Ведь клонов на самом начальном уровне могут программировать так, что они повинуются своему хозяину. Ведь это — всего лишь биологические продукты, изделия из белка, роботы из плоти и крови. А у каждого робота имеется программа.

«А ведь он прав», — мелькнула у Лены мысль.

— А что касается воспоминаний, эмоций, привычек, поведения... Ведь все это в нашем мозгу тоже не более чем программы! Они отчасти определяются нашей ДНК, которая, к слову, тоже чрезвычайно комплексная программа. И, кто знает, быть может, они нашли возможность скачивать информацию и передавать ее от оригинала копии? Ты ведь слышала о скандале в московской клинике «Мнемозина»?

Лена медленно кивнула, припомнив события годичной давности[1]. Клиника была элитная, закрытая, предназначенная для богатых и очень богатых — там якобы помогали восстановить утраченную память

[1] Данные события изложены в романе А. Леонтьева «Путешествие в сны». Изд-во «Эксмо».

и излечиться от неврозов. Затем вскрылись какие-то махинации, ряд людей арестовали, но до процесса дело так и не дошло. Клинику закрыли, хотя, по слухам, ее перекупили другие инвесторы.

— Они занимались тем, что имплантировали воспоминания — поддельные вместо настоящих. Афера вскрылась, однако те, кто в действительности стоял за всем этим, сумели выйти сухими из воды. Да, непосредственные исполнители понесли наказание, поплатились своей жизнью, однако это были лишь мелкие сошки. А технологии остались и за прошедшее время были усовершенствованы!

Лена медленно произнесла:

— Ты хочешь сказать, что они разработали технологию, при помощи которой мои воспоминания, привычки и манеру поведения можно скопировать и имплантировать в мозг моему клону?

Стасик развел руками и заявил:

— Такое, во всяком случае, не исключено. Так что двойник — твой клон не только в биологическом, но и в психологическом плане, хотя бы частично! Так что любой, даже твой самый близкий друг или родственник, имея дело с клоном, подумает, что это ты!

— Но как они могли... — Елена запнулась. Стасик же понимающе кивнул.

— Заполучить твою ДНК? Ну, сама подумай — это же так просто! Подкупленная горничная, отдавшая им твой волос. Продажный врач, который передал им образцы твоей крови.

Да, он прав, тысячу раз прав!

— А что до скачивания твоей памяти... Мы ведь не в курсе, как все это в действительности происходит. Не думаю, что тебя сажают на некое подобие электрического стула и пускают через тебя сто тысяч вольт. Хотя, может, такое с тобой и сделали...

— Нет, исключено, я бы помнила! — начала Елена и замолчала.

Помнила... Но если они произвели манипуляции над ее памятью и стерли воспоминание о произведенной процедуре скачивания информации из ее мозга? «Они»... Таинственные они...

— Не думаю, что ты вспомнишь, когда и как это произошло, потому что они точно позаботились о том, чтобы ты этого не помнила, малышка. Надо искать не воспоминания, а временные отрезки, когда такое могло бы произойти...

Елена задумалась, чувствуя, что начинает дрожать. Как же мерзко знать, что кто-то копошился без твоего ведома не только в твоем теле, но и в твоей душе!

Она ведь ложилась в косметическую клинику на эту дурацкую подтяжку. Ей делали общий наркоз и во время операции могли скачать ее память. Или, к примеру, поездка в Австралию, на переговоры — она вдруг проснулась в номере отеля, не помня, как там оказалась и что происходило в последние часы. Это ведь тоже могло быть результатом произведенной манипуляции с ее памятью...

В Австралии с ней был Сергей, заверивший, что все было в порядке, и, не исключено, вравший ей. А на подтяжку ее уговорил лечь Стасик — не напрямую, а намеками, милыми замечаниями о прелестных морщинках на лбу и сексуальных «гусиных лапках». Решение она приняла сама, но подвигли ее к этому другие!

Если это произошло в клинике косметической хирургии, то Стасик был в курсе, хотя бы приблизительно, того, что ее там ожидало. Это-то и объясняло его нынешнюю осведомленность.

— Нет, решительно ничего не помню! — сказала Елена, а Стасик, как показалось, с некоторым облегчением произнес:

— Ну, и не надо себя терзать. Ты плохо выглядишь, тебе надо отдохнуть!

Уж что-что, а отдыхать Елена точно не собиралась. Стасик вызвался приготовить ей целебный чай, посоветовав пойти и прилечь. Женщина же вспомнила, как однажды он пытался напоить ее какой-то гадостью. Разве она могла доверять Стасику?

Правильно, не могла!

Он появился в спальне спустя четверть часа, держа на подносе большую чашку, над которой поднимался ароматный пар. Лена взяла чашку, однако отпивать из нее не спешила. Он уже один раз пытался накачать ее снотворным...

— Ну что же, разве ты не хочешь попробовать? — протянул несколько обиженным тоном Стасик, а Елена заметила:

— Горячий еще, пока подожду...

Стасик куда-то отлучился, а женщина, быстро осмотревшись, вылила половину содержимого чашки в стоявшую в углу кадку с засохшим фикусом. Когда Стасик вернулся, она приложила чашку к губам и сделала вид, что только что отхлебнула чая.

Он внимательно взглянул на Елену, а потом сказал:

— Малышка, конечно же, ты задаешься вопросом: что же делать дальше... Все очень просто: весь мир принадлежит нам — тебе и мне! Потому что ты ведь жива! И именно этим мы и возьмем людей, стоящих за всей операцией! Они заплатят любую сумму, лишь бы не было огласки...

Откинувшись на подушки, Елена подумала, что Стасику она нужна только для того, чтобы шантажировать преступников. Он спас ее и холит и лелеет не потому, что любит, а потому, что она может принести ему деньги! Очень большие деньги!

Елена потянулась, зевнула и сказала, что ее тянет в сон.

Стасик присел около нее, его рука легла ей на коленку.

— Да, отдохни... А потом мы отправимся в путь... Потому что здесь оставаться, конечно же, опасно. Надо только автомобиль новый раздобыть...

Значит, Стасик снова намерен убить кого-то? Отличная перспектива!

Лена сделала вид, что заснула, а Стасик посидел около нее, затем осторожно склонился и поцеловал. Женщина едва не вздрогнула от отвращения. Она услышала, как молодой человек прошептал:

— Малышка, ты принесешь мне много денег, очень много...

Конечно, все дело было именно в этом! Она принесет ему много денег, а потом станет ненужной. Он или сдаст ее на руки тем, кто затеял рокировку, или убьет...

Стасик удалился из комнаты, прикрыв за собой дверь. Елена открыла глаза и прислушалась. Выждав несколько минут, показавшихся ей целой вечностью, она осторожно поднялась с кровати, подошла к двери и выглянула в коридор. Стасик был в ванной.

Она выскользнула из комнаты, подошла к входной двери, повернула ручку и поняла, что та закрыта на замок. Ключи в двери не торчали. Елена проскользнула в кухню, затем заглянула в соседнюю комнату и заметила стоявшую на полу большую сумку. Она была наполовину забита вещами. Лена усмехнулась, заметив кучу дизайнерских трусов, без которых Стасик явно не мог жить. Среди них она увидела тускло поблескивавший пистолет, а также несколько пачек долларов, евро и рублей.

Стасик явно намеревался отправиться в путь и взять ее с собой. Однако никуда с ним переезжать Лена не планировала. Она схватила стоявший на продавленном диване рюкзак, кинула в него пачки денег, пистолет. Оглянулась, заметив на столике ключи от машины и другие ключи с идиотским брелком в виде Гомера Симпсона — явно от квартиры.

Перемещаться на автомобиле, в багажнике которого покоился труп, она не намеревалась. Поэтому Лена взяла ключ от квартиры и двинулась в коридор. Из ванной слышался звук льющейся воды — чистюля Стасик принимал душ.

Елена осторожно воткнула ключ в замочную скважину, попыталась повернуть его, но это не получилось. Ключ плотно сидел в замке, однако не двигался ни в одну, ни в другую сторону. Лена начала лихорадочно пробовать все прикрепленные к брелку ключи. Наконец четвертый не только подошел, но и свободно повернулся. Елена радостно вздохнула, взялась за ручку...

И услышала у себя под ухом знакомый голос:

— Малышка, и далеко ли ты собралась?

Не оборачиваясь, Лена попыталась распахнуть дверь, однако рука Стасика ударилась в обшивку, а затем он оттащил женщину в коридор. Лена стала отчаянно сопротивляться, но мокрый полуголый Стасик был сильнее ее. Он вырвал у нее рюкзак, прижал к стене и прошептал:

— Думала, что сумеешь обвести меня вокруг пальца дважды? Ничего подобного! Ты будешь делать то, что я тебе прикажу! Понятно! Иначе будет больно, очень больно! Ведь ты убедилась, что я могу быть и очень плохим мальчиком...

Он схватил ее за горло, впечатав в стену, а другая его рука принялась блуждать по телу. Лена застонала, а Стасик, нежно поцеловав ее, произнес:

— Малышка, я хочу тебя, здесь и сейчас, потому что борьба меня так возбудила...

И, не слушая ее протестов, Стасик принялся срывать с Елены одежду. Ужасные воспоминания всколыхнулись в ее памяти: отчим и она сама, беспомощная девочка, подвергаемая насилию...

Вдруг раздалась пронзительная трель. Стасик вздрогнул, а Елена поняла: кто-то звонил во входную дверь. Прикрыв Елене ладонью рот, Стасик заметил:

— Ни звука! Сделаем вид, что никого в квартире нет!

Но звонок повторился, а затем кто-то, находившийся в общем коридоре, забарабанил дверь. Раздался недовольный женский голос:

— Нет, это возмутительно! Я же знаю, что вы там! Вы меня заливаете, а открывать не желаете! Сейчас вызову полицию, пусть с вами разбирается!

— Полиция нам здесь точно не нужна! — заявил Стасик и, посмотрев на Лену, сказал:

— Стой здесь и не двигайся! Уйти все равно не получится. Выкинешь номер — придется убить соседку. Ее смерть будет исключительно на твоей совести.

И он, запустив руку в рюкзак, вытащил оттуда пистолет. Спрятав его за спиной, Стасик подошел к двери и посмотрел в глазок. Видимо, то, что он увидел, его успокоило. Он осторожно приоткрыл дверь. Из коридора донесся пронзительный голос:

— Ну вот, наконец-то! Молодой человек, вы знаете, что у нас по стояку вода течет? От вас! Чем вы там, извините за вопрос, занимаетесь? Живо отключите воду в квартире!

— Сделаем... Только перестаньте орать! — заявил грубовато Стасик, а соседка возмутилась:

— Нет, вы как со мной разговариваете, молодой человек?! И вообще, кто вы такой? Я вас раньше у нас в подъезде никогда не видела! И где, собственно, хозяйка?

Лена предположила, что хозяйка, возможно, лежит завернутая в полиэтилен в кладовке или закопана в палисаднике.

— Я ее друг. Воду отключу, не беспокойтесь! И вообще, у нас ничего не протекает!

Он захлопнул дверь, но соседка снова заголосила:

— Нет, это возмутительно! Я сейчас не только полицию вызову, но и мужа, а также его брата и своего брата тоже! Они вас научат почтительно с женщиной беседовать!

Появление полиции и разборки с родственниками соседки явно не входили в планы Стасика. Поэтому молодой человек раскрыл дверь и заметил:

— Ну, заходите! Убедитесь в том, что у нас ничего не течет!

Он качнул головой, посмотрев на Елену, и та заметила, что Стасик повернул пистолет, который держал за спиной. Он явно собирался убить назойливую соседку!

В коридор вступила женщина средних лет — неприметная, неброско одетая. Она уставилась на Стасика, вокруг бедер которого было обернуто полотенце. Бросила мимолетный взгляд на стоявшую у стены Елену и заверещала:

— Нет, только подумать: вы нас затапливаете уже в третий раз! В суд подадим обязательно! И не надейтесь, что передумаем!

— Сюда, сюда, в кухню! — заявил Стасик, подталкивая соседку в нужном направлении. — Там и поговорим...

— Да я не говорить сюда пришла! — возмущалась женщина. Стасик, закрыв дверь на замок, выдернул ключ и последовал за соседкой. Лена слышала ее возмущенное бормотание, а затем послышался хлопок, и голос смолк.

Она поняла: Стасик убил и ее. Елена похолодела, услышав шаги. Но вместо Стасика из кухни появилась соседка. В руке она держала пистолет с глушителем, который деловито засунула под куртку.

— Собирайтесь, поедете со мной! — произнесла она разительно отличавшимся от истеричного голоса соседки тоном.

— Вы кто? — спросила Елена, а «соседка» усмехнулась:

— Что в имени тебе моем? Пардон, мы, конечно, на «вы». Я шла по вашему следу из Карелии. Ну, хватит говорить! Или мне прострелить вам руку?

Говорила она буднично и спокойно, и Лена сразу поверила, что она без колебаний выстрелит в нее. Она увидела, как «соседка» вставила в замок ключ, который был, вообще-то, у Стасика. Дрожа, Лена подошла к двери и увидела ногу Стасика, лежавшего в кухне. Рядом растекалась лужа крови. Стасик не двигался.

«Соседка» убила его! И вовсе это не соседка, а киллерша, посланная для того, чтобы найти беглянку!

— Он умер? — спросила Елена, чувствуя, что сердце у нее защемило. Только тогда она обратила внимание, что руки киллерши затянуты в тонкие кожаные перчатки.

— Да. И вас убью, если будете вести себя слишком шумно. Сейчас спуститесь вниз и поедете со мной.

Лена подчинилась. В скрипящем лифте, который доставил их на первый этаж, они ни о чем не говорили. Елена думала об убитом Стасике — не то чтобы она его очень жалела... на совести у Стасика была масса людей... Но ей сделалось ужасно страшно за саму себя.

Она видела, что рука ее спутницы находится на поясе и может в любой момент скользнуть под куртку и спустить курок.

Внизу они столкнулись с несколькими соседями, с которыми киллерша вежливо поздоровалась. Затем она вывела Елену на улицу. Они обогнули дом, подошли к соседнему. Киллерша кивнула на южнокорейский автомобиль с тонированными стеклами.

— Садитесь на сиденье рядом со мной и пристегнитесь. Руки положите на колени. Учтите, реакция у меня отличная.

Лена сделала так, как ей было приказано. Она опустилась на сиденье, пристегнулась, положила руки на колени. Затем дверца открылась, и за руль уселась киллерша.

Автомобиль плавно тронулся с места, а Лена все думала об убитом Стасике. Вот так жизнь может закончиться — быстро, нелепо, неожиданно...

— Куда вы меня везете? — спросила Елена, а киллерша ответила:

— Не все ли равно? Вы пытались уйти, но вам не повезло — по вашему следу послали меня.

— Вы меня там убьете? — спросила Елена, а киллерша легко усмехнулась.

— Какая вам разница? Впрочем, пока можете расслабиться — мы отправимся сейчас в Москву. Там вас ждут. И больше никаких вопросов!

Лена думала о том, что в Москву они поедут явно не на автомобиле и не на поезде. Значит, на самолете. Так и есть: киллерша рулила куда-то за город, наверное, к военному или частному аэродрому, их поджидал небольшой самолет.

Или не собирались они ни в какую Москву, и киллерша, намереваясь убить и закопать ее где-нибудь в лесополосе, просто заговаривает зубы?

Лена закрыла глаза — значит, все кончено. Хотя почему она так думает? Она не намерена сдаваться!

Они неслись по трассе. Вечерело. Елена решилась. Она бросилась на киллершу и попыталась перехватить у нее руль. Та завизжала, отпихнула Елену, однако автомобиль занесло. Но и Елена не намеревалась сдаваться. Она ударила киллершу в лицо, та не осталась в долгу, нанеся Елене удар в солнечное сплетение. Но Елена, превозмогая боль, вцепилась в руль. Киллерша чертыхнулась, вытащила пистолет...

И в этот момент раздался пронзительный гудок. Лена поняла, что они вылетели на встречную полосу и прямо на них несется грузовик. Потом произошел сильнейший удар, и Лена потеряла сознание.

Она пришла в себя от того, что кто-то тормошил ее. Женщина повернула голову, чувствуя, что у нее ужасно болит шея. Она дотронулась до нее и вытащила небольшой кусок стекла, впившийся в кожу.

Автомобиль находился на обочине. Около Елены стоял полный тип, наверное, водитель грузовика — тот, перевернувшийся и все еще вращавший колесами, лежал, перегородив трассу.

Заметив, что она пришла в себя, водитель стал материться и крыть «дурных баб за рулем» на чем свет стоит.

Лена осторожно повернула голову и увидела придавленную подушкой безопасности киллершу, у которой изо рта стекала струйка крови. Особа была без сознания или мертва.

Елена пошевелила конечностями и поняла, что, за исключением нескольких порезов и синяков, не пострадала. А ведь все могло быть иначе! Но ведь только таким образом она смогла помешать планам похитительницы!

Водитель грузовика, говоря по мобильному с каким-то Геннадьевичем, объяснял, что с ним случилось. Лена заметила на заднем сиденье черную папку-портфель. Она схватила ее, а потом вытащила из-под куртки киллерши пистолет.

Выйдя из автомобиля, она увидела нескольких любопытных, спешивших к месту аварии. Водитель грузовика, заметив, что она намеревается уйти, прервал разговор и метнулся к ней со зверским выражением лица.

— Нет уж, красавица, никуда ты не уйдешь! Ты и твоя подружка ответите по всей строгости! Сейчас мой шеф, Геннадьевич, сюда со своими братками подвалит. Не завидую я вам, ой как не завидую!

Тут его взгляд упал на пистолет, который Лена все еще держала в руке. Лицо водителя посерело, он пискнул и попятился. Елена заметила:

— По поводу компенсации обратитесь к даме, которая находится за рулем. Хотя, кажется, она отдала Богу душу. Если нет, то не рекомендую обращаться с ней некорректно, потому что у нее убийственный темперамент. Мне пора!

Водитель, все еще пялясь на пистолет, позволил ей удалиться. Один из подоспевших зевак спросил, в чем дело. Лена, указав на водителя, заявила:

— Он во всем виноват. У него и спросите!

Она двинулась вперед и заметила стоявший на обочине автомобиль с приоткрытой дверцей. В салоне никого не было, а ключ торчал в замке зажигания. Водитель, вероятно, топтался на месте аварии.

Елена быстро уселась за руль, выехала на трассу — и была такова. Только потом беглянка почувствовала, что ее начинает бить легкая дрожь. Затем женщина принялась смеяться, но приказала себе успокоиться и стала размышлять.

Автомобиль она бросила уже в Питере. А затем на метро отправилась на Московский вокзал, где, заняв место в зале ожидания, приняла решение.

В метро она успела ознакомиться с содержимым портфеля. Там были два паспорта с фотографиями киллерши, но на разные имена, около семи тысяч евро и трехсот тысяч рублей в крупных купюрах, а также электронный органайзер.

Его Елена изучила особенно тщательно. Впрочем, имена всех, кто числился в записной книжке, ничего ей не говорили. Во многих случаях это были одна или две буквы, зачастую с цифрой. Последние два звонка поступили от некоего «Ф12». Наверное, это было кодовое обозначение клиента или, вероятнее, посредника.

Было и несколько эсэмэсок. Все они были короткие, состоявшие из нескольких слов, а то и вовсе из одного, наподобие: «Завершено». Или: «В пути». Или: «Проблема решена».

«Проблема решена» наверняка значило, что человек мертв.

Входящих сообщений было немного. Они были лаконичны, как и исходящие. Внимание Елены привлекла последняя. Ее содержание отличалось от текста других. Это была странная фраза: «Киты уходят в море».

Какое-то кодовое обозначение того, что груз отправляется морским путем? Или то, что кто-то пустился в свое последнее плавание по волнам океана вечности? Правильный ответ знала только киллерша, которая или была мертва, или находилась в тяжелом состоянии...

Елена изучала органайзер, как вдруг он ожил и завибрировал. Она увидела, что на дисплее возникло уже знакомое ей обозначение: «Ф12». Елена приняла звонок, однако в трубку ничего не сказала.

До нее донесся приглушенный мужской голос:

— Где вы сейчас? Объект взяли?

Объект — это ведь она сама!

Елена тихо ответила:

— Некоторые проблемы. Сегодня вылететь в Москву не получится.

— Очень плохо! — ответил собеседник. — Что за проблемы? Вы где?

— Не могу говорить. Перезвоню позже! — сказала Елена и отключилась.

Итак, ее намеревались отвезти в Москву. Но зачем? Все указывало, что возвращаться в столицу было верхом безумия. Но кто сказал, что это так?

В голове у нее вдруг родился план: надо вести себя так, как никто не ожидает...

Елена приблизилась к небоскребу, в котором располагалась штаб-квартира ее холдинга. Странно было передвигаться в деловом центре пешком — обычно ее всегда привозил шофер в лимузине. Однако эти времена, наверное, безвозвратно миновали...

С момента бегства от киллерши прошло два дня. Елена прибыла на перекладных в Москву. Она изменила внешность, надев парик и скрыв лицо при помощи косынки и темных очков.

Ответ на все могла дать только она сама — вернее, ее клон. Тот самый, который для всего мира был Еленой Наместниковой! Ведь только так, показав всему миру, что есть две Елены, она могла доказать, что являлась оригиналом, а не копией!

Елена знала, что проникнуть в штаб-квартиру холдинга через центральный вход невозможно — он отлично охранялся. Однако недаром она была здесь хозяйкой — или уже не была? Ведь имелись еще несколько других возможностей пройти в небоскреб, о которых мало кто знал...

Перед ее глазами вдруг появился знакомый автомобиль — ее собственный. Он затормозил перед центральным входом, и шофер, как всегда, почтительный и корректный, распахнул дверцу заднего сиденья.

Из лимузина появилась она сама — Елена Наместникова. Это было ее лицо с ее выражением, ее походка, ее тело. Даже одежда была ее — стильный бирюзовый костюм. Елена Наместникова № 2 двинулась к входу, цокая каблуками. Ее сопровождали четверо дюжих охранников. Раньше такого не наблюдалось. Но тогда холдингом управляла настоящая Елена Наместникова...

Проследив глазами за самой собой, вошедшей в просторный холл, Елена двинулась вдоль здания. Что же, судя по всему, никто не сомневается, что эта особа — она сама. Ведь сходство было поразительным!

Через десять минут Елена украдкой подошла к массивной двери, располагавшейся с обратной стороны здания. Как-то Виктор Павлович Еременко объяснял, что камера установлена не совсем оптимально, и если приблизиться к двери под особым углом, то на дисплее охранника, который вел наблюдение за всеми входами, мало что будет заметно.

Интересно, они уже устранили этот дефект?

С бьющимся сердцем Елена поднесла руку к кодовому замку. Она помнила семизначный код, однако ведь его регулярно меняли. Что, если это произошло за время ее отсутствия?

Она ввела код, но дверь не открылась, а на дисплее появилась надпись «Код неверный. У вас еще одна попытка. Введите правильную комбинацию в течение тридцати секунд...»

Если она этого не сделает, то служба безопасности получит уведомление, что кто-то пытался несанкционированно проникнуть в штаб-квартиру. И ничего хорошего это не сулило.

Елена ввела код, и вдруг поняла, что не помнит две последние цифры. 38 или все-таки 83?

А на дисплее менялись цифры. 7, 6, 5 секунд...

Она все же решила, что это было 83. Ввела в самый последний момент, нажала на «ОК». И вдруг поняла, что перепутала числа и вбила 93 вместо 83. Елена окаменела, понимая, что служба безопасности уже оповещена, и ей самое время попытаться уйти, если, конечно, получится.

Но в этот момент раздался щелчок, что означало: код верный, и дверь была разблокирована. Елена, ликуя, зашла в коридор.

Она проскользнула по нему, подошла к лифту, однако решила им не пользоваться, потому что в лифте имелись камеры. Значит, оставался только один путь — по лестнице.

Елена стала подниматься наверх. Она была уже на середине пути, как вдруг какая-то дверь распахнулась, и Елена заметила одну из служащих. Елена побежала по лестнице вверх, но позади раздался голос:

— Извините, но вы что здесь делаете?

В портфеле, том самом, что она изъяла у киллерши, находился пистолет. Однако она не намеревалась никого убивать — тем более собственных сотрудников, которые к тому же выполняют инструкции, обращая внимание на подозрительных посетителей, находящихся в той части здания, где посетителей по определению быть не могло.

Убегать, не отвечая, тоже было не самым умным решением. Елена, замерев, повернулась. Она заметила миловидную девицу, вопросительно смотревшую на нее.

И вдруг она вспомнила ее — конечно же, эта девушка иногда сидит внизу, в холле, на ресепшне. Только вот как ее зовут...

Девица же, явно насторожившись, требовательно произнесла:

— Покажите свое удостоверение посетителя, или мне придется проинформировать службу безопасности!

Ну конечно, Елена! Они были тезками! И именно ей она пыталась сказать комплимент в свой день рождения. Хотя, кажется, девушка тогда была не рада тому, что хозяйка решила с ней побеседовать!

Тезка потянулась к висевшей у нее на боку рации, а Наместникова, сняв очки и стащив с головы платок и парик, произнесла:

— Нет, Лена, я попросила бы вас с этим повременить...

Девица, открыв рот, уставилась на нее.

— Елена Григорьевна! — вымолвила она наконец. — Ой, извините! Я думала, что вы у себя... Собственно, вы ведь сейчас на совещании начальников отделов...

Не объяснять же бедняжке, что в совещании начальников отделов принимает участие другая Елена Наместникова.

— Лена, не волнуйтесь, все в порядке! — сказала она. — Что же касается этого маскарада, то так надо. Это — особая операция службы безопасности под моим непосредственным контролем. Речь идет о предателе среди топ-менеджеров холдинга!

Лена потрясенно взглянула на хозяйку, а потом произнесла:

— Конечно, конечно, Елена Григорьевна! Я все понимаю и никому ничего не скажу. Простите, рада бога, что помешала операции. Меня ведь не уволят?

Похоже, все, кто сталкивался с ней лично, боялись одного: как бы злая хозяйка не уволила!

— Вы, Лена, молодчина! — сказала Наместникова. — Однако прошу вас никому о нашей встрече не говорить.

Лена понимающе кивнула, а потом достала из внутреннего кармана пиджака карточку и протянула ее Елене.

— Вот, Елена Григорьевна, возьмите. Это удостоверение посетителя с доступом на все уровни. Как же вам его не дали...

Елена взяла карточку, поблагодарила сотрудницу и заметила:

— Лучше всего вам вернуться к своим обязанностям и забыть о нашей встрече. Кстати, Лена, вы — один из самых лучших сотрудников моего холдинга! Как только операция завершится, вы получите повышение и более чем значительную прибавку к зарплате!

Лена зарделась, а Елена, дождавшись, пока девица не скроется, перевела дух. Ей повезло, чертовски повезло. Если бы она напоролась на какого-нибудь охранника, в особенности работающего на новую хозяйку, ничем хорошим это бы не завершилось.

Все же молодчина эта Лена! Только вот получит ли она повышение и прибавку к зарплате, было еще далеко не ясно. Холдингом ведь управлял клон хозяйки!

Наместникова взглянула на электронную карточку, которую держала в руке. Зеленый доступ, что значило: при помощи нее можно открыть практически любые двери... Теперь она понимала, как попадет в свой кабинет.

Имелись два лифта, которыми в бытность владелицей холдинга она пользовалась. Один, с золочеными дверями, для нее и особо важных гостей — из холла на последний этаж. Но если она воспользуется им, то попадет в лапы к своей секретарше и референту. И к охранникам...

Имелся и другой лифт, которым она пользовалась не так уж часто, и о его существовании знали далеко не все. Это был лифт для экстренной эвакуации, он вел напрямую из ее кабинета в подземный гараж, пользоваться которым могла только она одна.

Что лучше всего — в лифте для экстренной эвакуации не было видеокамер!

Спустя двадцать минут, миновав несколько коридоров и проскользнув мимо ряда камер, Елена оказалась в подземном гараже для сотрудников. А из него, пользуясь электронной карточкой, перешла в сектор, где парковали автомобили топ-менеджеры.

Она приблизилась к стальным воротам, за которыми располагался ее личный подземный гараж. Открыть их при помощи удостоверения гостя было невозможно — требовалось ввести код.

Код Елена знала наизусть, и его, конечно, никто не подумал сменить. Ворота распахнулись, пропуская ее в личный сектор, а затем снова закрылись.

Елена подошла к лифту, нажала кнопку — и двери открылись. Затем он вознес ее наверх. Послышалось мелодичное треньканье, дверь распахнулась, и она оказалась в небольшом коридорчике, который был частью апартаментов, составлявших ее кабинет.

Елена вышла из лифта и приблизилась к двери, за которой находилось ее бюро. Прислушавшись, она поняла, что там никого нет. Она осторожно зашла в свой кабинет.

Она чувствовала себя заправской грабительницей, хотя проникла в собственный кабинет собственного холдинга. Хотя ведь все это теперь принадлежало другой Елене. А кем тогда была она сама?

Как она и ожидала, в кабинете никого не было. Елена быстро осмотрелась и ринулась к своему письменному столу.

Нет, неверно: к письменному столу своего двойника. Она заметила множество разноцветных папок с документами, стала перебирать их, однако не смогла сразу сориентироваться, есть ли среди них что-либо важное.

Она открыла ящики стола, стала копошиться в них. Потом, так и не довершив обыска, припала к ноутбуку, стоявшему на столе. Однако пароль был изменен, и проникнуть в систему она не могла.

Наконец она наткнулась на папку с документами, посвященными продаже холдинга немцам. Елена стала лихорадочно просматривать содержание контракта. Она листала страницы, наткнулась на сумму, за которую холдинг сменил владельца.

Невероятно, просто невероятно! Даже с учетом финансовых трудностей ее детища такая сумма была просто грабежом среди белого дня! Она составляла едва ли четверть его реальной стоимости!

Затем она наткнулась на другую папку, которая была припрятана за контрактом. Всего несколько страниц — адрес, фотография со спутника какого-то приземистого бетонного здания, а также ряд непонятных данных.

Из папки, с легким стуком упав на пол, выскользнула черная с золотым тиснением электронная карточка. Елена автоматически подняла ее, и в этот момент дверь кабинета открылась и на пороге появилась она сама.

Да, это была Елена Наместникова № 2. Впрочем, судя по всему, теперь уже № 1. Элегантная, изящная, уверенная в себе.

Лже-Елена уставилась на настоящую Елену, на лице у нее возникла хитрая усмешка.

— Вот мы и встретились! — произнесла она милым тоном, и Елена узнала свой собственный голос.

Еще до того, как клон сумел что-то предпринять, Елена вытащила из портфеля пистолет и навела его на особу.

— Вы сейчас выйдете к сотрудникам и объявите, что являетесь моим двойником! — приказала она, а клон улыбнулся:

— Быть может, не я ваш клон, а, наоборот, вы — мой?! Разве это так уж невероятно?

Елена растерялась, а лже-Елена вдруг резким ударом выбила у нее пистолет, а затем закричала:

— Помогите!

Секундой позже в кабинет ворвалась секретарша, а вместе с ней — два типа с оружием наперевес. Лже-Елена, указывая на настоящую, заявила:

— Она пыталась меня убить! Уничтожьте ее!

Охранники уставились на лежавший перед Еленой пистолет. Секретарша, округлив глаза, переводила взгляд туда-сюда, а затем, охнув, повалилась без чувств.

— Ну, стреляйте! — заявила лже-Елена. Но охранники тоже были сбиты с толку, увидев, что перед ними находятся похожие, как две капли воды, женщины.

— Это мой двойник! — заявила лже-Елена. — Ее надо ликвидировать!

Настоящая же Елена не менее решительно заявила:

— Двойник — это она! И я приказываю вам задержать ее. Кстати, настоящая Елена Наместникова никогда бы не отдала приказания убить безоружного человека!

Охранники не знали, что и делать. Елена приказала:

— Вызовите Виктора Павловича, он поможет разобраться!

Клон усмехнулся и заявил:

— Еременко больше здесь не работает. Смотрите, она не в курсе последних событий — это она двойник!

Елена возразила:

— Тогда пригласим моих детей. Пусть решат, кто их мать!

— Я видела моих детей вчера вечером! — заявил холодно клон. — Им поддельная мамаша не требуется!

Она топнула ногой и сказала:

— Посмотрите на нее — как она одета! И как одета я! Кто из нас похож на бизнес-леди? Она — двойник!

Похоже, этот аргумент убедил охранников, потому что они двинулись на Елену с намерением скрутить ее. Она же заявила:

— Меня похитили и держали взаперти, а эта особа заняла мое место! Она — андроид! У нее на спине имеется красная кнопка!

Глупость, конечно, но подействовало. Один из охранников уставился на лже-Елену. Его товарищ сказал:

— Ну что ты тормозишь, надо эту вязать...

Он указал на Елену, но другой охранник возразил, указывая на клон:

— Может, ее мы тоже повяжем?

Двойник завизжал:

— Немедленно вызвать нового шефа службы безопасности! Это я вам приказываю, слышите?

Новый шеф, поняла Елена, на стороне врага. Но как ей доказать, что она — оригинал, а не подделка? Она вспомнила слова Стасика о коде, при помощи которого можно было влиять на клона. Но откуда она знает этот код? Ведь это может быть любая, самая невинная и бессмысленная фраза...

Внезапно память выдала именно такую фразу — ту самую, что она обнаружила в электронном органайзере киллерши.

— Киты уходят в море! — сказала Елена, и вдруг произошло невероятное: лже-Елена вдруг застыла на месте, а голова ее свесилась на грудь. Она словно спала стоя, вернее, будто впала в ступор.

— Вот видите, клон — это она! — сказала Елена. — Мне надо срочно связаться с Виктором Павловичем...

В этот момент лже-Елена вдруг подняла голову. Глаза у нее странно мерцали. И, подобно роботу, она двинулась на Елену.

— Ликвидировать оригинал, ликвидировать оригинал, ликвидировать оригинал... — повторяла она монотонно, причем голос у нее был какой-то скрипучий и бесплотный.

Она бросилась на Елену, один из охранников не выдержал, раздался выстрел. Пуля угодила клону в бок. Полилась кровь, однако, в отличие от обычного человека, клон только дернулся, но не упал. И, развернувшись и оскалив рот, она кинулась на охранника и впилась ему в шею.

Его напарник стал судорожно стрелять в клона, который, повалив на пол другого типа, рвал зубами его шею. Пули входили в тело клона, однако создавалось впечатление — не могли остановить его. Воспользовавшись сумятицей, Елена сгребла со стола папку с контрактом, выбежала из кабинета, села в лифт и через несколько секунд была в подземном гараже.

Елена прыгнула в один из автомобилей, благо в гараже всегда стояли два скоростных на случай экстренной эвакуации — с полным баком и ключами в замке зажигания. Затем она покатила прочь — двери гаража распахнулись автоматически, выпуская машину на поверхность. Еще до того, как охранники внизу сумели сориентироваться и задержать ее, Елена покинула территорию делового центра, унося в памяти кошмарную сцену — своего собственного клона, который, урча и не обращая ни малейшего внимания на потоки крови, вонзал зубы в шею охранника...

Погони пока еще не было. Однако сколько времени понадобится, чтобы разыскать и задержать женщину, сидевшую за рулем красного «Порше», номерной знак которого был прекрасно известен?

Елена понимала, что времени у нее в обрез. Что же ей в подобной ситуации делать? К кому обратиться?

Кому она могла доверять?

Стасик был мертв. Азиза являлась ее заклятым врагом. Так кто же оставался?

Сергей, Марина, Максим и бывший начальник службы безопасности холдинга Еременко.

У всех на нее был зуб, любой мог вполне работать на таинственных личностей, стоявших за подменой самой Елены двойником. И кто гарантирует, что, если она свяжется с ним, этот человек не донесет о ее местонахождении врагам?

Она никому не могла доверять! Никому...

Однако надо было определиться и сделать правильный выбор. Взгляд Елены переместился на документы, похищенные ею из своего собственного бюро. На повороте папка немного сместилась, и лежавшая в ней черная электронная карточка вылетела и приземлилась на пол.

Итак, кому она могла доверять?

Заметив полицейскую машину, Елена свернула в переулок и затормозила. Настала пора принять решение. Не исключено, самое важное решение в ее жизни. Она открыла бардачок и вынула оттуда мобильный — в каждом из автомобилей, которые стояли в подземном гараже, находился такой.

Елена включила его и задумалась. Так кому же ей позвонить? Ее взгляд снова упал на лежавшую под ногами черную электронную карточку. Она подняла ее, повертела в руках.

И стала набирать номер мобильного Сергея.

Вблизи здание выглядело еще более непрезентабельно, чем на снимках. Елене бросился в глаза металлический забор и ряд видеокамер. Однако создавалось впечатление, что никого в здании и около него не было.

Она подошла к узкой двери и, увидев электронный замок, провела по нему черной карточкой. Дверь, щелкнув, приоткрылась.

Сработало! Елена шагнула на территорию этого странного центра. Она заметила пустую заасфальтированную площадку, а в другом конце — кучи щебня и мусора. Окон в здании не было — точнее, когда-то имелись, а теперь они были заварены большими металлическими листами.

Елена медленно подошла к торцу здания. Она понимала, что камеры давно зафиксировали ее появление. На этот раз она не пыталась изменить внешность при помощи парика, косынки и солнцезащитных очков — это бы было просто глупо.

Дверь, ведущая в здание, была неказистая, однако сразу было видно, что вскрыть без ключа ее совсем не просто.

Елена поднесла к еле заметной прорези карточку, та с шуршанием втянулась внутрь. Затем выскочила обратно, и дверь с легким пшиканьем отошла в сторону.

Елена обернулась: за ней кто-то следил, или ей показалось? Она вошла в темный коридор, дверь за ней тотчас захлопнулась. Потом в коридоре вспыхнул свет, и Елена заметила, что это своего рода бокс, и стояла она перед другой, бронированной, дверью.

Женщина скосила глаза на нависшую над ней камеру. Они ведь изучают ее, причем очень старательно. Неужели не пустят в свое логово?

Тут бронированная дверь отошла в сторону, и Елена попала в коридор, который вел только в одном направлении — к лифту. И снова камера. И снова необходимость разблокировать дверь лифта при помощи карточки.

Она зашла в кабину лифта, двери его захлопнулись, и только потом Елена поняла, что панели с кнопками, на которых были бы указаны уровни или этажи, не было. Лифт сам пришел в движение.

На мгновение у Елены заложило уши. Двери распахнулись, она снова очутилась в коридоре, как две капли воды похожем на тот, в котором она только что побывала где-то наверху. Теперь же она находилась на подземном уровне.

Сделав несколько шагов, она поняла, что коридор все же отличается от расположенного наверху, потому что он вел в лаборатории, отделенные от коридора темным полупрозрачным стеклом. Елена заметила странные приборы, огромные барокамеры и ни единой человеческой души.

Она шла по коридору, пока не достигла его конца. Повернулась и увидела очередную лабораторию. Зашла в нее. Попискивали приборы, щелкали и светились разноцветные датчики. Елена заметила большой дисплей, на котором выводилась синяя кривая.

Однако ее внимание привлекло другое — три огромные яйцевидные барокамеры, стоявшие вдоль стены. Елена подошла к одной, попыталась заглянуть в крошечное окошко, однако ничего увидеть не смогла.

Внезапно компьютер издал писк, а барокамеры вдруг задрожали. Елена отступила на несколько шагов назад и увидела, как металлические кожухи, в которые были заключены барокамеры, вдруг ушли в пол. А сами барокамеры, стоявшие вертикально, плавно перешли в горизонтальное положение.

В них находилось по капсуле — то ли пластмассовой, то ли стеклянной. Елена вдруг вспомнила сказку о мертвой царевне, похороненной в хрустальном гробу. Ей пришло это на ум потому, что на дне каждой капсулы кто-то лежал. Она находилась в обители зла.

Елена приблизилась к одной из капсул и увидела очертания человеческого тела: внутри находилась она сама. Во всех трех капсулах были ее идеальные копии, клоны, двойники. Нет, даже не так: это были ее новые ипостаси!

Елена склонилась над стоявшей посредине капсулой, пытаясь определить, жив ли клон, который покоился в ней. Двойник вдруг открыл глаза, и Елена отпрянула в ужасе.

— Поразительное явление, не так ли? — раздался мягкий голос, так хорошо ей знакомый. Елена неловко обернулась — и увидела Юрия Петровича.

Первой ее мыслью было, что они и его клонировали. Юрий Петрович усмехнулся и сказал:

— Удивлены? Думаете, не являюсь ли я таким же гомункулусом, как ваши копии? Нет, не являюсь!

— Вы же умерли! — произнесла Елена и вдруг запнулась.

Отчего, собственно, она так решила? Ей ведь только сказали, что Юрий Петрович умер, намекнули, что его убили, и все, она поверила в это! Ведь тела его она не видела, а если бы и видела, то им мог оказаться мертвый клон!

— Гм, по вашему лицу нельзя сказать, что вы удивлены моим появлением! — произнес Юрий Петрович. Елена заметила в коридоре нескольких людей в белых халатах и с оружием в руках. Это были люди Юрия Петровича.

— Зато вы удивлены, не так ли? — парировала Елена.

Тот качнул головой и ответил:

— Что верно, то верно. Я думал, что нам придется тратить время и ресурсы на ваши поиски, а вы сами пришли! Вопрос только, зачем...

Елена ничего не ответила, подошла к капсуле и, указав на нее, сказала:

— Лучше поведайте, зачем вам это!

Юрий Петрович качнул головой, и на его лице вдруг появился неприязненный оскал.

— Поведать? Вы отдаете распоряжения так, как будто это я у вас в руках, а не вы у меня! Ведь мне достаточно только кивнуть, и вас ликвидируют!

Елена смотрела ему в глаза, и Юрий Петрович, не выдержав и отведя взор, произнес:

— Сами подумайте! Вы не давали денег на мои исследования и заставляли разрабатывать то, что приносило вам прибыль! А потом вдруг появился инвестор, который обещал выкупить у вас фирмы, занятые в области генетики, и дать мне полную свободу действия.

— Что за инвестор? Немцы? — спросила Елена, а Юрий Петрович отмахнулся:

— Какая мне разница! Немцы так, прикрытие! За всей операцией стоит кто-то могущественный и очень богатый, но какая разница, кто именно! Ваш холдинг переживает не лучшие времена, того гляди загнется. А мне нужны деньги! И возможность самореализации!

Да, Юрий Петрович с самого начала хотел стать великим ученым — и стал им!

— Кстати, ваш супруг хотел тогда вообще расформировать мой отдел...– протянул Юрий Петрович, и Елена окаменела.

— Так это вы? — выдохнула она. Ну конечно, Юрий Петрович был одним из тех, кто был в курсе их поездки в Венецию. Вот уж кого, а его она не подозревала точно!

— Так было нужно! — повысил голос Юрий Петрович. — И я оказался прав: когда ваш супруг умер, вам стало не до реформирования холдинга...

— Его убили по вашему приказу? — медленно произнесла Елена, а Юрий Петрович отмахнулся:

— В своей смерти он сам виноват! Как и вы будете виноваты в своей! Ведь я подавал вам меморандумы, просил увеличить субсидии на исследования, а вы только урезали и урезали. Вот и результат! Потом ваша секретарша перестала соединять меня с вами! Вы изменились... Хотя уже тогда, когда мы с вами познакомились в публичном доме, я понял, что вы незаурядная личность, поэтому и взял вас в свои ассистентки. Думал, что мы подходим...

Елена вдруг поняла: он все это время по-прежнему любил ее. Тяжело, мучительно и страстно. И, не исключено, на этой почве свихнулся.

— Но вы предпочли этого смазливого уголовника! А меня использовали только в качестве источника наживы! Меня и мои исследования! О, если бы тогда все получилось и я завладел деньгами этих бандитов...

— О чем это вы? — спросила изменившимся голосом Елена. И ее осенило: нападение на дом Юрия Петровича, когда там находились только она сама, приходивший в себя после операции Кирилл и куча денег... Ограбление затеял сам Юрий Петрович! Нанял местных наркоманов, чтобы они добыли бабки на его исследования!

— Вижу, вы поняли! — заявил с ухмылкой исследователь. — Но поздно, слишком поздно... Если бы вы с самого начала были со мной... Однако вы отказались от меня!

Елене стало ясно: Кирилла застрелили не только из-за того, что он не хотел более давать деньги на исследования Юрия Петровича. Мужа убили, потому что Юрий Петрович желал убрать соперника!

— Если бы вы согласились, то стали бы владелицей всего этого! — он обвел рукой лабораторию. — Ведь это все — мое детище! И все это во много раз ценнее и важнее вашего проклятого холдинга! Ибо мне удалось то, что никому пока не удавалось, — клонировать не только тело, но и душу! Хотя пока и частично. Однако через несколько лет я смогу создавать копии людей, не отличимые не только внешне, но и с точки зрения воспоминаний, поведения, психики... Я не только стану на одну ступень с Создателем, но и превзойду его! Потому что то, что он творит в одном экземпляре, я смогу изготавливать в любом количестве!

Да, Юрий Петрович был безумен, однако в то же время он являлся гениальным изобретателем и достойным сразу нескольких Нобелевских премий ученым. И некто, находившийся в тени, использовал его в своих целях. Но кто?

Подойдя к одной из капсул, Юрий Петрович нажал сбоку на кнопку, и прозрачный купол отошел в сторону.

— Киты уходят в море! — сказал он, и клон поднялся из капсулы, как мертвец в третьеразрядном фильме ужасов поднимается из гроба.

Елена вспомнила, что эта фраза — код. Ее копия была абсолютно нага. Она ступила на пол и посмотрела, не мигая, на Юрия Петровича. Тот, указав на стоявших в коридоре людей, произнес:

— Иди и убей их!

Клон двинулся на типов в халатах. Один из них снял с плеча автомат, когда клон оказался в коридоре, открыл огонь. Елена закрыла уши и отвернулась — она не могла смотреть, как убивают ее саму.

Когда она повернулась, то увидела изрешеченного пулями и истекавшего кровью клона, все еще медленно, но верно двигавшегося на расстреливавшего его типа. Он выстрелил клону в голову, и тот наконец повалился.

— Удивительно! — потер руки Юрий Петрович. — Клоны гораздо более выносливые и живучие, чем оригиналы! Не исключено, что можно создать клона, которого не берет огнестрельное оружие. Какие перспективы! Представьте себе — армии клонов, которых очень сложно уничтожить. А защищенные специальными костюмами и вооруженные, они станут непобедимыми машинами для убийств! Солдатами, выполняющими без угрызений совести, без устали и без сомнений любое приказание. Три десятка таких клонов смогут совершить переворот в любой стране! И ликвидировать любого, даже отлично охраняемого, политика или бизнесмена!

Он взглянул на Елену и добавил:

— И от всего этого вы отказались! Добровольно! Причем это только начало. И пусть это пока звучит на уровне фантастики, двадцать лет назад и Интернет был таковой! Никто не знает, что будет через двадцать лет — никто, кроме меня!

Юрий Петрович подошел ко второму клону, активизировал его и, когда тот молча встал около барокамеры, произнес:

— Думаете, что все скорбят о смерти Елены Наместниковой? Как бы не так! Ведь вы не умерли! Просто один клон будет заменен другим. И все! Пока что средний срок их жизни — порядка двух недель. Это связано с быстротой выращивания тел в барокамерах. Однако со временем я смогу сделать клонов, живущих очень долго! Возможно даже, вечно!

Он усмехнулся и добавил:

— А переписывая, как с одного компьютера на другой, все эмоции, привычки и воспоминания, внедряя их в новое, молодое тело, можно в самом деле жить вечно! И перемещаться из тела в тело — в совершенно другое, если старое не нравится! Или...

Елена отвернулась. Она не знала, что перевешивало в личности Юрия Петровича: сумасшествие или гениальность. Или одно не было отделимо от другого?

Наконец он смолк, посмотрел на Елену, облизнул губы и сказал:

— Но вы преследовали какую-то цель, заявившись сюда, ведь так? Думаю, вы поняли: рано или поздно вас найдут и уничтожат. И решили направиться к тому, кто может пощадить вас! Однако вынужден вас разочаровать...

Вытянув руку, он отдал клону команду:

— Перегрызи ей глотку!

И клон — ее собственная точная копия — ринулся на Елену. Женщина видела, как отчаянно борется клон и какой поистине адской силой он обладает. С ним она не справится...

Хорошо, что она предусмотрела и подобное развитие событий!

Она расстегнула куртку, и Юрий Петрович увидел плоские серые брикеты, перетянутые проводами. Елена приложила палец к большой красной кнопке и сказала:

— Пластиковая взрывчатка. Хватит, чтобы все здесь полетело в тартарары. Для этого мне достаточно убрать палец с кнопки. Так что сами решайте...

Клон, оскалив зубы, был в полуметре от нее, когда Юрий Петрович, произнеся кодовую фразу, приказал:

— Стоять!

Клон замер, словно это был не человек, а статуя. Елена увидела, как люди, находившиеся в коридоре, быстро исчезли. Юрий Петрович попятился, а женщина сказала:

— Куда же вы?

Юрий Петрович обернулся, его бледное лицо дрожало.

— Не делайте этого! Это же итог моих многолетних трудов!

Елена молчала, а Юрий Петрович зло произнес:

— Все равно вам отсюда живой не выбраться! Или погибнете вместе с нами, или вас растерзает армия клонов. Погибнете от своей собственной руки, так сказать!

— Ну это вряд ли! — заявила Елена и добавила: — Вы слышите?

Откуда-то сверху донесся приглушенный взрыв. Юрий Петрович вздрогнул, а Елена пояснила:

— Понимаете, я не знала, к кому обратиться. Сначала решила к Сергею Краевичу, но потом передумала и связалась с Еременко, потому что у него имеется своя частная армия — именно она сейчас и берет штурмом вашу обитель зла! Мой визит в нее завершен!

Елена указала на пуговицу у горла куртки и добавила:

— Это камера, которая передавала людям Виктора Аркадьевича все, что им было нужно: количество камер, расположение помещений...

Ошеломленный, Юрий Петрович стоял и смотрел на нее.

— Кроме того, все, что вы мне сказали, было записано. В случае неудачи штурма и моей гибели эти записи очутятся в Интернете. Ведь сейчас не требуется обращаться к всесильному телевизионному боссу, прося его сделать программу с разоблачениями. Достаточно выставить видео в Интернет — и его увидят миллионы. Так что вы станете знаменитым, очень знаменитым! Как и ваше изобретение! Только, боюсь, это совсем не то, к чему вы стремились…

Пару минут спустя в лаборатории появились люди Еременко. Возник он и сам — в камуфляжной форме, с автоматом наперевес. Подойдя к Елене и убедившись, что с ней все в порядке, сказал:

— Правильно сделали, что обратились ко мне! Ведь теперь я смогу занять свою прежнюю должность?

Его люди разглядывали обнаженный клон Елены, который, подобно статуе, замер посреди лаборатории. Юрий Петрович стоял в стороне и, кажется, даже плакал.

Внезапно он закричал:

— Киты уходят в море!

И первый, и второй клон, который доселе находился в капсуле, ожили. Люди Еременко открыли огонь. Юрий Петрович же завопил:

— Убейте меня, мои дети! Убейте меня!

Клоны, истекавшие кровью, но все еще полные решимости уничтожать, ринулись к нему, навалились на ученого…

— Думаю, вам не стоит всего этого видеть! — произнес, выводя Елену из лаборатории, Виктор Аркадьевич. — Пойдемте наверх. Надо разобраться с клоном, который сейчас забаррикадировался в вашем кабинете.

Он взглянул на Елену, потом перевел взор на барокамеры и сказал:

— Ведь эти открытия могут принести миллиарды! Да что там — триллионы! Стоит ли доводить все детали до сведения властей? Не лучше ли использовать это в своих целях? Вам ведь нужно доверенное лицо, которое будет защищать ваши интересы и никому не проговорится. Так почему бы нам не заняться генным бизнесом на равных паях? Что вы скажете насчет моего предложения, Елена Григорьевна?

Сорок один — много это или мало? Дата некруглая, но какая разница? Ведь сорок один, как и тридцать девять, бывает только раз в жизни. И то — если повезет...

Елена проснулась ровно в шесть — без будильника, сказалась многолетняя привычка. Откинула легкое одеяло, опустила ноги на ворсистый ковер.

Был последний день лета. За прошедший год изменилось многое, и она стала на год старше...

Завтракала она в одиночестве. Затем отправилась на улицу, где ее ждал все тот же «Майбах». Все тот же шофер, Олег, приветствовал ее и распахнул дверцу.

Да, за год изменилось многое... О попытке подменить ее клоном так никто и не узнал — Еременко сдержал обещание и никому не проговорился. Впрочем, за солидный куш. Нет, не пятьдесят процентов, сошлись на тридцати. Елена знала, что зависела от него, как и он зависел от нее. Не исключено — когда-то он станет опасным.

Сергей, как выяснилось, был заодно с Азизой. Его она вышвырнула из холдинга. Но Азизе было не до него, ведь ей пришлось здорово попотеть, защищая свою финансовую империю. Ту, которая в итоге оказалась в руках Елены. Хуже для Азизы была даже не смерть, а поражение. И бедность... Но Азиза, и Елена знала это, рано или поздно вернется на арену и нанесет ответный удар. Что же, она была готова к схватке!

Автомобиль затормозил около центрального входа в холдинг. Елена оказалась в холле, и ее тотчас окружили телохранители. Однако новый начальник обслуживающего персонала имел к Елене неограниченный доступ.

— Доброе утро, Елена Григорьевна! — сказала Елена, та самая, что работала раньше на ресепшн. — С днем рождения!

Да, ее день рождения... Елена оказалась в лифте, который вознес ее на самый верх. Вот миновал еще год. Что же, за этот год ее холдинг не только расплатился с кредиторами, но и почти вдвое увеличил оборот. И все благодаря изобретению покойного Юрия Петровича... Конечно, о клонах никто не знал, однако стало возможным использовать кое-какие иные инновации ученого в области генетики и фармакологии, и это принесло колоссальные прибыли.

Елена подошла к своему кабинету, открыла дверь и увидела, что тот заполнен разноцветными воздушными шарами и цветочными гирляндами, поверх которых был натянут транспарант: «С днем рождения, Елена Григорьевна!»

Сотрудники заметно волновались, не зная заранее, как строгая начальница отреагирует на их самоуправство. Однако Елена поблагодарила их и даже попробовала торт и шампанское.

Да, за год многое изменилось... Максим все еще находился в заграничной клинике — физическую наркозависимость удалось побороть, теперь с ним работала команда психологов. Прогноз был осторожно-положительный.

С Мариной было иначе. Елена перекупила ряд фирм, принадлежавших дочери, а ее саму отправила за границу на лечение. Но Марина бежала из клиники и снова вышла замуж за очень богатого южноамериканца, причастного, по слухам, к торговле наркотиками. Еременко уверял, что дочка связалась теперь и с Азизой и что ее плоть и кровь вместе с главной соперницей разрабатывают план мести. Пусть делают это — их Елена не боялась. Но было ужасно жаль, что дочь, судя по всему, она потеряла окончательно...

— Елена Григорьевна, вам звонит отчим! — доложила ей секретарша, и Елена взяла трубку. Она услышала дребезжаще-сладкий голос Бориса Егоровича.

— Леночка, мне снова нужны деньги...

Он был не первым, кто шантажировал ее. Но с одним шантажистом — Вадимом — она уже разделалась. Когда он снова потребовал у нее денег за молчание, она послала его к черту. А зная, что он занимается финансовыми махинациями в Нью-Йорке, сдала его американской полиции. Вадим получил двадцать три года...

А вот Борис Егорович... Мерзкий растлитель малолетних, жалкий старик, который теперь планомерно тянул из нее деньги.

— Да, вам понадобятся деньги! — заявила Елена, прерывая его сюсюканье. — На хороших адвокатов. Потому что я намерена поведать всем, что вы делали со мной на протяжении многих лет!

— Ты не посмеешь! Я скажу, что ты сама хотела... И об убийстве училки тебе не стоит заикаться — иначе все узнают, что ты мне помогала избавляться от ее тела... И о том, как твоя мать потеряла ребенка и отчего откинула копыта...

— Посмотрим! — заявила Елена. — Да, будет скандал, но и вам не уйти от ответственности за содеянное. Вы получите за все, что совершили, сполна! Готовьтесь к пожизненному!

Положив трубку, Елена подошла к окну. Обхватив себя руками, она посмотрела на панораму столицы. Она многого достигла, но ей предстояло идти вперед.

Она попыталась изменить свою жизнь, хотя бы частично, и при этом осталась сама собой. Она наконец была готова сказать всю правду о своем детстве... Доверять она никому не могла, разве что Оленьке, но та жила в своем мире...

Да, она была одинока. После истории с Сергеем и Стасиком она не могла и помыслить о новом мужчине в своей жизни. Но ведь рано или поздно она найдет того, кому сможет доверять.

Ну, или не найдет.

В любом случае у нее был холдинг. У нее был враг — Азиза. И другой враг — родная дочь. И опасный бывший любовник — Сергей. И слабовольный сын — Максим.

И тайный, пока что безымянный враг, который и затеял всю операцию с подменой ее на клоне. Имени этого могущественного и богатого типа она не знала — но не намеревалась сдаваться. Она рано или поздно выяснит, кто является заказчиком, и отомстит ему!

Лена не сожалела, что оказалась в центре этой истории. Ведь теперь ей стала известна тайна человеческих клонов и имплантации сознания в человеческое тело. Часть технологий так и не была еще разгадана, однако на Елену трудилась команда великолепных ученых. Рано или поздно они добьются результатов, а потом...

Что будет потом, она еще не знала. Имело ли смысл заглядывать в будущее? Она когда-то пыталась делать это с помощью «Великого Оракула», и это едва не стоило ей жизни и холдинга. Теперь Елена и не думала обращаться к помощи предсказаний и предсказателей.

Они ей не требовались.

Елена знала, что жизнь готовит для нее множество сюрпризов, опасных поворотов, катастроф, разочарований — и счастливых моментов. Последних будет гораздо меньше, чем первых. И ей когда-то исполнится сорок два, пятьдесят три, шестьдесят четыре, семьдесят пять...

Если, конечно, ей было суждено дожить до этого!

Она вернулась к письменному столу. Ее ждала работа. Бросив взгляд на документы и список деловых встреч, Елена вдруг подошла к лифту, который вел прямо в подземный гараж, и нажала кнопку.

Да, она вернется к работе — через час, два или три. А сначала просто отправится насладиться последними теплыми денечками. Выпьет кофе. Просто смешается с толпой. И на пару мгновений забудет обо всем. А затем вернется в кабинет и посвятит себя холдингу.

Двери лифта распахнулись, Елена зашла в него и нажала кнопку.

Жизнь для того и дана, чтобы не только достигать намеченного, но и задумываться о нереализованном. Не только наслаждаться победами, но и плакать над поражениями. Не только любить, но и остаться в одиночестве.

Но это была жизнь — *ее* жизнь! И только она определяла ее ритм. Она сама — и немного судьба. Главное — ухватить ее за хвост и не выпускать его как можно дольше.

Двери лифта захлопнулись, и он помчал Елену вниз — навстречу жизни и судьбе.

И встречи этой она ничуточки не боялась.

Литературно-художественное издание

АВАНТЮРНАЯ МЕЛОДРАМА

Леонтьев Антон Валерьевич

ВЕЧНОЙ ЖИЗНИ НЕ ХВАТИТ

Ответственный редактор *О. Рубис*
Редактор *М. Красавина*
Художественный редактор *С. Груздев*
Технический редактор *Г. Романова*
Компьютерная верстка *Л. Огнева*
Корректор *Е. Дмитриева*

ООО «Издательство «Эксмо»
127299, Москва, ул. Клары Цеткин, д. 18/5. Тел. 411-68-86, 956-39-21.
Home page: **www.eksmo.ru** E-mail: **info@eksmo.ru**

Өндіруші: «ЭКСМО» ЖШҚ Баспасы, 127299, Ресей, Мәскеу, Клара Цеткин көшесі, 18/5 үй.
Тел. 8 (495) 411-68-86, 8 (495) 956-39-21
Home page: www.eksmo.ru . E-mail: info@eksmo.ru.
Қазақстан Республикасындағы Өкілдігі: "РДЦ-Алматы" ЖШС, Алматы қаласы,
Домбровский көшесі, 3»а», Б литері, 1 кеңсе. Тел.: 8(727) 2 51 59 89,90,91,92,
факс: 8 (727) 251 58 12 ішкі 107; E-mail: RDC-Almaty@eksmo.kz
Қазақстан Республикасының аумағында өнімдер бойынша шағымды Қазақстан
Республикасындағы Өкілдігі қабылдайды: "РДЦ-Алматы" ЖШС,
Алматы қаласы, Домбровский көшесі, 3»а», Б литері, 1 кеңсе.
Өнімдердің жарамдылық мерзімі шектелмеген.

Сведения о подтверждении соответствия издания
согласно законодательству РФ о техническом регулировании
можно получить по адресу: http://eksmo.ru/certification/

Подписано в печать 29.05.2013. Формат 84x108 1/32.
Гарнитура «Pragmatica». Печать офсетная. Усл. печ. л. 16,8
Тираж 4 000 экз. Заказ 220.

Отпечатано с электронных носителей издательства.
ОАО "Тверской полиграфический комбинат". 170024, г. Тверь, пр-т Ленина, 5.
Телефон: (4822) 44-52-03, 44-50-34, Телефон/факс: (4822)44-42-15
Home page - www.tverpk.ru Электронная почта (E-mail) - sales@tverpk.ru

ISBN 978-5-699-64987-7

9 785699 649877 >

Оптовая торговля книгами «Эксмо»:
ООО «ТД «Эксмо». 142700, Московская обл., Ленинский р-н, г. Видное,
Белокаменное ш., д. 1, многоканальный тел. 411-50-74.
E-mail: **reception@eksmo-sale.ru**

По вопросам приобретения книг «Эксмо» зарубежными оптовыми покупателями *обращаться в отдел зарубежных продаж ТД «Эксмо»*
E-mail: **international@eksmo-sale.ru**

International Sales: *International wholesale customers should contact Foreign Sales Department of Trading House «Eksmo» for their orders.*
international@eksmo-sale.ru

По вопросам заказа книг корпоративным клиентам, в том числе в специальном оформлении,
обращаться по тел. 411-68-59, доб. 2299, 2205, 2239, 1251.
E-mail: **vipzakaz@eksmo.ru**

Оптовая торговля бумажно-беловыми и канцелярскими товарами для школы и офиса «Канц-Эксмо»:
Компания «Канц-Эксмо»: 142702, Московская обл., Ленинский р-н, г. Видное-2,
Белокаменное ш., д. 1, а/я 5. Тел./факс +7 (495) 745-28-87 (многоканальный).
e-mail: **kanc@eksmo-sale.ru**, сайт: **www.kanc-eksmo.ru**

Полный ассортимент книг издательства «Эксмо» для оптовых покупателей:
В Санкт-Петербурге: ООО СЗКО, пр-т Обуховской Обороны, д. 84Е.
Тел. (812) 365-46-03/04.
В Нижнем Новгороде: Филиал ООО «Торговый Дом «Эксмо» в Нижнем Новгороде,
ул. Маршала Воронова, д. 3. Тел. (8312) 72-36-70.
В Ростове-на-Дону: Филиал ООО «Издательство «Эксмо» в г. Ростове-на-Дону,
пр-т Стачки, 243 «А». Тел. +7 (863) 305-09-12/13/14.
В Самаре: ООО «РДЦ-Самара», пр-т Кирова, д. 75/1, литера «Е».
Тел. (846) 269-66-70.
В Екатеринбурге: ООО «РДЦ-Екатеринбург», ул. Прибалтийская, д. 24а.
Тел. +7 (343) 272-72-01/02/03/04/05/06/07/08.
В Новосибирске: ООО «РДЦ-Новосибирск», Комбинатский пер., д. 3.
Тел. +7 (383) 289-91-42. E-mail: **eksmo-nsk@yandex.ru**
В Киеве: ООО «РДЦ Эксмо-Украина», Московский пр-т, д. 6.
Тел./факс: (044) 498-15-70/71.
В Донецке: ул. Артема, д. 160. Тел. +38 (062) 381-81-05.
В Харькове: ул. Гвардейцев Железнодорожников, д. 8. Тел. +38 (057) 724-11-56.
Во Львове: ул. Бузкова, д. 2. Тел. +38 (032) 245-01-71.
Интернет-магазин: www.knigka.ua. Тел. +38 (044) 228-78-24.
В Казахстане: ТОО «РДЦ-Алматы», ул. Домбровского, д. 3а.
Тел./факс (727) 251-59-90/91. RDC-Almaty@eksmo.kz

Полный ассортимент продукции издательства «Эксмо»
можно приобрести в магазинах «Новый книжный» и «Читай-город».
Телефон единой справочной: 8 (800) 444-8-444.
Звонок по России бесплатный.

В Санкт-Петербурге в сети магазинов «Буквоед»:
«Парк культуры и чтения», Невский пр-т, д. 46. Тел. (812) 601-0-601
www.bookvoed.ru

По вопросам размещения рекламы в книгах издательства «Эксмо» обращаться в рекламный отдел. Тел. 411-68-74.

Интернет-магазин ООО «Издательство «Эксмо»
www.fiction.eksmo.ru
Розничная продажа книг с доставкой по всему миру.
Тел.: +7 (495) 745-89-14 . E-mail: **imarket@eksmo-sale.ru**

Серия детективных романов

«CRIME & PRIVATE»

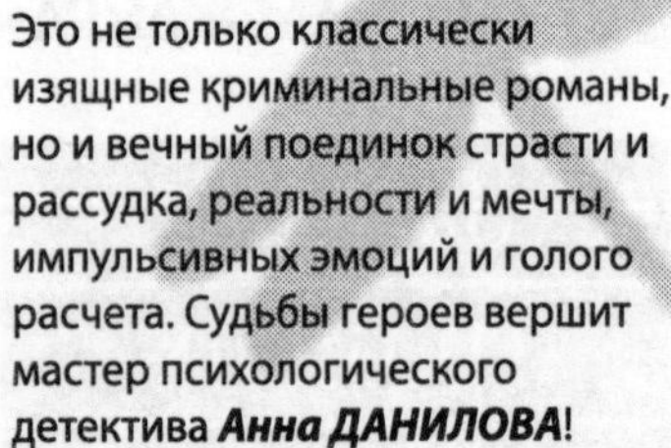

Это не только классически изящные криминальные романы, но и вечный поединок страсти и рассудка, реальности и мечты, импульсивных эмоций и голого расчета. Судьбы героев вершит мастер психологического детектива ***Анна ДАНИЛОВА***!

www.eksmo.ru

2011-243